走近戴望舒

高龙芭

戴望舒 译

广陵书社

图书在版编目（CIP）数据

高龙芭 / 戴望舒译. -- 扬州 : 广陵书社, 2025.
1. -- （走近戴望舒 / 陈武主编）. -- ISBN 978-7-5554-
2429-1

Ⅰ. I14
中国国家版本馆CIP数据核字第2024B2P712号

丛 书 名　走近戴望舒
主　　编　陈　武

书　　名　高龙芭
译　　者　戴望舒
责任编辑　白星飞　　　　　　装帧设计　鸿儒文轩·书心瞬意
出 版 人　刘　栋

出版发行　广陵书社
　　　　　扬州市四望亭路 2-4 号　　　邮编 : 225001
　　　　　http://www.yzglpub.com　　　E-mail:yzglss@163.com
印　　刷　三河市华东印刷有限公司

开　　本　787mm×1092mm　　1/32
字　　数　184 千字
印　　张　11
版　　次　2025 年 1 月第 1 版
印　　次　2025 年 1 月第 1 次印刷
书　　号　ISBN 978-7-5554-2429-1
定　　价　68.00 元

目 录

高龙芭

［法］梅里美

一

Pè far la to vendetta,

Sta sigur', vasta anche ella.

Jocero du Niolo.①

一千八百一十×年十月上旬，陆军上校托马斯·奈维尔爵士，一个英国军队中的著名的爱尔兰军官，从意大利旅行回来，挈了他的爱女，投宿在马赛的波伏旅馆。热心的旅行家对游览地的不尽的景仰已惹起了一种反动，为了要显得自己卓异不群，今日的许多旅行家都拿何拉

---

① 意大利语，意为"一定要不屈不挠地进行你的复仇，它也是巨大的"。

斯的诗句 nil admirari 来奉为圭臬。这位上校的独养女李
迭亚姑娘便是后面这一类不满意的旅行家之一。《变容》①
在她看来是很平凡的，而冒着烟的威苏维火山，在她看
来比伯明罕②的工厂的烟囱也只高明得有限。总之，她的
对于意大利的大反感，便是它缺少地方色彩和特点。这
些字眼的意义，几年之前我还很懂得的，现在却不懂了。
读者，你自己去解释这些字眼的意义吧。起初，李迭亚
姑娘自诩，她将在阿尔卑斯山的彼方发现前人所未见过
的东西，那些东西，正如茹尔丹先生所谓，是可以和"有
礼貌的人"谈谈的。可是后来，因为到处都被她的同乡
占了先，因为没有碰到什么未经发现过的东西而大失所
望，她便投到反对的一派中去了。一讲到意大利的胜迹，
就有人对你说："你想必总看见过某某地方某某宫里那幅
拉斐尔的名画吧？那真是意大利最珍美的东西啊。"这真
是很不舒服的——这恰巧是你所忽略过没有看的东西！
因为如果什么都要看，实在是太费时候了，所以最简单
的办法就是打定主意，把什么都批评得一文不值。

　　在波伏旅馆里，李迭亚姑娘碰到了一件很没趣的事

---

　　① 《变容》，即《基督变容》，为拉斐尔临终前最后一幅画作，直
至拉斐尔去世仍未完成。

　　② 伯明罕，即英国第二大城市伯明翰，英格兰西米德兰郡首府。

情。她曾经带回来一帧她以为被画家们忘却了的贝拉斯季式或西克洛贝式的赛格尼城门的美丽画稿。可是在马赛，她碰到了费兰西思·方唯虚夫人。她拿她的手册给李迭亚姑娘看；在手册里，在一首十四行诗和一朵压干了的花之间，那城门的用赭色辉煌地摹出来的图样，竟赫然显现着。于是李迭亚姑娘将自己那帧画给了侍女，对于贝拉斯季式的建筑从此失去了一切景仰。

奈维尔上校也分担着这种郁郁不乐的心情，因为自从妻子去世以后，他什么都是以女儿的意志为意志的。在他看来，意大利使他的女儿烦恼是大大的不该，因此，意大利便是全世界最讨厌的地方。其实，他对于那些绘画和雕像也找不出什么错处；但是他能肯定，在这个地方打猎实在是太糟了，为了猎取几只不值一文的红鹧鸪，他竟要在罗马郊外的烈日之下跑上二三十英里路。

到了马赛的翌日，他请了爱里斯上尉来吃饭。爱里斯上尉是他从前的副官，刚在高尔斯①住了六星期回来。那位上尉给李迭亚姑娘活灵活现地讲了一个强盗的故事，这故事的好处是绝对不和人们在从罗马到拿波里的路上常常讲起的盗贼故事相同。饭后用点心的时候，只剩下

---

① 高尔斯，Corsica，今通译为"科西嘉"，属法国领土，位于法国本土的东南面。

了两位老朋友对着鲍尔陀的葡萄酒瓶，高谈着打猎的事情。于是那位上校才知道高尔斯对于狩猎是最好的，种类最多，且最丰富的地方。"那里有许多的野猪"，爱里斯上尉说，"可是你必须把野猪和家猪分个明白，因为它们是很相像的；如果你打死了家猪，你便要和牧猪奴大起纠葛。他们会全身武装着，从他们所谓'草莽'的密树间走将出来，要你赔偿他们的牲口，还要讥笑你。那里还有一种野羊，那是一种别地方找不出来的奇怪的动物，有名的猎品，可是不容易猎得。此外如鹿、斑鹿、雉鸡、鹧鸪等等，各种各样的野味在高尔斯遍地皆是，连数也数不清楚。如果你欢喜打猎，上校，到高尔斯去吧；在那里，正如我的一位寄寓主人所说，你可以猎取一切猎品：从画眉鸟以至于人。"

在喝茶的时候，那位上尉又讲了一个"迁怒复仇"的故事，比以前那个更奇怪，使李迭亚姑娘听了觉得十分有趣；他对她描摹着那个地方奇异野蛮的光景，居民独特的性格，他们款客的殷勤和他们原始的风俗，引起了她对于高尔斯的热情。最后，他赠了一把漂亮的小短刀给她，它的形式和它的铜护手并不怎样不同，可是它的来历却是不凡了。一个著名的强盗把它送给了爱里斯上尉，对他说，它曾刺进四个人的身体。李迭亚姑娘把它插在腰带里，放在床头小案上，临睡之前还抽出鞘来把玩了两次。一方面，上校则梦见打死了一头羚羊，那头羚羊是有主人的，他很甘愿地赔偿了他一注钱，因为那是一头很奇怪的动物，像是一只野猪，生着一对鹿角和一根雉鸡的尾巴。

"爱里斯对我讲，在高尔斯打猎真不错，"上校在和女儿面对面吃早饭的时候说，"如果路不很远，我倒很想去那里住半个月。"

"好呀！"李迭亚小姐回答，"我们为什么不到高尔斯去呢？在你打猎的时候，我可以画图画；如果在我的手册中能有一幅爱里斯上尉所说起过拿破仑在儿时常去读书的洞那一类的画，我会十分高兴呢。"

上校所表露出来的愿望，得到女儿的赞同，这恐怕还是第一次呢。他得到了这意外的同意，心里很高兴，可是他却偏要闹点把戏，提出些反对的话来，这越发逗起了李迭亚姑娘的兴致。他徒然地说着那个地方的野蛮和女子在那里旅行的困难。她什么也不怕；她尤其是欢喜骑马旅行；她高兴露宿；她甚至恐吓说要到小亚细亚去。总之，她对于一切问题都有回答，因为从来没有一个英国女子到过高尔斯，所以她非到那里去不可。将来回到了圣杰麦斯广场的时候，把她的手册拿出来给人看，那是多么快乐啊！"好人儿，你为什么画了这张有趣的素描啊？""哦！算不了什么。这是我给那做我们领路人的高尔斯著名强盗画的一张画稿。""什么！你到过高尔斯？……"

在法兰西和高尔斯之间，那时还没有轮船，他们便去打听可有什么帆船将要开到奈维尔姑娘想在那儿有所发现的岛上去。当天上校就写信到巴黎去，退掉了他定好的住处，又和一只将航行到阿约修①去的帆船的老板高尔斯人讲好了价钱。船上有两间房间，不能算坏，但总也说不上好。人们在把粮食装上船去；老板担保说他的一个水手是出色的厨子，蒸鱼是他独一无二的拿手好菜；老板答应小姐说，她会很舒适，会一路风平浪静。

依着女儿的意志，上校更同船长约定，不得搭别的任何旅客，而且还要他沿着岛的岸边行驶，使他们可以玩赏山景。

二

出发的那一天，一切都在大清早收拾好装上了船；

---

① 阿约修，Ajaccio，今通译为阿雅克肖，法国南科西嘉省省会。

帆船只候着晚风一起，就要开出去了。这时，上校和女儿在加纳别尔街上闲步，忽然，船老板跑了过来，请求允许他搭载一个亲戚，就是他长子的干爹的从兄弟，此人有紧急的事要回故乡高尔斯，可是找不到船。

"那是一个有趣的人，"船老板马代补充说，"是个军人，禁卫军的轻装步兵队军官，如果'那个人'①还做着皇帝的话，他早已是上校了。"

"既然他是一个军人，"上校说……正预备再接着说"我很愿意他和我们一同去……"的时候，奈维尔姑娘用英国话高声说：

"一个步兵军官（她的父亲是在骑兵队里任事的，所以她瞧不起其他的兵种）！他或许是一个没有受过教育的人，他会晕船，一定会败了我们航行的一切兴趣！"

老板是一句英国话也不懂的，可是他似乎猜出了李迭亚姑娘噘起她美丽的嘴唇的意思，便开始一条一条地讲起他亲戚的好话来，临了他保证，他亲戚是一位正人君子，出身于"班长"世家，而且决不会妨碍上校先生，因为他，老板会把他安顿在船角落里，人们会觉得他好像不在船上一样。

---

① 指拿破仑。

上校和奈维尔都为高尔斯有世代相传做班长的家族而觉得很奇怪；可是，当他们真诚地相信他是一个步兵班长的时候，便下了一个结论：他是一个穷光蛋，老板是因为可怜他而让他搭船的。如果他是一个军官，则他们必得和他攀谈，和他一起生活；可是一个班长呢，那是用不着为他多费心的——他是一个无价值的人，除非他的队伍在这里，枪上插着刺刀，把你们带到一个你们不想去的地方去。

"你的亲戚晕船吗？"奈维尔姑娘干干脆脆地说。

"决不，小姐；他的心像岩石一样地坚，在海上和在陆上一样。"

"好吧！你可以带他去。"她说。

"你可以带他去。"上校也把这话说了一遍，他们便继续散步。

傍晚五点钟光景，船老板马代来找他们上帆船。在码头上，靠近船老板的舢板，他们看见了一个高大的青年人；他穿着一件青色的礼服，钮子一直扣到下颏，脸是被太阳晒黑了的，眼睛黑而有生气，睁得很大，带着一种直爽而聪敏的神气。看他整肩的神态，卷起的小髭须，人们很容易认出他是一个军人；因为，在那个时代，并不是大家都蓄髭须的，而禁卫军也还没有使禁卫营的服

高龙芭

装流传到一切人家里去。

看见上校，青年脱下了他的帽子，一点不窘地用得体的话向他道谢。

"极愿为你效劳，我的好人。"上校向他点头招呼着说。

上校上了舢板。

"你的那位英国客人真不客气呢。"青年人用意大利话低声对老板说。

老板把食指放在左眼下，瘪下嘴角。在懂暗号话的人看来，这种暗号的意思是：这英国人懂意大利话，他是一个怪人。青年人微微地笑着，用手碰了一碰额角，来回答马代的暗号，好像是对他说，英国人全是好作幻想的；接着他便在老板身边坐下来，聚精会神地（但是很有礼貌地）望着他的俊俏的旅伴。

"那些法国兵的仪表都很好，"那上校用英国话对他的女儿说，"因而很容易把他们培养成军官。"

接着，他用法国话对那青年人说：

"我的好人，告诉我，你在哪一个联队里服役？"

青年人用肘子轻轻地把他从兄弟的寄子的父亲撞了一下，露出一种滑稽的微笑，回答说，他从前在禁卫军轻装步兵队里呆过，最近是从轻装步兵第七联队里出来的。

"你在滑铁卢打过仗吗？你年纪还很轻啊！"

"打过的，我的上校；那是我仅有的一战。"

"这一仗可以算两仗啊。"上校说。

青年高尔斯人咬着自己的嘴唇。

"爸爸，"李迭亚姑娘用英国话说，"问他高尔斯人是不是很爱他们的拿破仑？"

上校还没有将这句话翻译成法国话，青年人已用一种虽则读音有点不自然，但也不算坏的英国话回答了：

"小姐，你要知道在我们家乡里，谁也不是预卜先知的人。我们这些拿破仑的同乡，或许倒没有法国人那般爱他。至于我呢，虽则从前我们两家是仇敌，但是我却爱他且崇拜他。"

"啊，你会说英国话！"上校喊着。

"你听到的，说得很坏。"

李迭亚姑娘虽则对他那随随便便的口气有点不高兴，可是想到一个班长竟和一个皇帝有嫌隙，不禁笑了起来。在她看来，这好像是一个样品，证明高尔斯的特殊，于是她想把这事记在日记上。

"或许你在英国做过俘虏吧？"上校问。

"不，我的上校，我是很小的时候在法国从一个贵国

高龙芭

的俘虏那儿学会英国话的。"

接着，他向奈维尔姑娘说：

"马代对我说你是从意大利回来的。小姐，那么你一定会讲标准的多斯甘话了；不过你要听懂我们岛上的方言，恐怕有点困难吧。"

"小女懂得意大利的各种方言，"上校回答，"她对于语言很有天才。不像我这样。"

"小姐懂得……例如我们高尔斯的歌里的这两句诗吗？那是一个牧人对一个牧女说的：

S enfrassi'ndru paradisu santu, santu, E nun truvassi a tia, mi n'esoiria.[①]

李迭亚姑娘是懂得的。她觉得这种引用不免有点放肆，而那伴着这种引用的目光更是如此，她红着脸回答："Capisco。"[②]

"那么你是告假还乡的吗？"上校问。

"不是，我的上校。我已受半俸被辞退了，那可能是

————————————

　　① 大意为：如果我进了神圣的，神圣的天堂，而我在那里找不到你，我便会出来的。

　　② 意大利语，意为"我懂得"。

因为我在滑铁卢打过仗，又因为我是拿破仑的同乡。我便回家去，正如歌里所唱的：一生无望，两袖清风。"

于是他望着长天叹息了一声。

上校把手伸到袋子里去，拿了一块金币在手指间转着，他想找出一句话来，以便有礼貌地把这块金币放到他不幸的敌人的手里。

"我和你一样，"他很温和地说，"也已受半俸被辞退了；可是……你的半俸难得有买烟草的余钱。拿着吧，班长。"

他想把那块金币塞到青年人搁在舢板船舷上的握紧的手里去。

青年高尔斯人脸红了，他站起来，咬着自己的嘴唇，好像预备拿发脾气来作回答，可是，突然他变了一种态度，大笑起来了。上校手里拿着金币，茫然失措了。

"上校，"青年人敛了笑容说，"请容许我作两个劝告：第一，千万不要送钱给高尔斯人，因为我有些不讲礼的同乡会把钱丢还到你脸上来的；第二，不要在别人自己没有说出头衔来以前便给他加上一个头衔。你称我为班长，我却是一个中尉。固然二者之间的差别并不怎样大，不过……"

"中尉！"托马斯爵士喊道，"中尉！可是这位老板对我说你是班长，你的父亲也是，你一家人都是。"

听了这话，这位青年人不禁仰天大笑起来，笑得那么有劲，引得老板和两个水手都一齐大笑起来。

"对不起，上校，"最后那青年人说，"可是这种误解实在有点滑稽，我刚才方明白。真的，我们一族的先祖中能有好几个'班长'，正自以为荣呢；可是我们高尔斯的'班长'的衣服上是决无袖章的。在基督纪元一千一百年光景，几个反抗山间大藩主的村子，互相选举了几位首领，他们称那些首领为'班长'。在我们的岛里，我们是很尊视这种'班长'的世家的。"

"原谅我，先生！"上校喊道，"千万原谅我。你既然懂了我误解你的原因，我希望你能见恕。"

于是他向他伸出手去。

"上校，这是对我那小小的骄傲的适当的责罚，"青年人还在笑着，又恳切地握着英国人的手，"我对你绝对不怀恨在心。既然我的朋友马代把我介绍得那么坏，那么容我来自我介绍吧。我叫奥尔梭·代拉·雷比阿，退职的中尉。看到这两条漂亮的狗，我猜想你是上高尔斯去打猎的；如果真是这样，那么我很愿意充当向导。如蒙光顾敝乡的山和草莽，将不胜荣幸……"接着他叹了一口气，补充说："如果我还没有把那些地方忘记了的话！"

这时候，舢板已靠近了帆船。中尉帮着奈维尔姑娘上船，接着又帮助上校上船。在船上，托马斯爵士老是为自己以前的轻视态度感到局促不安，不知如何使这位有七百年历史的世家的后裔忘记自己先前的无礼，重又向他道歉、握手，并且不等取得女儿的同意，便邀他一同吃晚饭。奈维尔姑娘虽则稍稍有点皱眉，可是现在知道了那所谓"班长"究竟是怎么回事，也就并不觉得怎么不高兴；她的客人没有使她讨厌，她甚至还渐渐地觉得他有着一种说不清楚的贵族的风度；只是他的神气太爽直、太快乐了，有点不像小说里的主人公。

"代拉·雷比阿中尉，"上校一只手把着一杯马黛尔葡萄酒，英国式地向他致祝，"我在西班牙见过许多贵同乡：他们是著名的冲锋的步兵。"

"是呀，许多人现在都还在西班牙。"年轻的中尉严肃地说。

"我永远不会忘记维多里亚之役中一队高尔斯步兵队的行动。"那位上校说下去，还抚着胸这样补充说，"我实在应该记得它。他们整天散伏在园圃的篱墙后面，打死了我们许许多多的人和马。决定了收兵之后，他们便聚集起来，开始泰然地退走。在平原上，我们想给他们

高龙芭

一个反攻，可是那些鬼东西……原谅我，中尉，——我应该说，那些勇敢的人，他们排成一个方阵，简直没有法子破他们。在方阵的中央——我好像现在也还看见——有一个军官，骑着一匹小小的黑马；他站在军旗旁边，抽着雪茄烟，简直好像是坐在咖啡馆里一样。有时候，好像向我们挑战似的，他们的号角吹起得胜乐来……我派了我的两队精兵去攻他们……嘿！我的骑兵并不冲到方阵的前头，却奔到两边去，回马漫无秩序地退了转来，许多匹马都丧失了坐骑的人……而那鬼音乐还老是奏个不停！等到那罩住步兵队的烟尘消散了，我又看见了那个军官，站在军旗旁边，还在吸着他的雪茄烟。我气得发狂，亲自带兵去作一次最后的攻击。他们的枪因不断的发弹而炸了，已不再出声，可是那些兵已排成六列，刺刀直指我们的马鼻，你简直可以说那是一座墙壁。我怒喝着，叱咤我的骑兵，我催马前进，这时那个军官忽然拿开他的雪茄烟，向他的一个部下指点着我。我好像听见这样的一句话:Al capello bianco！ ① 那时我带着一顶白羽帽。以后我便听不见了，因为一粒子弹已打着了我的胸膛。——那是一个极好的步兵队，代拉·雷比阿先

---

① 大意为：描准那白帽子！

生，第十八轻装步兵队的第一队，全是高尔斯人，这是后来别人讲给我听的。"

"是呀，"那位在听着故事的时候眼睛闪着光的奥尔梭说，"他们掩护撤退，还带回了他们的军旗；可是这些勇敢的人们的三分之二，现在都已长眠在维多里亚的平原上了。"

"或许你可以告诉我那个指挥的军官叫什么名字吧？"

"那便是我的父亲。他那时是第十八轻装步兵队的少校，以后因为在这不幸的一天里的行动，他升为了上校。"

"你的父亲！天啊，他真是一个勇敢的人！我如能再看见他，那我真太快乐了，而且我可以保证，我还会认出他来的。他还健在吗？"

"不在了，上校。"青年说着，脸儿微微有点发青了。

"他经过滑铁卢之战吗？"

"是的，上校，可是他没有马革裹尸的荣幸……他是死在高尔斯的……在两年之前……天啊！这片海多么美丽！我有十年没有看见地中海了。——小姐，你不觉得地中海比大西洋更美吗？"

"我觉得它太青了……而波浪又不雄伟。"

"你爱荒野的美吗，小姐？在这一点上，我相信高尔斯会使你中意的。"

"我的女儿什么异常的东西都爱，"上校说，"这就是她讨厌意大利的原故。"

"在意大利，"奥尔梭说，"我只认识比塞①，我曾在那里进过大学；我一想起冈波·圣多、度莫、斜塔……特别是冈波·圣多，便不得不叹赏。你记得奥尔加格拿的那幅《死》吗？……我想我还能描画出它来，它是那么深刻地留在我的记忆里。"

李迭亚小姐怕中尉先生要兴高采烈地不断说下去。

"那真美极了，"她打着呵欠说，"原谅我，父亲，我有点头痛，我要回房里去。"

她吻着父亲的前额，庄严地向奥尔梭点了点头，便走了。于是这两个人便继续谈打猎和打仗的事。

他们发现在滑铁卢他们曾相对临阵过，互相准会开过枪。他们因而格外亲热了。他们把拿破仑，惠灵吞②，布吕协③一个个地批评着，接着他们谈猎斑鹿、野猪和羚

---

① 比塞，今通译作比萨，意大利中部托斯卡纳大区城市。

② 惠灵吞，今通译作"惠灵顿"，曾任英军统帅。

③ 布吕协，今通译作"布吕歇尔"，普鲁士元帅，有"前进元帅"之称。

羊。夜色已经很深，最后一瓶鲍尔多葡萄酒也空了，这时，上校又握了握中尉的手，向他道了晚安，表示希望由这样滑稽的方式开始的友谊，能够继续下去。他们分了手，各自就寝去了。

三

夜色绮丽，影月弄波，帆船顺着一片轻风，缓缓地航行着。李迭亚姑娘没有睡熟，如果没有那个俗人在眼前，她早去领略那只要有一点诗情的人在这月明的海上必得感到的情怀了。当她断定年轻的中尉已睡得很熟了的时候——因为她认为他是一个俗物——她便起身披上大衣，唤醒了她的侍女，走到甲板上去。甲板上除了一个在把舵的水手以外，没有什么别的人，他在那里用一种野蛮而单调的调子，用高尔斯方言唱着一种悲歌。在沉静的夜里，这种奇异的歌声自有它的动人之处。不幸李迭亚姑娘不完全懂得水手所唱的歌。在几句俗套之间，有一句有力的诗句，深深地激起了她的好奇心，可是正听到妙处，却又来了几句方言，这些方言的意思她便捉摸不到了。然而她懂得唱的是关于一件杀人的事。对于暗杀者的诅咒，复仇的威胁，对于死者的赞颂，一切都

　　　　高龙芭

交错地混合着。她记住了几句诗；我试把它译出：

> ……枪炮和刺刀——都不能使他脸儿吓青，——安静地在一片战场上——有如夏日的长天。——他是苍鹰的朋友巨鹫，——对朋友他是沙漠中的蜜，——对敌人他是暴怒的海，——比太阳更高，——比月亮更柔。——法兰西的敌人——是永不会遇到他了，——他故乡的暗杀者们——已从背后将他害死了，——像维多罗杀死桑必罗·高尔梭一样。——他们从来不敢正面望他。——……把我的得来无愧的十字勋章——挂在我床头的壁上。——勋章的绶带是红的。——我的衬衫却更红。——望着我的十字勋章，留着我的血衫，——给我的儿子，给我远在他乡的儿子看。——他将在衣衫上看见两个弹孔。——为了这里的每一个弹孔，另一件衬衫上也得打上弹孔。——可是仇已报了吗？——我要那开过枪的手，——那瞄准过的眼，——和那盘算过的心……

水手突然停住不唱了。

"朋友，你为什么不唱下去？"奈维尔姑娘问。

水手摆了摆头，指示她看一个从帆船的大舱盖里走出来的人：那是出来赏月的奥尔梭。

　　"把你的悲歌唱完了吧，"奈维尔姑娘说，"它很使我感到兴趣。"

　　水手俯过身来低声对她说：

　　"我对任何人都不加以 rimbecco①。"

　　"什么？"

　　水手并不回答，吹起口哨来。

　　"奈维尔小姐，正当你在欣赏我们的地中海的时候，我碰到了你，"奥尔梭向她走过去说，"你一定承认在别的地方见不到这样的月色吧。"

　　"我没有看它。我是在专心研究高尔斯话。这个水手正在唱一曲最凄凉的悲歌，唱到最妙的地方却停下来了。"

　　水手弯下身来，好像是去仔细察看罗盘，他粗鲁地拉了一下奈维尔姑娘的大衣。他的悲歌不能在奥尔梭中尉的面前唱出来，是显然的事。

　　"你在唱什么，巴洛·法朗赛？是一个 ballata 吗？一

_____

　　① 意大利语，意为撤回，回击。

个 vocero^① 吗？小姐懂你的话，她想听完。"

"我已忘记了，奥尔梭·安东。"水手说。

接着他使劲高唱起一曲圣女颂歌来。

李迭亚姑娘漫不经心地听着那颂歌，不再去强迫那个唱歌的人了。然而她很想在以后弄清这个谜。可是她的侍女，因为是弗洛伦斯^②人，和主人一样地不懂高尔斯方言，也很想弄个明白；李迭亚姑娘还来不及用肘子推她，她已向奥尔梭说了：

"少爷，'加人以 rimbecco'当什么讲？"

"rimbecco！"奥尔梭说，"那便是向一个高尔斯人施以最毒狠的诅咒：那就是责备他不报仇啊。谁对你说起 rimbecco 的？"

"是昨天在马赛的时候，"李迭亚姑娘急忙答道，"帆船老板用了这个字眼。"

"他说到谁呢？"奥尔梭急急地问。

"哦！他为我们讲了一个老故事……那故事是出在……对啦，我想那是关于华妮娜·陀尔娜努的事。"

"华妮娜之死，小姐，我想不会使你很爱我们的英

---

① ballata，vocero，皆指悼歌。

② 弗洛伦斯，今通译作"佛罗伦萨"，意大利中部古城。

雄，勇敢的桑必罗吧？"

"可是你觉得他的行为是很英勇吗？"

"他的罪有当时的野蛮风俗可作辩解；而且桑必罗和热那亚人正在死战：如果他不将那想和热那亚人讲和的女人处罚了，他的同乡怎么还会相信他呢？"

"华妮娜没有得到她丈夫的允许，是私自走的，"那水手说，"桑必罗绞死她做得很对。"

"可是，"李迭亚姑娘说，"她之所以到热那亚人那儿去替她的丈夫求恩，是为了要救丈夫，还是出于爱他之心啊。"

"替他求恩，那就是毁损他！"奥尔梭喊着。

"而他竟亲手绞死了她！"奈维尔姑娘接下去说，"他简直可以算是一个恶魔了！"

"你要晓得，她是像求恩似的求他亲手处死她的。小姐，你把奥塞罗也视为一个恶魔吗？"

"那是不同的！他是嫉妒；桑必罗却只是虚荣。"

"而那嫉妒，可不也就是虚荣吗？那是恋爱的虚荣；或许你，会因动机的原故而原谅他吧？"

李迭亚姑娘向他庄重地望了一眼，便问那水手，帆船什么时候可以到港。

"如果一直有这样的风，"他说，"后天就可以到了。"

　　　　　　　高龙芭

"我愿意马上就看见阿约修，因为这只船使我厌倦。"

她站起来，挽着侍女的手臂，在甲板上走了几步。奥尔梭在舵边呆站着，不知道他是应该陪她一同散步呢，还是该中断这种好像是使她讨厌的谈话。

"真是一个美丽的姑娘！"那个水手说，"如果我床上的蚤虱都像她，那么我就是被它们咬了也甘心的！"

李迭亚姑娘或许已经听见了对于她的美丽的这种天真的赞辞，且因此生了气，因为她差不多立刻便回房去了。不久，奥尔梭也回去了。他一离开甲板，侍女又上来了，在盘问了那水手一番之后，把以下的这些话报告了她的主人：那首因奥尔梭的到来而打断的 ballata，是为奥尔梭的在两年前被暗杀的父亲代拉·雷比阿上校之死所做的。水手很相信奥尔梭是回高尔斯来"报仇"的——这是他的说法，他又断定，不久比爱特拉纳拉村里便可以看到"鲜肉"了。这种民族特有的语辞，把它翻译过来，意思就是奥尔梭大爷要杀死两三个暗杀他的父亲的嫌疑者。那些嫌疑者，固然曾为那件事对簿公庭，但是因为裁判官、律师、知事和宪兵都是他们夹袋中人物，他们就一点罪名也没有了。

"在高尔斯是没有公道的，"水手补充说，"与其信托法庭，还不如信托一杆好枪。一个人有了仇人，他便应当在三个 S 中选择一个。"

这些有意思的报告大大地改变了奈维尔姑娘对代拉·雷比阿中尉的态度和感情。从这个时候起，在那喜欢幻想的英国女子的眼里，他已变成一个重要人物了。最初曾使她感觉不快的那种无忧无虑的神色，那种爽直与和气的口吻，现在在她看来都格外地有价值了，因为这是一个刚毅的心灵的深深的隐藏，不使人从外表上看出一点内心的情感。在她看来，奥尔梭简直是费艾斯基一类的人物，在轻佻的外貌之下隐藏着深谋远虑；虽则杀几个无赖不及救国救民漂亮，可是一次漂亮的复仇总也是漂亮的；况且女人们总是欢喜不是政客的英雄。这时奈维尔姑娘才注意到青年中尉有着很大的眼睛，洁白的牙齿，优雅的身材，受过良好的教育，具有上流社会的习气。此后她便常和他谈话，而他的谈话又使她感到很有兴味。她不断地打听有关他故乡的情况，他把它讲得很好。他虽则因起初进高等学校，接着又进军官军校，在年少的时候便离开了高尔斯，心灵上却始终留着一个充满诗的色彩的印象。当他谈到它的山、它的树林、它的居民独特的风习的时候，他便兴奋起来。和我们所想象的一样，在他的叙述中，复仇这个字眼出现了好多次，因为谈到高尔斯人而不褒贬他们的尽人皆知的热情，简

高龙芭

直是不可能的事。对于他的同乡那种永无穷尽的仇恨，奥尔梭一概加以不满之论，这使奈维尔姑娘有点惊奇。然而，对于那些乡下人，他总想法原谅他们，他托词说复仇是可怜的人们之间的决斗。他说："人们必先经过一种按规矩的挑战才互相暗杀，那是千真万确的。'准备吧，我准备了。'这便是两个仇人在互相埋伏之前所交换的誓言。"他又说："在我们那儿，暗杀事件比任何别的地方都多；可是从那些案件中，我们总找不出一个卑鄙的动机来。真的，我们有许多杀人犯，但是没有一个贼。"

每当他说到复仇和杀人等字眼的时候，李迭亚姑娘留心注意着他，可是在他的脸色上，她一点也看不出有什么激动的表现。因为她已断定，他有一种相当的灵魂之力，能在一切人们的眼前（当然，在她眼前除外）把自己变成一个高深莫测的人；她便继续坚信，代拉·雷比阿上校的阴魂不久就会得到它所要求的满足。

帆船上已经可以看见高尔斯了。船老板把沿海主要的地方报出名字来，虽则那些地方李迭亚小姐完全不熟悉，可是知道它们的名字也使她有点高兴。最讨厌就是一幅风景没有名字。有时上校的望远镜使她瞥见一些岛民，穿着棕色的布衣，带着一杆长枪，骑着一匹小马，在险峻的山坡上奔驰。李迭亚姑娘把这些岛民都当作是强盗，或是为自己的父亲之死去复仇的儿子；可是奥尔梭向她断言，那是附近村庄里赶路去做买卖的安分的居民；他们之所以带着一杆枪，并不是因为有什么大用处，主要是为了要漂亮，要时髦，正如城里一个漂亮人出门一定要带一根漂亮的手杖一样。虽则一杆枪不及一把短刀高尚而有诗意，可是李迭亚姑娘觉得，对一个男子说来，那是比一根手杖漂亮得多了，于是她想起了拜伦诗里的一切英雄，死去时都不是因为中了古式的短刀，而是因为受了枪弹。

航行了三天之后，他们便到了赤血群岛的前面，于是阿约修湾壮丽的全景便展开在我们那些旅行者的眼前。人们把它比作拿波里湾并非无故；帆船开进港口去的时候，一片草莽正在着火，烟雾遮住了邦达·第·吉拉多，使人看了想起威苏维火山，而格外觉得和拿波里湾相似。但要使它们完全一样，那就需要阿谛拉的一支大军在拿波里的周围进行一番扫荡；因为在阿约修的四周，渺无人烟，一片荒凉。看不到像从加斯代拉马雷到米赛纳岬各处岸上那样的漂亮的建筑物，只能看见幽暗的草莽，和草莽后面的光秃秃的山峦。没有一所别墅，没有一户人家。只是在城市周围的山顶上，东零西碎地有几所白色的建筑物，孤独地映在一片绿色的背景上；那是祠堂

高龙芭

和家墓。在这里的风景中，一切都显着一种严肃而悲哀的美。

城里的景观（特别是在那个季节），又把周围的荒凉所给人的印象加深了。街上没有一点动静，在那里，你只能碰到几个闲荡的人，而且老是那几个。除了几个来卖蔬菜的乡下女人，见不到一个女的。你绝对不可能像在意大利的各个城市中那样，听见人们高声说话，大笑，唱歌。有时候在公共散步场的树荫之下，有十来个武装的农人在玩纸牌，或是看着人家玩纸牌。他们不喧嚷，从来不争吵；如果赌上了劲，总是先听见手枪声，然后才听见威胁的话语。高尔斯人天生是严肃而沉默的。晚上，有几个人出来呼吸新鲜空气，可是在大街上散步的差不多全是异乡人。岛上的居民都守在自己的家门边，一下也不走动；每个人都像在侦察着什么，正如一头鹰在它的巢里一样。

四

在寻访过拿破仑的诞生处，又用多少有点天主教气的方法弄到了一点那地方的糊墙纸之后，到高尔斯才两天的李迭亚姑娘，便为一种深切的悲哀所困住了。这种深切的悲哀，是任何人在到异乡的时候都会感到的；那异乡的难以和合的习惯使人陷于一种完全的孤寂中。她懊悔自己当初为什么起那样的念头；可是又不能立刻就走，因为立刻走了会有损于她那大胆的女旅行家的声誉；因此李迭亚姑娘打定主意忍耐，竭力设法消遣。凭着这勇敢的决心，她整理了彩笔和颜色，描画了港湾的风景，又为一个被太阳晒黑的乡下人画了一张肖像：那个乡下人是卖瓜的，和大陆上的种菜人一样，可是生着白胡须，带着一种不多见的最凶猛的无赖的神气。然而这些全不足以慰她的旅愁，她便打定主意，要缠住那"班长"的后裔；这并不是一件难事，因为奥尔梭一点也不急着回自己的村里去，却好像对于阿约修很感兴趣——虽然他在这里一个熟人也没有。李迭亚姑娘更想做一件重大的事业，那便是要开化这头在山间长大的熊，使他放弃这次回岛时所带有的凶谋。自从开始研究他以来，她就觉得如果让这个青年人自取灭亡，实在是很可惜的，而在她呢，感化了一个高尔斯人也是一件光荣的事。

我们的这些旅行家的日子是这样过的：早晨，上校和奥尔梭去打猎；李迭亚小姐作画或是写信给她的闺友（写信的主要目的是使人知道她的信是在高尔斯写的）；六点钟光景，两个男子满载着猎物而归；大家吃晚饭，

高龙芭

李迭亚姑娘唱歌，上校睡觉，两个年轻的人一直谈到深夜。

为着旅行护照的手续，奈维尔上校不得不去拜访知事；知事和他的大部分同僚一样，正闷得无聊，知道来了个有钱的英国上流人，又是一个漂亮的姑娘的父亲，心里十分快乐；他很殷勤地招待他，表示极愿为他效劳；几天之后他便来回访。上校刚吃完饭，舒舒服服地躺在沙发上，正要睡着；他的女儿在一架破损的钢琴前唱歌；奥尔梭在翻她的乐谱，顺便欣赏着这位美丽的音乐家的肩头和金色的头发。有人来通报知事老爷驾临；于是钢琴不响了，上校站了起来，将他的女儿介绍给知事。

"我不给你介绍代拉·雷比阿先生了，"他说，"因为你一定认识他。"

"先生是代拉·雷比阿上校的公子吗？"那位知事微微露出为难的神气。

"是的，先生。"奥尔梭回答。

"尊大人我是认识的。"

客套话不久便讲完了。上校忍不住打了好多次呵欠；性情高尚的奥尔梭，绝对不愿意和政府的一个官吏谈话；只有李迭亚姑娘一个人把谈话支持下去。在知事那方面，他也不让谈话断了；能够和一个熟识欧洲社会里一切名人的女子谈谈巴黎和社交界，在他是有一种很大的兴趣，那是显然的事。他在谈话的时候，不时地带着一种奇异的好奇心注意着奥尔梭。

"你是在法国认识代拉·雷比阿先生的吗？"

李迭亚姑娘带着一点窘态回答，她是在那只载他们到高尔斯来的船上认识他的。

"这是一个很不错的人。"知事半吞半吐地说，接着他用一种更低的声音说，"他对你说过他为什么目的回高尔斯来的吗？"

李迭亚姑娘庄严地说：

"我没有问过他，你可以去问问他。"

知事沉默了；可是听见奥尔梭用英语向上校说了几句话之后，他便说：

"先生，你好像到过许多地方。你准已忘记了高尔斯……和它的习惯了吧。"

"那倒是真的，我离开高尔斯的时候年纪还很轻呢。"

"你还在军队里吗？"

"我已退职了，先生。"

"你在法国军队里耽得很久了，恐怕变成一个完全的法国人了吧。先生，我确信着呢。"

他带着一种着重的语气说出最后的那几个字眼来。

向高尔斯人说他们是法国人，他们并不会很高兴的。他们愿意做一个独立国的国民，而他们也确有这种意图，足以被人承认。那位有点不高兴的奥尔梭回答说：

"知事先生，你以为一个高尔斯人必须在法国军队里服役，才能做一个体面人吗？"

"当然不是啦，"知事说，"我绝对不这样想；我只是说，本地的某些'习惯'，其中有好几种是行政长官所不愿意看到的。"

他把"习惯"这两个字说得特别重，又在脸上表现出最严重的表情来。不久之后，他站起身来告辞，他出去的时候，已得到了李迭亚姑娘到知事署里去看他妻子的许诺了。

他走了以后，李迭亚姑娘说：

"我必须到高尔斯来，才能知道所谓知事是怎样的人。这人在我看来倒还有趣。"

"在我呢，"奥尔梭说，"却不这样认为，他带着那种夸大而神秘的神气，我觉得很奇怪。"

上校差不多已经睡着了；李迭亚姑娘向他望了一眼，放轻了声音说：

"我呢，我觉得他并不如你所说的那样神秘，因为我相信我理解他的意思。"

"奈维尔姑娘，你当然是很聪明的；但是，如果你在他刚才所说的话里看出一些机智，那一定是你先有了成见的原故。"

"代拉·雷比阿，我想这是一句德·马斯加里尔侯爵的话吧；可是……你要我给你一个证明我明察的证据吗？我简直可以说是一个女巫，一个人只要被我看见过两次，我便能够知道他的思想。"

"天啊！你使我害怕了。如果你能知道我的思想，我不知道我应该引为快乐呢还是悲伤……"

"代拉·雷比阿先生，"李迭亚姑娘红着脸说下去，"我们只相识了没有几天；可是在海上和在野蛮的地方——我希望你能原谅我这句话……——在野蛮的地方，比在社交界里容易成为朋友……所以，如果我像朋友一般和你谈得稍许深入一点，请你不要见怪。这或许是一个异乡人所不应该与问的私事。"

"哦！不要说这些话，奈维尔小姐；别的话会更使我有兴趣些。"

"呃！先生，我应该对你说，我并没有设法探听你的秘密，却知道了一部分，而这便使我苦痛。先生，我知道你家里遭遇的那件不幸的事；你的同乡人有仇必报的性格和他们报仇的方式，我常常听别人讲起……知事所暗示的不就是这件事吗？"

"李迭亚小姐，你相信是这样的吗！……"奥尔梭的脸变得像死人一样地惨白了。

"不，代拉·雷比阿先生，"她打断了他的话，"我知道你是一位很体面的绅士。你自己说过，在你的家乡里，只有平民才施行那种报仇……那种你把它拿来当作一种决斗而描摹着的复仇……"

"那么你相信我会成为一个暗杀者吗？"

"奥尔梭先生，既然我对你这样讲着，你便很可以看出，我并不怀疑于你；而我之所以对你这样讲，"她垂下了眼睑，"因为我知道你在回到乡下以后，会被野蛮的偏见所包围（那是很可能的事），那时如果你知道有一个人，会为你抵抗那些偏见的勇气而尊敬你，对你或许不无帮助。——哦，"她站起来说，"不要再讲这些扫兴的事了：它使我头痛，而且时候也很迟了。你不埋怨我吗？来，让我们按英国方式道晚安吧。"于是她向他伸出手去。

奥尔梭紧握着她的手，神色严肃而感动。

"小姐，"他说，"你晓得，有些时候，故乡的本能也会在我心头苏醒。有时我想起我那可怜的父亲……一些可怕的念头便来侵袭我了。幸亏有你，我才克制住自己。谢谢你，谢谢你！"

他正要说下去；可是李迭亚姑娘翻落了一只茶匙，上校被这声音惊醒了。

"代拉·雷比阿，明天五点钟去打猎！要按时到啊。"

"是，我的上校。"

五

第二天，在那两位去打猎的人回家的稍前，奈维尔姑娘从海边散步回来，正带着她的侍女向客邸走去；她看到了一个年轻的女子，穿着丧服，骑着一匹矮小而精悍的马驰进城来。她后面跟着一个乡下人，也骑着马，穿着一件肘边已有破洞的褐色布衣，身上斜挂着一个水壶，腰里挂着一支手枪，手里还拿着一杆长枪，枪柄插在一个系在鞍架上的皮囊里；总之，披带着歌剧里的强盗或是行旅中的高尔斯乡民的全副装束。那女子的惹人注目的美丽立即引起了奈维尔姑娘的注意。她看上去约有二十岁，身材颀长，肤色洁白，生着深蓝色的眼睛，桃色的嘴，珐琅一样的牙齿，表情中同时显现着骄傲、忧虑和悲哀。她头上披着名为 Mezzaro 的披巾。那是热那亚人流传到高尔斯来的，很适合女子披带。栗色的云鬟围在她头的四周，仿佛是一种头巾。她的衣衫清洁，

高龙芭

又十分朴质。

奈维尔姑娘有充分的时间观察她，因为那个披着披巾的女子在路上停下来，很上劲地向人问事，这是可以从她眼睛的表情上看出来的；接着，在得到了答复之后，她将她的马打了一鞭，飞奔而去，到了托马斯·奈维尔和奥尔梭所住的客邸的门前才停下来。在那里，和店主人说了几句话之后，这位年轻的女子便轻捷地跳下马来，坐在门边的一条石凳上；她的马夫便把马都牵进马厩里去。李迭亚姑娘穿着她的巴黎时装在这陌生女子面前走过的时候，她的眼睛连一抬都没抬。一刻钟之后，李迭亚开了窗，看见披披巾的女子照旧坐在老地方。不久，上校和奥尔梭打猎回来了。店主人同穿丧服的女子说了几句话，把代拉·雷比阿指给她看。她脸红了，兴奋地站了起来，向前走了几步，接着便好像不知所措地突然站住不动了。奥尔梭离她很近，奇怪地注视着她。

"你是，"她颤声说，"奥尔梭·安东·代拉·雷比阿吗？我呢，我是高龙芭。"

"高龙芭！"奥尔梭喊着。

他立即将她抱在怀里，温柔地吻着她；这有点使上校和他的女儿惊奇，因为在英国从没有人在路上接吻。

"哥哥，"高龙芭说，"我没有得到你的吩咐便来了，请你原谅我；我从我们的朋友那里得到你已到来的消息，而在我，看到你，真是一种莫大的安慰……"

奥尔梭又吻了她一次；接着，他转身向上校说：

"这是我的妹妹，如果她不先说出名字来，我是再也不会认得她的。——高龙芭，这位是托马斯·奈维尔上校。——上校，请原谅我，今天我不能和你们一起吃饭了……我的妹妹……"

"呃！老朋友，你要到哪里去吃饭啊？"上校喊道，"你要晓得在这该死的客栈里只有一个食桌，而这食桌又被我们占住了。小姐如果肯和我们在一起，我的女儿一定会很高兴呢。"

高龙芭望着她的哥哥；他是不善谦让的，于是他们便一同走进旅店里那间最大的房间，那是给上校作客厅和饭堂用的。代拉·雷比阿姑娘在被介绍给奈维尔姑娘的时候，只深深地行了一个礼，一句话也没有说。人们可以看出她很是惊惶失措；在体面的外国人前露面，在她或许还是生平第一次。可是她的仪态中一点也没有乡气。她的新奇抹煞了她的拙笨。奈维尔姑娘也因此而喜欢她；而且，因为客栈的各个房间都已被上校和他的仆役所占用，奈维尔姑娘出于殷勤，或是出于好奇，竟宁愿在自己的房间里搭一张床给代拉·雷比阿姑娘睡。

高龙芭

高龙芭讷讷地说了几句感谢的话，便立刻跟着奈维尔姑娘的侍女整妆去了，这是在太阳之下、风尘之中骑马旅行之后所少不了的事。

当她回客厅里来的时候，她在两个打猎的人刚放在壁角上的上校的那些枪枝前站住了。

"好漂亮的枪！"她说，"是你的吗？哥哥？"

"不，这些是上校的英国枪，又漂亮又好使。"

"我很愿意，"高龙芭说，"你也有这样的一支。"

"在这三支枪里，当然有一支是属于代拉·雷比阿的，"上校说，"他使枪使得太好了。今天开了十四枪，就打死十四只野物！"

立刻，大家推让起来，这场推让中，是奥尔梭屈服了。这使他的妹妹十分满意，这从她的表情就可以看出：她的脸色起先那么严肃，现在却突然浮出孩子气的快乐来了。

"你选一支吧，老朋友。"上校说。

奥尔梭不肯选。

"呃！令妹会替你选择的。"

高龙芭不用他说第二遍：她拿了一支装潢最少的枪，其实那是一支口径粗大的精良的芒东枪。她说：

"这一支射程一定很远。"

她的哥哥手忙脚乱地道谢，恰巧这时开饭了，才把他从急难中救了出来。高龙芭不肯就席，可是被她的哥哥望了一眼便顺从了；吃饭之前，她像一个虔诚的天主教徒似的画了一个十字，这使李迭亚姑娘看了觉得很有趣。

"好，"她心里想着，"这才是原始的。"

于是她打定主意，要对这个高尔斯旧习惯的年轻代表者多下几番有兴味的观察。奥尔梭呢，当然有点不安，因为他害怕妹妹会做出些乡气的样子来。可是高龙芭不停地望着他，一切照着哥哥的举动去做。有时她带着一种奇异的悲哀的表情定睛望着他；当奥尔梭的目光与她的目光相遇的时候，总是他先把目光移开去，好像他想避开妹妹在心灵上向他提出，而他又很了解的一个问题。大家都说着法国话，因为上校的意大利话说得很坏。高龙芭懂得法国话，而她不得不和她的主人们说的那少少的几句，她竟还说得很不错。

饭后，上校看出两兄妹之间有点拘束的样子，便带着他平常那种爽直的态度，问奥尔梭是否想单独和高龙芭姑娘谈谈，他说，如果是这样，他和他的女儿可以让到隔壁的房间里去。奥尔梭连忙道谢，说他们到了比爱特拉纳拉有的是谈话时间。比爱特拉纳拉便是他要去的村庄的名字。

于是上校便回到他的老座位沙发上去，而奈维尔姑娘，试了许多话题，竟不能使美丽的高龙芭开口，便请求奥尔梭为她读一章但丁的诗：但丁是她所爱好的诗人。奥尔梭选了那有法朗赛斯加·达·里米尼的插曲的《地狱篇》，便开始朗诵起来；那些卓越的三行诗，将男女共读恋爱故事的危险描写得那么生动，奥尔梭将这些诗句尽其所能地朗诵着。在他朗诵的时候，高龙芭移近桌边去，抬起了老是垂着的头，她那大睁的双眸闪耀着一种异样的火光，脸儿一阵发白，一阵发红，她痉挛地在椅子上颤抖着。意大利人头脑的组织是多么可惊异啊！根本用不到一个学究为她来指点出诗的妙处。

诗读完了，她喊道：

"多美啊！哥哥，这是谁作的？"

因为她的无知，奥尔梭有点窘，于是李迭亚姑娘微笑着回答说，那是一个死了有好几世纪的弗洛伦斯诗人作的。

"等我们到了比爱特拉纳拉的时候，"奥尔梭说，"我要教你读但丁的诗。"

"好呀，这多美啊！"高龙芭又说了一遍，接着便把她所记住的三四节三行诗念了一遍，先是轻轻地念，随后兴奋了起来，便带着一种她哥哥念诗的时候所没有的表情，把诗句高声朗诵了出来。

李迭亚姑娘十分惊异：

"你好像很爱诗，"她说，"我多么艳羡你那种第一次读但丁诗时所感受到的欢乐。"

"奈维尔小姐，"奥尔梭说，"你瞧但丁诗句的力量多么伟大，它竟会这样地感动一个只知道念祈祷文的乡下小姑娘……噢！我说错了；我想起来，高龙芭也是此道中人。年纪很小的时候，她就开始涂抹诗句了，而父亲后来写信告诉我，说她是比爱特拉纳拉和周围十里之内最杰出的 Voceratrice①。"

高龙芭向哥哥恳求地望了一眼。奈维尔姑娘是听人说起过高尔斯的即兴女诗人的，她一心想听一回，于是马上请求高龙芭为她一显身手。奥尔梭觉得十分为难，后悔不该想起了妹妹的诗才，便插进来说了几句话。他矢口说高尔斯的 ballata 是再枯燥无味也没有了，他争辩说在念过但丁的诗之后再念高尔斯的诗，简直是给他的故乡丢脸，可是这些话全没用，反而激起了奈维尔姑娘的性子，他终于不得不对他的妹妹说：

----

① 指唱悼歌的女子。

"好吧！信口吟一点吧，可是要短一点。"

高龙芭叹息了一声，专心地向桌布注意了一会儿，接着又抬头望着梁木，最后，把手蒙在眼睛上，仿佛这样能使她安心一些，好像有些鸟儿，当它们看不见自己的时候，便以为人们也看不见它们。她用一种颤抖的声音唱出——或毋宁说是说出——以下的一首小夜曲：

少女与野鸽

在山后远远的谷间，——每天只有一小时的阳光；——在山谷间有一家幽暗的人家，——野草一直蔓生到它的门槛上。——门户终日紧闭着。——屋顶上没有烟缕飘出来。——可是在午时，在太阳照过来的时候，——一扇窗门打开了，——那个孤女坐在纺车前纺纱：——她一边纺纱一边唱着——一个悲哀的歌；——可是没有别的歌来酬答她。——有一天，春天的一日，——一只野鸽停在邻近的树上，——它听到了少女的歌声。——少女啊，它说，要悲泣的不只是你一人——一只残酷的苍鹰已把我的伴儿攫去了。——野鸽啊，把那只凶狠的苍鹰指给我看；——纵使它飞得云那样高，——我会立刻把它打下来。——可是我这可怜的女子啊，谁把我的哥哥还给我呢？——我的哥哥现在是远戍他乡啊。——少女啊，对我说，你的哥哥在何方，——我的翼翅可以把我载到他的身旁。

"这真是一只有教养的野鸽！"奥尔梭一边喊一边吻着他的妹妹，他吻她时的情感和他强装的揶揄口气完全相反。

"你的歌真可爱，"李迭亚姑娘说，"我想请你把它写在我的手册里。我将来要把它译成英文，并谱上曲子。"

那位好上校是一句也不懂，跟着他的女儿称赞，接着又这样补了一句；

"小姐，你所说的那野鸽，可就是今天我们烧烤了吃的那种鸟儿？"

奈维尔姑娘拿了她的手册来，当她看见那位即兴女诗人把纸用得非常经济地写着她的歌的时候，不免大为奇怪。诗句并不分成行，而是尽纸的长短一连写下去，完全不和诗法的大众咸知的定律"分成短行，长短不等，两侧须留空白"相合。高龙芭姑娘有点随意的拼写法也是可以引人非难的，这使奈维尔姑娘微笑了好几次，奥尔梭却很难堪。

安歇的时候到了，两个少女便回房里去。在那里，李迭亚姑娘在卸下项圈、耳环和手镯的时候，看见她的同伴从衫子里除下一件东西来，有撑胸衣片那么长短，形状却完全不同。高龙芭小心地，又差不多是偷偷地把它藏在她的放在一张桌上的披巾下；接着她跪了下来，虔诚地祷告。两分钟之后，她已躺在床上了。李迭亚姑娘天性好奇，她脱衣服又像一般英国女子一样地慢，她走近桌边去，假装找一根针，拿起了那条披巾，便看见了一把不很短的，奇异地镶嵌着螺钿和银的短刀；那短刀做工精良，在一位鉴赏者看来是一件很值钱的古式武器。

"小姐们在胸衣里佩这种小东西，"奈维尔姑娘微笑着说，"也是此地的习惯吗？"

"是啊，这是不可少的，"高龙芭叹息着回答，"歹人那么多！"

"你真有这样刺过去的勇气吗？"

奈维尔姑娘手里拿着那把短刀，做着刺人的姿势，像在戏院里似的，从上往下刺去。

"是呀，"高龙芭用温柔而和谐的声音说，"为了保护我自己或是保护我的朋友们，少不了要这样……可是短刀不是这样拿的；如果你所要刺的那个人往后一退，你会把自己刺伤了的。"高龙芭坐了起来："瞧，是这样的，向上刺。别人说，这样才能刺死人。用不着这些武器的人多有福气啊！"

她叹了一口气，把头倒在枕头上，闭了眼睛。她那时的容貌是再美丽，再高贵，再纯洁没有了。费第阿斯为了要雕刻他的米奈尔华神像，除此以外再也找不出别的模特儿来了吧。

六

为了依照何拉斯的箴言，我先跳到了 in medias res①。现在，美丽的高龙芭，上校和他的女儿，大家都已睡熟了，趁这个时候，我来把那些详细情形告诉我的读者，如果读者要更深切地了解这件真实的故事，这些详情是不可不知道的。读者已经知道，奥尔梭的父亲代拉·雷比阿上校，是被人暗杀而死的；在高尔斯，并不像在法兰西，那种逃犯因为找不到别的好法子弄钱，只好去行凶杀人的事是没有的。然而被仇人所暗杀的事却常有，可是结仇的原因，往往很不容易说清。许多家族只是因

---

① 意为"到情节的中间"

世代是仇家而互相仇视，而仇恨本源的来历却已完全失传，无法弄清楚了。

代拉·雷比阿所属的那个家族，和许多家族结有仇，特别是和巴里岂尼那一家。有的人说，在十六世纪的时候，一个代拉·雷比阿家的男子勾引了一个巴里岂尼家的女人，那男子后来被那受污辱的女子的一个亲属刺死了。有的人却不是这样讲法，说被引诱的是一个代拉·雷比阿家的女子，而被刺死的是巴里岂尼家的男子。无论怎样，用习惯的话说，这两家之间是"见过血"的。然而，和习惯相反，这件仇杀案竟没有引出别的仇杀案来；那是因为代拉·雷比阿家人和巴里岂尼家人都被热那亚政府所迫害，年轻人都流亡国外，两家人家都已经好几代没有了有血气的代表者。前一世纪之末，一个代拉·雷比阿家的人——拿波里军队里的一个军官，在一个赌场里和几个军人口角起来；那些军人在别的咒骂之间夹着骂他是高尔斯的牧羊奴；他便拔出剑来，可是如果没有一个也在那里赌钱的陌生人，喊着"我也是高尔斯人"而帮助他打，他一个对三个，准早已一败涂地了。那个陌生人是巴里岂尼家的人，可是他不认识那位同乡。当解释清楚后，两人非常要好，发誓永远结为朋友；因为在大陆上，高尔斯人之间是很容易发生友谊的；在岛上则完全相反。这种事实在这个故事中很可以看得出的：代拉·雷比阿和巴里岂尼住在意大利的时候，一直做着挚友；可是回到高尔斯之后，虽则住在同一个村庄，互相却很少见面，而到他们死的时候，别人说两人竟已有五六年没有谈过话。他们的儿子之间也是同样的情形，正如岛里人们所谓，相互"客客气气"地生活着。其中的一个，季尔富丘，即奥尔梭的父亲，当了军人；另一家的一个，优第斯·巴里岂尼，当了律师。他们两人都成了一家之主。因为职业不同，各处一方，彼此简直没有过见面或交谈的机会。

可是在一千八百零九年前后，有一天优第斯在巴斯谛阿①报上看到，季尔富丘上尉最近得到了红绶章，他便在人面前说，他并不因此而惊奇，因为代拉·雷比阿一家受着某将军的庇护。这句话传到了在维也纳的季尔富丘耳里，他便对一个同乡说，当他回高尔斯的时候，准会看见优第斯发财了，因为优第斯从败诉里刮到的钱比胜诉里更多。谁也不知道他这话是嘲讽律师欺诈他的当事人呢，还是仅仅在说一个平凡的事实，即理屈的诉讼比理直的诉讼更能使律师得利。不论那句话的原意怎

①　巴斯谛阿，Bastia，今通译为"巴斯蒂亚"，位于法国科西嘉岛东北沿岸。

样，巴里岂尼律师听到了这种讽刺，便把它记在心头。在一千八百一十二年，他正要运动做本地的村长，一心希望成功的时候，某将军忽然写了一封信给知事，举荐季尔富丘妻子的一个亲戚。知事急忙迎合了将军的意旨，巴里岂尼便绝对相信他的失败是由于季尔富丘的阴谋。一千八百一十四年拿破仑失败之后，受将军保护的那个村长被人告发是拿破仑党，他的职位便由巴里岂尼取而代之。在"百日"中，巴里岂尼也轮到被革了职；可是，这场风暴过去之后，他堂堂皇皇地重新占有了村长的印绶和户籍簿。

从那个时候起，他便威风十足了。退职归隐到比爱特拉纳拉的代拉·雷比阿上校，不得不处处提防，对付仇家不断的无事寻衅：有时他被传唤去，要他赔偿他的马在村长先生的园地里所造下的损失；有时那村长借着修理教堂的铺石的名义，叫人翻去了一片刻着代拉·雷比阿家的纹章的，覆着其家一人的坟墓的破石板。谁家的羊吃了上校的新生的植物，羊主人总可以在村长那儿得到袒护；管理比爱特拉纳拉邮务的杂货商人，担任乡村巡警的残废的老兵——两个都是代拉·雷比阿家的手下人，先后都被革了职，代之以巴里岂尼家的手下人。

上校的妻子死了，临死说，希望葬在她常爱去散步的那个小树林中；村长立刻宣布她应该葬在本地的公墓里，因为官厅没有许可她单独葬在另外一个地方。上校大怒，宣说无须等待那种许可，他的妻子一定要葬在她所选定的地方，他便叫人在那里掘了一个墓穴。村长也叫人在公墓里掘了一个墓穴，又派了宪兵去，据他说，要强制执法。举行葬礼的那一天，双方面对面相遇了，一时间人们深怕因争夺代拉·雷比阿夫人的尸身会殴斗起来。由死者的亲戚召集来的约四十个武装森严的农民，强迫教士在走出教堂的时候向树林那面去；另一方面，村长和他的两个儿子，他的手下人和宪兵，挺身出来阻止。村长出来命令出殡的队伍退回来的时候，立刻遭到一阵詈骂和威胁，对方在人数占了优势，又都好像打定主意要和他拼命。一见他出现，许多杆枪都装上了子弹；有人竟说，一个牧人已经向他瞄准；可是上校撂起了枪，说："没有我的命令，谁都不准开枪！"村长和巴纽尔易一样，"天生怕挨打"，告了免战，带着扈从退下去了；于是出殡的队伍便出发了，故意选了一条最长的路，这样可以在村公所前面经过。在前进的当儿，行列中有一个呆大，不知怎么想出来的，高呼了一声："皇帝万岁！"两三个人跟着喊了几声，那些渐渐地兴奋起来的雷比阿派的人，还打算把一头偶然挡住他们去路的村长的牛杀死。幸亏上校阻止住了这种暴行。

不用说，一篇诉状递了上去，村长还用他的最出色的文笔向知事做了一个报告；在报告书中，他描摹那神圣而人道的法律如何地受蹂躏，——他的村长的尊严和教士的尊严如何地受蔑视和侮辱，——代拉·雷比阿上校如何地为首纠集拿破仑的余孽，图谋不轨，意欲推翻王室，又煽动乡民械斗——触犯了刑法第八十六条和九十一条。

这个诉状的夸张口气减损了自己的效果。上校也写信给知事和检察官；他妻子的一个亲属是本岛的一个议员的亲戚，另一个亲戚是高等法庭庭长的表兄弟。幸亏得到这些援助，那图谋不轨之罪被勾销了。代拉·雷比阿夫人依旧葬在树林里，只有那个喊口号的呆大坐了半个月牢。

巴里岂尼律师对于这事件的结果深为不满，便从另一方面来进行捣乱。他翻出了一张老旧的地契，企图根据那张地契夺取上校一条水流的主有权。这条水流推动着一个磨坊的水车。诉讼拖了很久。一年之后，法庭要判决了，各方面看来都是对上校有利，这时，巴里岂尼忽然拿出一封由著名的强盗阿高斯谛尼署名的信，呈给了检察官，信上恐吓村长说，如果不放弃他的要求，便要杀死他，放火烧他的家。我们知道，在高尔斯，强盗们的保护是很难得的，而他们为了替朋友出力，也常常干预个人的争斗。村长想利用这封信占得便宜，可是忽然来了一个新的事变，使事情变得更复杂了。强盗阿高斯谛尼写信给检察官，诉说有人假造他的笔迹，谤毁他的性格，把他说成一个拿自己的势力来做买卖的人。"如果我发觉了那个伪造者，"强盗在信尾写道，"我一定要把他处罚警众。"

显然，阿高斯谛尼并没有给村长写恐吓信；代拉·雷比阿把写冒名信之事归罪于巴里岂尼，巴里岂尼又把这事归罪于代拉·雷比阿。两方面都气势汹汹，法官也不知道该从哪一方面找出罪犯来。

正在这个当口儿，季尔富丘上校被暗杀了。当局所调查的事实记载如下：一千八百××年八月二日，傍晚时分，一个带着谷物到比爱特拉纳拉去的名叫玛德兰·比爱特里的妇人，听到了两响差不多是连放的枪声，好像是从一条通到村庄去的凹路里发出来的，离她所在的地方有一百五十步远近。差不多是同时，她看见一个男子俯身在葡萄园的小路里奔跑着，向村庄而去。那个人停住了一会儿，又回过头来，可是因为离得太远，妇人比爱特里瞧不清楚他是谁，而且那人嘴里还衔着一张葡萄叶，差不多把面部全遮住了。他用手向她所没有看见的一个同伴打了一个招呼，接着便在葡萄丛里不见了。

　　妇人放下她所背着的东西，奔上小路去，发现代拉·雷比阿上校躺在血泊之中，身上中了两枪，但是还未断气。他的身边，是他的装好了的枪，好像他正要对敌一个迎面向他开枪的人，这时另一个人却从背后打中了他。他延着残喘，拼命和死挣扎着，可是一句话也说不出来。据医生解释，这是因为他的肺被打穿了的原故。流血使他窒息；那血慢慢地，像红色的泡沫似的流出来。妇人扶他起来，问了他好几句话；可是都没有用。她看出他很想说话，但是说不出来。她又看出他想把手伸进口袋去，便急忙从他衣袋里拿出一个小文书夹，摊开了交给他。受伤的人从文书夹里拿出铅笔，努力想写字。证人的确看见他很困难地写了好几个字；可是她不识字，不懂那些字的意思是什么。上校因写字而用尽了气力，他把文书夹交到妇人比爱特里的手里，紧紧地抓住她的手，又带着一种异样的神气凝望着她，好像是对她说——这是证人的话——"这是重要的，这是暗杀我的人的名字！"

　　妇人比爱特里向村庄跑过去的时候，碰到了村长巴里岂尼先生和他的儿子文山德罗。那时候差不多已是黑夜了。她把所看见的事都讲了。村长先生拿了那本文书夹，跑到村公所去系他的饰带，唤他的书记和宪兵。村长走后，玛德兰·比爱特里请年轻的文山德罗去救上校，说他也许还有救；可是文山德罗回答说，如果他走到一个他全家所切齿的仇人身边去，别人一定会说是他把人杀死的。不久，村长赶到了，看见上校已死，便叫人把尸身抬回，然后上了一张状子。

　　巴里岂尼先生虽则着了慌（在这种情形中是不免的），还是把上校的文书夹密封了，并加了印，又尽他的能力作着种种探讨；可是没有一个人能有什么重要的发现。预审推事赶到后，打开了那文书夹，在染着血迹的一页上，看见了几个由一只无力的手所写的字，然而字迹还可以看得出来。上面写着：阿高斯谛……推事便深信，上校指出阿高斯谛尼是暗杀他的人。可是由推事召来的高龙芭·代拉·雷比阿，却请求让她检查一下文书夹。在翻了很久之后，她向村长伸出手去，喊道："这才是暗杀者！"于是在撼动她的沉痛的热狂中，她用一种惊人的正确和明确，讲着她父亲几天以前接到儿子的一封信，儿子告诉他刚移调了驻扎地方，她父亲把地址用铅笔写在文书夹里，然后把那封信烧了。现在文书夹里那个地址没有了，高龙芭的结论是村长把写着地址的那一页撕了，而她父亲写着暗杀者的名字的那一页，正就是写地址的那一页；高龙芭说，村长已用阿高斯谛尼的名字代替了那个凶手。推事看见文书夹中写着名字的那本簿子确实是缺了一页；可是不久又看见同一个文书夹中的别的几本簿子也缺了好几页，而证人又宣称，上校是常常从文书夹中撕下纸页来点雪茄烟的；所以这是很可能的事：他不留心烧了那个他所抄下的地址。此外人们证明，村长从妇人比爱特里那里接到文书夹之后，根本没有看，因为天已黑了；人们还证明他在走进村公署之前，一刻也没有停留过，宪兵队长伴着他到那里去的，看他点亮了灯，把文书夹放在一个封套里，又在他眼前盖上了印。

宪兵队长陈述完毕之后，高龙芭发狂似的投身在他脚下，请求他凭一切神圣的东西起誓，是否一刻都没有离开过村长。宪兵队长踌躇了一会儿——显然是被少女的激昂情绪所感动了——便承认曾经到隔壁房间里去找过一张大纸，可是总共还没有用一分钟，而当他在抽屉里摸索着那张纸的时候，村长还不停地和他谈着话。而且他还说，他回过来的时候，那个染血的文书夹依旧放在桌子上，在村长进房时丢的原地方。

巴里岂尼先生十分从容地陈述。他说代拉·雷比阿小姐的激烈行动，他很能原谅，而且他很愿意受法律的制裁。他证明，整个下午他都在村庄里；出事的时候，他是和儿子文山德罗在村公所前面；他又说，他的另一个儿子奥尔朗杜丘那天正害了热病，没离开过床。他搬出了家里所有的枪，没有一杆有最近发过子弹的痕迹。他还说，至于那文书夹，他在当时立刻知道是很重要的；他把它封好了，盖上印，交给了他的助理，因为他已预料到自己和上校有嫌隙，是会受嫌疑的。最后他提起阿高斯谛尼曾经说过，要把冒他的名写信的人处死，他婉转地说，那个无赖准是疑心着上校，因而将他暗杀了。在强盗们的故事中，为了同样的原因进行类似的报复，是有例可援的。

代拉·雷比阿上校死后五天，阿高斯谛尼为一队巡逻兵所袭，拼命地抵抗之后，终被打死。在他身上找到一封高龙芭的信，信上说人们指他为杀人凶手，恳请他声明一下，是或不是。强盗没有写回信，因此人们一般的结论都是说，他没有勇气去对一个姑娘承认自己杀了她的父亲。然而，那些自以为熟知阿高斯谛尼性格的人，都低声地说，如果他真杀了上校，他一定会夸口的。另一个以勃朗多拉丘这名字出名的强盗，送了一道宣言给高龙芭，在宣言里，他"以自己的名誉"担保同伴的无辜；可是他所引的惟一根据，便是阿高斯谛尼从来也没有对他说怀疑过上校。

结果是巴里岂尼家一点也没有受损害；预审推事把村长大大地称赞了一番；而那村长，又因为放弃了对他和代拉·雷比阿上校争讼的溪流的主权的要求，格外表现出他的美德。

按照当地的习惯，高龙芭在父亲的尸身前，对着聚集拢来的亲友，即兴唱了一支 ballata。在那 ballata 中，她吐出了对巴里岂尼家的一切仇恨，公然地把暗杀之罪归之于他们，更用她哥哥必将报仇的话威胁他们。这支 ballata 风行一时，水手在李迭亚姑娘面前所唱的便是这个。奥尔梭得到了他父亲死耗的时候正在法兰西的北部，他立即去告假，可是没有得准。起初，看了妹妹的信，他也相信巴里岂尼是罪人，可是不久他接到了审问的一切案卷的抄本，还有推事的一封专信，他又差不多确信强盗阿高斯谛尼是惟一的罪人了。高龙芭每隔三个月便给他写一封信，把自己所以怀疑的理由对他说了又说。读了这些指控之词，奥尔梭那高尔斯人的血不禁沸腾起来，有时候几乎也要分一点妹妹的偏见。然而他每次写信给妹妹，总是几次三番地说，她的猜疑一点也没有确实的根据，一点也不值得相信。他甚至不准她再对他讲这件事，可是总是无用。这样地过了两年；两年之后，他退职了，于是他想还乡去，并不是要对那些他认为是无辜的人们报仇，而是去让妹妹出嫁，卖掉他所有的小小的一点产业——如果那产业的价值足够使他移居大陆的话。

七

也许是因为高龙芭的到来，有力地使奥尔梭想起了家园，也许是因为高龙芭粗野的举止和衣饰，使他在文明的朋友们面前为难，一到第二天，他便声言，决定要离开阿约修，回比爱特拉纳拉去了。可是他请上校答应在到巴斯谛阿去的时候光临他的村舍，说可以打斑鹿、雉鸡、野猪和其他野味来酬答他。

出发的前一天，奥尔梭不去打猎了，提议到港岸上去散步。他挽着李迭亚姑娘，尽可以自由自在地谈话，因为高龙芭要买东西，留在城里，上校又时时刻刻离开他们去猎海鸥和塘鹅。上校的所为很使过路的人惊诧，他们不懂他为什么要为这样一类猎物而耗费火药。

他们沿着那条通往希腊人教堂的路走去，从那教堂边，可以看到海港最美的景致；可是他们一点也不曾注意到风景。

"李迭亚小姐……"奥尔梭在一个长久得使人难堪的沉默之后说，"老实说，你以为我的妹妹怎样？"

"我很喜欢她，"奈维尔姑娘回答，"我觉得她比你更有趣，"她又微笑着补充，"因为她是一个真正的高尔斯人，而你却是一个太文明了的野蛮人。"

"太文明了！……唉！自从我上了这个岛以后，我觉得自己不由自主地又变得野蛮了。成千成万的可怕的思想打扰着我，煎熬着我……因而在我要深入到我的旷野中去之前，我感觉有和你稍稍谈一会儿的必要。"

"先生，你应该拿出勇气来；瞧你妹妹忍耐的态度，她给你做出了榜样。"

"啊！别误信了吧。别相信她的忍耐吧。固然她还没有对我提过一句，可是从她的每一眼中，我都看出了她所期待我的是什么。"

"那么她究竟要你干什么呢？"

"哦！没有什么……只是要我试试看，你父亲的枪打人是否也像打竹鸡一样地出色。"

"这么可怕的念头！一句话还没有对你说，而你竟会这样推测！你这人真可怕。"

"如果她不想到复仇，她准会先对我说起我们的父亲；她却绝对不说起。她准会说出她视为杀人犯的人们的名字——我知道那是错误的——呃！也偏一个字不提。你瞧，那就是因为我们高尔斯人是一个狡猾的民族。我妹妹知道她还没有把我完全握在手中，而在我还可以脱逃之前，她不愿吓怕了我。一朝她把我领到了悬崖边上，我一不留神，她便会把我推到深渊里去的。"

于是奥尔梭把他父亲之死的详情讲了一点给奈维尔姑娘听，又把那搜集起来使他把阿高斯谛尼视为杀人犯的主要证据告诉了她。他还说：

"什么都不能使高龙芭信服。这是我从她最后的那封信上看出来的。她曾发誓要巴里岂尼一家的性命；而且——奈维尔小姐，你瞧我是多么信任你——如果不是一种偏见（她所受的野蛮教育是她持有这种偏见的原因）使她确信，因为我是一家之主，复仇的责任应该由我来履行，并且我的名誉和此事有关，则或许他们早已不在人世了。"

"真的，代拉·雷比阿先生，"奈维尔姑娘说，"你冤枉你的妹妹了。"

"不，你自己也说过……她是高尔斯人……她的思想和一切高尔斯人的思想一样。你知道昨天我为什么那么不高兴吗？"

"不知道，可是最近这段时间，你是常常陷于那种极度的忧郁之中的……在我们相识的起初几天，你要更快乐一点，也更有趣一点。"

"昨天本来却正相反，我比平时更快乐、更幸福。我看见你对我的妹妹那么好，那么宽厚！可是，我和上校坐船回来的时候，你知道有一个船夫用他那该死的土话对我说些什么？他说：'你打了这么多猎物，奥尔梭·安东，可是你会发现奥尔朗杜丘·巴里岂尼是一个比你更厉害的枪手。'"

"呃！这些话里有什么很厉害的意思吗？你难道那么想做一个出众的枪手吗？"

"你没有听出来吗？那无赖是在说我没有杀死奥尔朗杜丘的勇气。"

"你要知道，代拉·雷比阿先生，你真的使我害怕了。你们岛上的空气，好像不仅会使人害热病，而且会使人疯狂。幸亏我们不久就要离开了。"

"可是先得到一到比爱特拉纳拉。你已经答应过我的妹妹了。"

"那么，如果我们失了约，一定也会受到报复的，是吗？"

"你记得那天令尊大人对我们讲的那些印度人的故事吗？他们恐吓东印度公司的管理者，如果不接受他们的请愿，他们便要绝食而死。"

"你的意思是说你要绝食而死吗？我倒有点不相信。你只要一天不吃东西，接着高龙芭小姐拿了一块那么好吃的 bruccio[①] 来，你便会放弃你的决定了。"

"你这种嘲笑真厉害，奈维尔小姐；你应该宽待我一点。你瞧，我在此地十分孤单。我所以没有变成你所说的疯人，全是靠着有你，是你做了我的守卫天使，而现在……"

"现在，"李迭亚姑娘用一种严肃的口气说，"要支撑你的这个如此容易动摇的理性，你可以想着你男子和军人的名誉，还可以……"她转身去采一朵野花，一边说，"如果那对你有点用处的话，还可以回想一下你的守卫天使对你的关心。"

"啊，奈维尔小姐，如果我能够想着你真的对我有点关切……"

"听着，代拉·雷比阿先生，"奈维尔姑娘有点感动了，"既然你是个孩子，那么我就像对待孩子似的对待你。我小的时候，母亲给了我一个我一心想着的美丽的项圈；可是她对我说：'每逢你戴上这项圈的时候，便得

---

① 一种熟乳酪制的干酪。是高尔斯的名菜。（作者原注）

想一想你还不懂法文。'于是那项圈在我眼里便损失了一点价值。在我看来，它已变成一种疚戒了；可是我仍然戴着它，结果我学会了法文。你看见这个指环吗？这上面有一块从金字塔里找出来的埃及的蜣螂形宝石。这个你或许会当作酒瓮那一类东西的古怪图样，意义是'人生'。我们国家里有许多人，他们觉得埃及的象形文字都是很有道理的。旁边的这个，是一个盾和一只握着矛的手臂，它的意义是'斗争'。这两个字连起来，便成了我觉得是很好的格言：'人生就是斗争。'你别以为我能熟练地翻译埃及象形文字，那是一个古文字学者解释给我听的。现在，我将我的蜣螂形宝石送给你。在你起了什么高尔斯式的恶念的时候，便看着我这个护身符，对你自己说，你应该战胜那些恶念。——我的说教还不错吧。"

"那时我将想到你，奈维尔小姐，我必得对我自己说……"

"你将对你自己说，你的一个女朋友会因为你受了绞刑而感到悲伤，而且你的祖先，各位'班长'也会因此而很伤心的。"

说了这几句话，她带笑地放开了奥尔梭的臂膊，跑到她的父亲那边去：

"爸爸，"她说，"放过那些可怜的鸟儿吧，来，和我们到拿破仑洞寻找诗情去吧。"

八

虽则是暂别，离别这回事总不免有点严重的样子。奥尔梭和他的妹妹将要在第二天清晨出发了，头天晚上，他就向李迭亚姑娘告了别，因为他并不希望她会为了他的原故，改变她晚起的习惯。他们的告别辞是冷淡而庄重的。自从他们海滨的谈话以来，李迭亚姑娘生怕已对奥尔梭表示出一种或许是太关切了的态度，而奥尔梭呢，也没有忘记她的讥讽，特别是她那种不郑重的口气。有一个时候，他相信在那年轻英国女子的态度中，觉察出了一种萌生的爱情；现在被她的揶揄所破灭了，他对自己说，他在她眼里，不过是一个泛泛之交而已，她不久就会忘记了他的。因此，早晨他和上校一同坐着喝咖啡的时候，看见李迭亚姑娘跟着他的妹妹走了进来，不禁大为惊讶。她是五点钟起身的，这在一个英国女子，特别在奈维尔姑娘，是要费很大的劲儿的。这使他不得不引以自豪了。

"我们这样早地骚扰了你，我心里很是不安，"奥尔

高龙芭

梭说，"一定是我的妹妹没有听我的吩咐，吵醒了你，你准会诅咒我们了。或许你在希望我这样的人还是早点'绞死'的好，是吗？"

"不，"李迭亚姑娘用意大利语低声说，显然是为了不叫父亲听到，"可是你昨天为了我没有恶意的玩笑和我赌了气，我可不愿你带了一个对我的坏印象回去。你们这些高尔斯人啊，多么可怕！再会吧，我希望不久就可见面。"

她向他伸出手去。

奥尔梭只叹息了一声来做回答。高龙芭走到他身边去，把他牵到窗口，拿着一件她藏在披巾下的东西给他看，一边和他低声说了一会儿话。

"小姐，"奥尔梭对奈维尔姑娘说，"我妹妹想送你一件希奇的礼物；可是我们这些高尔斯人，除了我们那时间磨灭不掉的感情之外，是没有什么了不起的东西可送人的。我妹妹说你曾经很好奇地看过这把短刀。这是我们家的一件传家宝。可能，它从前曾挂在一个我赖以和你认识的'班长'的腰边。高龙芭把它看得很重，她要得到我的允许才送给你，而我也不知道应不应该答应，因为我怕你会见笑我们。"

"这把短刀是很可爱的，"李迭亚姑娘说，"可是那是你们传家之宝，我不敢收纳。"

"这不是我父亲的短刀，"高龙芭急急地说，"这是代奥道尔王①赐给我母亲的一位先祖的。如果小姐受纳了它，会使我们很高兴。"

"啊，李迭亚小姐，"奥尔梭说，"别看不起一把王家的短刀吧。"

对一个鉴赏家说来，代奥道尔王的遗物比一个强大的君主的遗物更为珍贵。这把短刀的诱惑力很强，将来把这武器拿到她在圣杰麦斯广场的房间里，放在一张漆桌上，那效果李迭亚已经想象到了。

"可是，"她带着要收纳礼物的人的那种踌躇态度，拿起那把短刀，又向高龙芭露出她最可爱的微笑，"亲爱的高龙芭小姐……我不能……我不敢让你回去时没有防身的武器。"

"哥哥和我在一起呢，"高龙芭用一种骄傲的口气说，"而且我们还有令尊大人赐的那支好枪。奥尔梭，你已把它装了子弹吗？"

李迭亚姑娘收下了短刀。但这里有这样的一种迷信：把砍人或是刺人的武器送朋友，自己会碰到危险。为避

① 代奥道尔王，意大利贵族、冒险家，被高尔斯人推举为代奥道尔王一世。

免这种危险起见，高龙芭讨了一个铜子作代价。

终于到出发的时候了。奥尔梭又握了一次奈维尔姑娘的手；高龙芭吻着她，接着又把自己的樱唇送给那位对于高尔斯的礼节甚为惊奇的上校。李迭亚姑娘从客厅的窗口目送着两兄妹骑马而去。高龙芭的眼睛里闪着一种她至今还没有见过的邪恶的欢乐。这个高大而有力的女子，坚守着野蛮人的名誉观，额上现着骄傲的神气，弯弯的嘴唇上浮着一片冷笑，带着那个武装的青年扬长而去，仿佛去作一次凶险的远征。一见她那种样子，李迭亚姑娘便想起了奥尔梭的忧虑，她好像已经看见他的恶神在牵引着他走向灭亡。那已经上了马的奥尔梭抬起头来看见了她。或许是看出了她的心事，或许是想对她作最后一次的告别，他拿起了他系在一条绳上的那个埃及指环，放到他的嘴唇边去。李迭亚姑娘红着脸离开了窗口，但即刻又回到了窗边，她看见那两个高尔斯人骑着他们那矮小精悍的马很快地向山间跑去。半个钟头之后，上校用他的望远镜把那沿着港底奔驰着的他们指点给她看，她看见奥尔梭不时地向城这一面回过头来。最后奥尔梭的身影在一个沼泽之间消逝了。那沼泽当时正植着许多树苗。

李迭亚对着镜子里望了一下，发觉自己脸色惨白。

"那个青年人会怎样想象我？"她说，"我又怎样想象他？而我又为什么要想他？……一个旅行中的相识者而已！……我到高尔斯来干什么的？哦，我绝对不爱他……不爱，不爱；而且那是不可能的事……瞧那高龙芭……我做一个 voceratrice① 的嫂子！而且她还佩着一把大短刀！"这时她看见自己还握着代奥道尔王的短刀。她将它丢在梳妆台上。"高龙芭到伦敦去，在阿尔美克的大厅里跳舞！天啊！这样的一头'狮子'；……或许她会大大地轰动呢……他爱着我，那是不会错的……他是一个被我打断了冒险生涯的小说中的英雄……可是他真的一定要用高尔斯方式替他父亲报仇吗？……他原是一种介于康拉特和花花公子之间的人物……我使他变成了一个纯粹的花花公子，一个穿高尔斯式衣裳的花花公子了！……"

她投身在床上想睡，可是怎样也睡不着；我也不打算把她的独白再继续写下去，在那独白里，她说了不止一百遍，代拉·雷比阿先生从来没在她心上，现在也不在，将来也决不会在。

---

① 指喝悼歌的女子。

高龙芭

九

奥尔梭和他的妹妹正一同在驰骋着。起初，他们的马行进得太快，使他们不能交谈；可是后来山路太险峻，他们不得不慢慢地走，这时他们便谈起他们刚别了的朋友来。高龙芭兴奋地讲着奈维尔姑娘的美，讲着她的金色的头发，讲着她的温雅的态度。接着她问，那位上校实际上是否和表面看去一样地有钱，李迭亚姑娘是不是独养女。

"这倒是一个佳偶，"她说，"她的父亲好像和你很要好……"

看见奥尔梭没有回答，她便继续说下去：

"我们这一家以前也是很有钱的，现在还是岛里最被人重视的一家。那些 Signori① 全是私生子。只有'班长'世家才保持着贵族的血统，而且，奥尔梭，你知道，你是从岛里最早的'班长'一脉传下来的。你知道我们的家族是从山的那面移来的，内乱迫使我们迁徙到这边来。奥尔梭，如果我做了你，我就不踌躇了，我就向上校去请求娶他的女儿了……（奥尔梭耸了耸肩）。我会用她的

---

① 指高尔斯的封建藩主的后代。

嫁资把法尔赛达树林和我们家下面的葡萄园一齐买下来，我会盖一所漂亮的石屋，我还会把古堡加高一层——在那个古堡上，in bel Missere 亨利伯爵的时代，桑步古丘曾经杀死过很多的摩尔人。"

"高龙芭，你在说疯话。"奥尔梭一边赶路一边说。

"奥尔梭·安东，你是男子，当然比一个女子更知道你应当怎样做。可是我很想知道，那个英国人有什么理由可以反对这段婚姻。英国也有'班长'吗？……"

这样地谈着话，经过了一个不算短的途程之后，两兄妹到了一个离保加涅诺不远的小村。他们在那里停下来，在一家世交家里吃饭和歇夜。他们受到高尔斯式的款待；那种款待，除非你亲自受到过，否则是无法领会的。第二天，主人（他是代拉·雷比阿夫人的教父）送了他们约十里路。

"你看见这些树林和这些草莽吗？"他在要分别的时候对着奥尔梭说，"一个'做了一件坏事'的人可以在这里面安安逸逸地住十年，不受宪兵和巡逻兵的搜捕。这些树林和维沙伏拿森林相接；如果一个人在保加涅诺或邻近的地方有些朋友，那么他什么也不会缺少。你有一支好枪，它的射程一定很远。哎呀！这样大的口径！用它可以杀比野猪更厉害的东西呢。"

奥尔梭冷淡地回答说，他的枪是英国货，可以把子弹打得很远。然后他们接了吻，各自上路。

我们的旅人离比爱特拉纳拉已经没有多远了，忽然，在一条他们要穿过去的山峡间的小路上，他们看见了七八个带枪的人，有的坐在石头上，有的躺在草上，有的直立着，好像在侦察。他们的马都在离他们不远的地方吃草。高龙芭从所有高尔斯人出门必带的大皮囊里拿出一个望远镜，把他们察看了一会儿。

"是我们的人！"她带着一种快乐的神气喊道，"比爱鲁丘真会办事。"

"什么人？"奥尔梭问。

"我们的牧人，"她回答，"前天下午我差比爱鲁丘回来召集这些人，叫他们伴送我们回家。你没有扈从是不能进比爱特拉纳拉的，而且你应该知道，巴里岂尼家什么事都干得出来。"

"高龙芭，"奥尔梭用一种严厉的口气说，"我已经几次三番地要求你，不准再对我提巴里岂尼和你那没有根据的怀疑。我当然不会带着这一群游手好闲的人回家去，让人们当作笑柄，你没有先通知我便把他们召集了来，我很不高兴。"

"哥哥，你已经忘记你故乡的情形了。在你粗心忽略的时候，保护你是我的责任。我做的事，是我所应该做的。"

这时，那些牧人已经看见了他们，一齐骑上马飞奔过来迎接他们。

"奥尔梭·安东万岁！"一个强壮的白胡须老人喊道——他也不管天这样热，还披着一件比山羊皮更厚的，连帽子的厚大氅。"简直是他父亲的写照，只是更高大更强健罢了。多漂亮的枪啊！奥尔梭·安东，这一定会成为我们谈话的中心呢。"

"奥尔梭·安东万岁！"牧人们同声高呼，"我们早知道他终究会回来的！"

"啊！奥尔梭·安东，"一个肤色像砖石一样红的高个子说，"如果你父亲能在这里欢迎你，他一定会非常快乐的！好人啊！如果你从前肯相信我，让我去对付了优第斯，你现在就会见到你的儿子了……那个好人！他却不肯相信我。现在他会知道我是不错的了。"

"好！"那老人说，"优第斯所等待着的事，什么也不会少的。"

"奥尔梭·安东万岁！"

十一二响枪声伴着这欢呼开了出来。

奥尔梭被这群一齐说着话，又争先伸出手来握手的骑着马的人们围着，心里十分生气，一时间竟说不出话来。最后，他拿出申斥他的士兵和要拘禁他们的时候的神气，说道：

"我的朋友们，感谢你们对我所表示的心意，感谢你们对我父亲所怀着的好感；可是我不愿意任何人替我拿主意。我知道我应该怎样做。"

"这话不错，这话不错！"牧人们喊着，"你很知道，你可以信任我们的。"

"是的，我信任你们；可是我现在一个人也用不着，没有什么危险威胁着我。回马管你们的羊去吧。我认识上比爱特拉纳拉的路，用不到向导。"

"一点也不用害怕，奥尔梭·安东，"那老人说，"'他们'今天是不敢露面的。雄猫回来的时候，耗子都躲进洞里去了。"

"白胡须老头子，你自己才是雄猫！"奥尔梭说，"你叫什么名字？"

"什么！奥尔梭·安东，你不认识我了吗？我从前时常把你放在我身后骑我那头倔强的骡子的。你不认识保罗·格里福了吗？我这个忠仆，是一心一意替代拉·雷比阿家尽力的。老实说，等到你那杆大枪说话的时候，我这杆像我一样老的枪，是不会一声也不响的。记住吧，奥尔梭·安东。"

"好，好；可是，全给我走开吧，让我们赶路。"

牧人们终于散了开去，很快地向村庄那边跑去；可是他们时常在路上高起的地方停下来，好像在察看有没有埋伏，而且他们总是离开奥尔梭和他的妹妹不很远，以便在必要的时候帮助他们。老保罗·格里福对同伴们说：

"我懂得他！我懂得他！他不把他要做的事说出来，但是他会做，他简直是他父亲的影子。好！尽管说你不怀恨任何人吧！你已经向圣女拿加发过誓了。好！村长的皮我是看得一个钱也不值了，不到一个月，连做皮囊都不中用了。"

这样地由一队侦察兵开着路，代拉·雷比阿家的后裔进了他的村庄，向他的祖先，那些"班长"留下的邸宅而去。长久没有主脑的雷比阿党的人，成群结队地前来迎接他，那些守中立地位的居民，站在他们自己的门槛上看他经过。巴里岂尼党的人则躲在家里，从窗隙里窥望着。

比爱特拉纳拉村，像一切高尔斯的村子一样，建筑得很不规则；在高尔斯想看一条真正的街，只有到德·马尔伯夫先生所建筑的加尔吉斯去。比爱特拉纳拉的房子胡乱四散着，一点也谈不上排列，坐落在一个小高原——或者不如说山脊——的顶上。在村子的中央，有一棵大槠树，槠树旁边，是一个花岗石的水槽；一条木管子把邻近的泉水引到这水槽里来。这个公用的水槽是代拉·雷比阿家和巴里岂尼家两家出钱合造的；可是如果你拿这个来做两家从前和睦的证据，可就大错了。从前，代拉·雷比阿上校捐了一笔钱给本地方的土地局，作建造一个水槽之用，巴里岂尼律师听到这消息，急忙也捐出了一笔同样的钱，比爱特拉纳拉之所以有水，全是托福于这场慷慨的竞争。在槠树和水槽的周围，有一片人们称为"广场"的空地，晚上，闲人都聚集在那边。有时候人们在那里玩纸牌，每年谢肉节的时候，人们还在那里跳舞。在广场的两端，有两所并不很宽但是很高的建筑物，用花岗石和叶纹石造成。那便是代拉·雷比阿家和巴里岂尼家对敌的"堡垒"。建筑的样式完全相同，高低也是一样，你可以看出这两家的对抗是由来已久，相持不下，命运之神无论对哪方面都不曾加以袒护。

把"堡垒"一词的意义解释一下，或许是不为无益的。那是一种约四十英尺高的方形建筑物。在别的地方，这种东西干脆称为鸽笼。狭窄的门离地有八英尺来高，由一道很陡的阶梯通上去。门上面有一扇窗，窗前面有一种露台之类的东西，露台下面开着洞，好像是一个炮眼，如果有什么不速之客跑来，上面的人便可以躲在这里对付他，自己却不会遭受危险。在窗和门的中间，有两个雕刻得很不精细的盾形纹章。一个从前雕着热那亚的十字徽，现在却损坏了，只有古物研究者才能辨认得出。另一个雕着堡垒主人家族的徽章。仿佛是为了使装饰更完全，那些盾形纹章上和窗框上还有一些弹痕，这样，你便可以想象出高尔斯中世纪的一所邸宅了。我还忘记了交代一句，住宅都是靠着堡垒的，而且内部常常有一条通道和堡垒相连接。

代拉·雷比阿家的堡垒和住宅在比爱特拉纳拉广场的北面，巴里岂尼家的堡垒和住宅在南面。从北面的堡垒到那水槽为止，是代拉·雷比阿家的散步场所，对面是巴里岂尼家的散步场所。自从上校的妻子落葬以后，两家由于一种默契，彼此不相往来，从没有一个人想到对方的广场上去显露头面。为了免得绕路，奥尔梭正要从村长的门前走过去，可是妹妹拦住了他，要他走一条不穿过广场而通往他们家的小路。

"为什么要绕路呢？"奥尔梭说，"难道广场不是公有的吗？"他径自催马前进。

"一颗勇敢的心啊！"高龙芭暗暗地说，"……父亲啊，你的仇可以报了！"

到了广场上，高龙芭置身于巴里岜尼家的屋子和她哥哥之间，眼睛一直注视着仇家的窗户。她注意到那些窗户最近已设了障碍物，还搭了 archere。所谓 archere 者，便是作枪眼形的狭窄的孔，装在那些掩住了窗户下层的大木段之间，当人们怕人攻袭的时候，便这样地设置障碍物，他们还可以在木段的掩护之下安全地向攻袭的人开枪。

"懦夫！"高龙芭说，"瞧吧，哥哥，他们已经防御起来了；他们设置了障碍物！可是他们总有一天要出来的！"

奥尔梭在广场南面露面，在比爱特拉纳拉起了一个大轰动，又被视为是一种近于冒失的勇敢。对于这天傍晚聚集在楮树之下的中立的人们，这是一篇注解不完的文章。

"幸亏巴里岜尼的两个儿子没有回来，"他们说，"他们可没有像律师那样肯容忍，他们一定不会看着仇人经过他们的地面，而不把他的威风收拾一下的。"

"邻舍，记住我对你说的话吧，"一个老人（他是村子上的预言者）说，"我观察过高龙芭今天的脸色，她的头脑里已经有了主意。我已在空气里闻到了火药的味儿。

不久，比爱特拉纳拉的肉店里将有便宜肉出售了。"

十

　　奥尔梭年纪很轻就离开了父亲，所以几乎没有机会和父亲相熟。他十五岁时便离开比爱特拉纳拉到比塞去读书，在那里，当季尔富丘的大纛风靡全欧的时候，他进了军官学校。奥尔梭在大陆上难得看见父亲，只是到一千八百一十五年，他被编入他父亲的部下，以后才常常见到父亲。可是那位军纪严明的上校，把自己的儿子和其他青年中尉一样看待，换一句话说，对他很严厉。奥尔梭所保留着的对于父亲的记忆有两种。他先想起在比爱特拉纳拉的时候，父亲打猎回来，把枪交给他收拾，又教他卸出猎枪中的子弹，还有小时候他第一次被允许和全家人一起坐到饭桌前的情景。接着他又想起这位代拉·雷比阿上校，常常为了一点小错就把他监禁起来，而且永远只称他为代拉·雷比阿中尉：

　　"代拉·雷比阿中尉，你站的地位不对，三天监禁。——你的哨队离本队远在五米以外，五天监禁。——你在正午十二点零五分的时候还戴着便帽，八天监禁。"

　　只有一次，在四臂村之役的时候，上校对他说：

高龙芭

"很好，奥尔梭，可是还要机警些。"

然而这些并不是在比爱特拉纳拉能引起来的回忆。回到比爱特拉纳拉以后，童年的旧游地的光景，亲爱的母亲所用过的家具，在他的心头勾起了无限温柔而惆怅的情感；接着，他想到了自己的未来，觉得实在是十分黯淡，妹妹的神色举动也使他模模糊糊地感到不安；还有，奈维尔姑娘将要到他家里来，而这个家，他现在看来是那么狭小，那么简陋，和一个过惯豪华生活的女子是那样地不相称，她或许会因此而看不起他……这许多念头，把他的脑袋搅得一片混乱，使他灰心丧气，沮丧之至。

吃晚饭的时候，他坐在一张黑糊糊的橡木大圈椅上——这是饭桌上的首席，从前是他父亲坐的。他看到妹子怯生生地来陪他吃饭，不由得微微一笑。高龙芭在吃饭时守着沉默，吃过饭便立即告退了，这使他深感庆幸，因为他觉得自己的心情十分激动，要是妹妹现在就向他发起攻击（他相信她必有这种计划），他是决计抵挡不住的。但是高龙芭没有来触动他的感情，看来是想给他一段时间定定神。他用双手托着头，久久地一动也不动地坐着，心里回想着最近半个月来的种种情景。他觉得，如今似乎每一个人都在等着他对巴里岂尼家有所行动，这种期待不禁使他毛骨悚然。他觉得比爱特拉纳拉的舆论，对他说来已渐渐成了一种社会公论。为了不被人看作懦夫，他必须替父亲复仇。可是向谁复仇呢？他不相信巴里岂尼父子是杀人犯。诚然，他们是他一家的仇人，但是，除非像他的同乡人那样抱着狭隘而荒唐的偏见，才能把暗杀之罪归到他们的头上去。有时他想到了奈维尔姑娘给他的护身符，便低声念着那上面的那句格言："人生就是斗争！"最后他用一种坚决的口气对自己说："一定要胜利而回！"下了这个决心，他便站了起来，拿着灯预备上楼到自己房间里去了。忽然却听到有打门的声音，而此刻已不是会客的时候。高龙芭立刻走了出来，后面跟着一个女仆。

"不会有什么事的。"她向门边跑去的时候这样对他说。

可是，在开门之前，她先问打门的人是谁。一个轻轻的声音回答：

"是我。"

横在门上的门闩除下了，过了一会儿，高龙芭又出现在饭厅里，一个十岁左右的女孩子跟在她后面，赤着脚，穿着褴褛的衣衫，头上包着一块破烂的包头布，长长的黑发像乌鸦的翼翅似的，从包头布下露了出来。那孩子很瘦，脸色发青，皮肤被太阳晒得乌黑了，眼睛里却闪耀着聪明的火焰。一看见奥尔梭，她便怯生生地站住了，用乡下人的方式行了一个礼；接着便去和高龙芭谈话，并且把一只新打死的山鸠交给了高龙芭。

"多谢，岂里。"高龙芭说，"谢谢你的叔叔。他身体好吗？"

"很好，小姐，托福托福。因为他到得很迟，所以我没能早点来。我在草莽里等了他三个钟点。"

"你还没有吃晚饭吧？"

"哎！没有，小姐，我没有工夫啊。"

"在我们这儿吃吧。你叔叔还有面包吗？"

"不多了，小姐；可是他尤其缺少的是火药。现在有栗子可吃了，他只需要火药。"

"等会儿，我拿一个面包和一些火药来，你拿去送他。对他说，火药很贵，要用得省一点。"

"高龙芭，"奥尔梭用法国话说，"你把这些东西布施给谁啊？"

"本村的一个穷强盗。"高龙芭也用法国话回答，"这女孩子是他的侄女。"

"我觉得你的这种施舍可以用在较好一点的地方。为什么要把火药去送给一个无赖呢！他会用它去犯罪的。这里如果大家对于强盗没有那种可叹的愚劣的慈善行为，高尔斯或许早就没有他们的踪迹了。"

"我们家乡最坏的，并不是那些落草的人。"

"你想给的话就给一点面包，那是谁也不能反对的；但是我不赞成你供给他们军火。"

"哥哥，"高龙芭严肃地说，"你是这里的主人，这屋子里的东西全是你的；可是我要预先告诉你，你要我不拿火药给一个强盗，我宁可把我的披巾送给这个女孩子去卖钱。不给他火药！那还不如把他送交巡捕。除了子弹之外，他还能用什么来自卫呢？"

这时候那个女孩子正在大嚼面包，又轮流地留神望高龙芭和她的哥哥，想从他们的眼色里看出他们所说的话的意义。

"那么，你所说的那个强盗究竟闹了什么事？因为犯了什么罪才落草的？"

"勃朗多拉丘绝对没有犯罪，"高龙芭喊道，"他杀了约房·奥比索，那人在他当兵的时候暗杀了他的父亲。"

奥尔梭掉转头去，拿起了灯，一句话也不回答，一直上楼到房间里去了。高龙芭把火药和食物给了女孩，一直送她到门口，再三叮嘱说：

"请你的叔叔要特别照顾着奥尔梭！"

十一

　　奥尔梭躺了许多时候才睡熟，因此第二天醒得很迟——至少对一个高尔斯人说来是很迟了。一起身，首先扑入他眼帘的是他的仇人的房屋和他们新搭起的archere①。他走下楼去找他的妹妹。

　　"她在厨下熔铸弹丸。"女仆莎凡丽亚这样回答他。

　　这样，他走一步，战争的形象就追他一步。

　　他看见高龙芭坐在一张凳子上，四面都是新铸成的弹丸，她在削掉弹丸的铅屑。

　　"你在那儿干什么鸟事？"她哥哥问她。

　　"你没有子弹去装上校的枪了。"她柔声地回答，"我找到了一个合适的弹丸模型，今天你便可以有八十粒子弹了，哥哥。"

　　"多谢你，我用不着！"

　　"不要临渴掘井，奥尔梭·安东。你已忘记了你的家乡和你周围的人们了。"

　　"我一忘记你便立刻提醒了我。啊，告诉我，几天之前有一只大箱子送到吗？"

---

　　①　指枪眼形的狭窄的孔。

"有的，哥哥，我把它搬到你楼上的房间里去，好吗？"

"你搬上去？你哪有力气搬得动它……难道这里没有做这种事的人吗？"

"我并不像你所想象的那样不中用。"高龙芭说着便卷起了袖子，露出一双圆圆的白臂膊来，那臂膊模样长得很好，但看上去力气颇不弱。"来，莎凡丽亚，"她对女仆说，"来帮我。"

等奥尔梭急忙去帮她的时候，她已独自个把那只笨重的箱子提起来了。

"在这只箱子里，我的好高龙芭。"他说，"有一点给你的东西。你会怪我送你这样轻的礼，但是一个退休的中尉，钱囊是不很充足的。"

说话之间，他打开了箱子，从那里取出了几件衫子，一条肩巾，和少女用的一些别的东西。

"多漂亮的东西！"高龙芭喊道，"我得马上把它们收起来，免得弄脏了。我要把它们留到结婚的时候用。"她悲哀地微笑了一下，补充说，"因为我现在穿着丧服。"

接着，她吻了一下哥哥的手。

"妹妹啊，穿丧服穿得这么久，便近于做作了。"

"我发过誓的，"高龙芭坚决地说，"我不会除去丧服……"

她从窗口望着巴里岂尼家的屋子。

"除非等到你结婚的日子吗？"奥尔梭不想让她说下去，便这样地说。

"我不会和人结婚，"高龙芭说，"除非那人做了三件事……"

她一直凄怆地望着仇人的屋子。

"高龙芭，像你这样漂亮的姑娘还没有结婚，我真奇怪。喂，对我讲讲谁在向你求爱吧。此外我还想听听他们的情歌。为要取悦于一个像你这样伟大的 Voceratrice①，那些夜曲一定会是很好听的。"

"谁会要一个可怜的孤儿呢？……而且那使我除了丧服的人，将使那面的妇女们穿上丧服。"

"这简直是疯狂了。"奥尔梭暗想着。

但是他一句话也不回答，免得惹起争执。

"哥哥，"高龙芭用一种讨好的口气说，"我也有点东西送你。你所穿的衣服在本乡是太美丽了。如果你穿着你这漂亮的礼服到草莽里去，不到两三天就会弄得破碎不堪的。你应该把它藏起来，等奈维尔姑娘来的时候

---

① 指唱悼歌的女子。

再穿。"

接着，她便打开衣橱，取出了一套猎装。

"我给你做了一件天鹅绒的上衣，这里是一顶便帽，本地的漂亮少年就是戴这种帽子的；我为你绣成已很久了。你试一下好吗？"

于是，她给他穿上了一件宽大的绿天鹅绒上衣，那上衣背后有一个极大的袋子。她又给他戴上一顶尖顶的黑天鹅绒帽，那帽子钉着黑玉，绣着黑花，顶上还结着一个缨络。

"这是父亲的子弹带，"她说，"他的匕首在你上衣的口袋里。我再去给你找手枪来。"

"我这神气真像是昂比居——高米克剧场里的强盗。"奥尔梭照着莎凡丽亚递给他的小镜子说。

"你这样装扮真漂亮极了，奥尔梭·安东，"那个老女仆说，"就是保加涅诺或是巴斯代里加地方的最漂亮的戴尖帽子的人，也不会比你更漂亮！"

奥尔梭穿着他的新衣裳进早餐，吃饭的时候，他对妹妹说，他箱子里还有一批书籍；他还想到法兰西和意大利再去弄一些来，要她在书上多用点功。

"高龙芭，"他说下去，"因为像你这样大的女孩子还不知道大陆上的孩子一脱离保姆就学习的事物，是很可羞的。"

"你的话不错，哥哥。"高龙芭说，"我很知道我缺少什么，我只想多读点书，尤其是如果你肯教我的话，那是再好也没有了。"

高龙芭好几天没有提起巴里岂尼的名字。她一直小心侍候着哥哥，而且时常和他谈起奈维尔姑娘。奥尔梭教她读法国和意国的作品，她时常让奥尔梭惊奇不已，有时是因为她观察之正确和有条理，有时却是因为她对于最通俗的事物的毫无知识。

一天早晨，吃过早餐之后，高龙芭离开了房间一会儿，回来的时候，没有像平常那样带着一本书和一些纸，却头上披着一条披巾。她的神色比平时更为严肃。

"哥哥，"她说，"请你和我一同出去一下。"

"你要我陪你到哪里去？"奥尔梭说着，伸出臂膊去让她挽。

"我用不到你的臂膊，哥哥，可是请你带着你的枪和你的子弹盒。男子汉出外不可不带武器。"

"不错！应该照这样办。我们到哪里去呢？"

高龙芭没有回答，把披巾缠在头上，唤了守夜狗，便由哥哥伴着出去了。她大步走出了村庄，做了一个手势，让那只狗（它好像很熟识这种手势）走在她的前面；

然后，走上了一条蜿蜒在葡萄蔓之间的凹路。那只狗立刻曲曲折折地在葡萄蔓之间跑起来，有时在这边，有时在那边，老是离开女主人五十步远近，有时在路上停下来望着她摇尾巴，好像是很尽了它的侦察的职分。

"如果莫斯惜多吠起来，"高龙芭说，"哥哥，你便装上枪弹，站着别动。"

出村庄约半英里，经过了许多转折之后，高龙芭突然在路拐角的一个地方停了下来。那里有一个小小的金字塔形的树枝堆，有些树枝还是绿的，有些已经枯干了，堆得有三英尺高的光景。树枝堆顶上露出一个涂成黑色的木十字架。在高尔斯的许多区域中，特别是在山间，有一个古老的习惯——或许这和异教的迷信有关——就是过路人必须在暴死的人的死处，丢上一块石头或是一根树枝。

只要人们还没有忘了他的惨死，在悠长的岁月之间，这种奇怪的献物便一天一天地堆积上去。人们称之为某人的"堆"，某人的mucchio①。

高龙芭在这树枝堆前面站住了，折了一枝杨梅树枝，加到金字塔上去。

----

① 意大利语，意为"堆"

"奥尔梭，"她说，"我们的父亲就死在这里。哥哥，为他的灵魂祷告吧。"

于是她跪了下来。奥尔梭也学着她的样。这时候，村里正好慢慢地响起一阵钟声，因为夜里死了一个人。奥尔梭不禁怆然泪下。

几分钟之后，高龙芭站了起来。她的眼睛并没有湿，但是脸色异常紧张兴奋。她用大拇指迅速地画了一个十字——她的同乡习惯于用这一动作来表明自己誓言的庄严——接着便拉着哥哥回村去。两人都一声不响地回到家里。奥尔梭进了自己的房间。不久高龙芭也进来了，手里拿着一个小匣子，她将它放在桌上。她打开匣子，取出一件血痕斑斑的衬衫来。

"这是父亲的衬衫，奥尔梭。"

说完她把衬衫丢在他膝上。

"这就是打死他的子弹。"

她把两粒上锈的子弹放在那件衬衫上。

"奥尔梭，我的哥哥！"她扑到他怀里，使劲抱住他，喊道，"奥尔梭，你一定要为他报仇！"

她差不多是发狂般地吻着他，吻着弹丸和衬衫，然后走出房去，让她的哥哥如醉如痴地坐在椅子上。

奥尔梭寂然不动地坐了一会儿，不敢把这些可怕的遗物拿开。最后，他鼓起劲来，把它们重新放进小匣里去，然后跑到房间的另一端，投身在床上，脸朝着墙壁，把头埋在枕头里，好像是要避免看见鬼魂似的。妹妹的最后几句话不停地在他耳鼓里响着，他好像听到了一种命定的、无可逃避的神谕，向他要求流血，流无辜者的血。这不幸的青年人，此刻头脑里像疯人一样，一片纷乱，他的这种种感觉我也无法一一描摹。他一动不动地躺了很久，连头也不敢转一下。最后他站了起来，关上小匣，急急忙忙地走出屋子去，在田野里漫无目标地奔跑着，自己也不知道向哪里去。

新鲜空气渐渐地舒展了他的胸襟，他镇定下来了，开始冷静地考虑自己的处境和解脱的办法。诸君已经知道，他绝不怀疑巴里岂尼家的人是杀人凶手，但是他恨他们不该伪造强盗阿高斯谛尼的信，而这封信，他觉得至少是他父亲死于非命的起因。告他们伪造文书之罪，他认为是不可能的。在这种情形下，家乡的偏见和高尔斯人的本能不时地来侵袭他，使他想到随便在哪一条小径的拐角上，很容易地就可以把仇给报了。但是，他又会想到军队中的同僚，巴黎的客厅，特别是奈维尔姑娘，于是，每次都憎恶地把这种念头赶紧抛开了。接着他又想到妹妹的责备，他身上还残留着的高尔斯人的性格，

高龙芭

使他承认妹妹的责备是正当的，这样，这种责备的分量显得更重，他内心也就格外痛苦了。在这场良心与偏见的争斗中，惟一的希望，便是假借某一个名义和律师的某个儿子惹起口角，然后同他决斗，用子弹或是用剑干掉对方；只有这样，才能调和他高尔斯人的观念和法国人的观念。打定了这样的主意之后，又想着执行的方法，他觉得已经如释重负。同时，还有一些别的更愉快的念头，也来帮着平定他狂乱的心绪。西赛罗因爱女都丽亚之死而陷于绝望之中，但当他聚精会神地想着如何用美丽的言语来悼念她的时候，居然忘记了自己的悲痛。宣第先生痛丧爱子，他在讲述这件不幸的事的过程中得到了慰藉。奥尔梭现在也可以对奈维尔姑娘描述自己的心境，而且这种描述必定能强有力地使那个美人发生兴趣。奥尔梭想到这里，热血便完全清凉下来了。

他正走在回村去的路上（他不知不觉地已经离开村庄很远），忽然听到一个小姑娘唱歌的声音。她准是以为四下没人，便在一条靠近草莽的小径上唱起歌来。那是一首作挽歌用的曲子，舒缓而又单调，女孩子这样唱着："留着我的十字勋章，留着我的血衫，给我的儿子，给我远在他乡的儿子看……"

"小姑娘，你在唱什么？"奥尔梭突然现身出来，怒气冲冲地说。

"原来是你，奥尔梭·安东！"女孩子有点吃惊，"这是高龙芭小姐作的一支歌……"

"不准你唱。"奥尔梭用一种可怖的声音说。

女孩左顾右望，好像在找一个避身的地方，而且，如果能舍得下她脚边草地上的那个大包裹，她一定早已逃走了。

奥尔梭对于自己的粗暴很抱愧。

"我的孩子，你带着的是什么？"他尽可能柔和地问。

岂里娜踌躇不答，他便揭开那包裹的麻布来，看见里面有一个面包和一些其他的食品。

"好乖乖，你把这面包带给谁去？"他问。

"你是很知道的，先生！带给我的叔叔去。"

"你叔叔不是强盗吗？"

"奥尔梭·安东先生，听你使唤。"

"如果宪兵碰到了你，他们会问你到哪里去……"

"我会对他们说，"那女孩子毫不踌躇地回答，"我送饭去给那些斩除草莽的卢加人吃。"

"那么如果你碰到了饿肚子的猎人，想靠你吃饭，把你的粮食拿了去呢？"

"他不敢的。我会对他说，这是送到我叔叔那儿去的。"

"好，他可决不是那种会受人蒙骗而放过了自己食物的人……你叔叔爱你吗？"

"哦！爱我的，奥尔梭·安东。自从我的爸爸死了以后，他便来照顾我们一家，照顾我的母亲，照顾我和我的小妹妹。在我妈妈未生病的时候，他常荐她到有钱人家里去做事。自从我叔叔去说过之后，村长每年送我一件衣裳，教士也把《教理问答》讲给我听，又教我读。可是待我们特别好的是你的妹妹。"

这时，小径上出现了一只狗，小姑娘把两只手指放进唇里，作了一声尖锐的嗯哨，那只狗便立刻跑到她身边来，向她摇尾乞怜，接着又突然钻进草莽里去。一会儿，离奥尔梭没几步远的树丛后面站起两个衣衫褴褛，但是武装整齐的人来。你简直可以说他们是像蛇一样地从那蔽着地的桃金娘和金雀花丛间爬过来的。

"哦！奥尔梭·安东，欢迎欢迎！"两人中年岁稍长的那个人说，"怎么！你不认识我了吗？"

"不认识。"奥尔梭仔细看着他。

"真奇怪，一把胡子，一顶尖顶帽，会把你变成另一个人！喂，我的中尉，仔细认一认吧。难道你忘记了滑铁卢的故人吗？难道你不记得在那不幸的日子里，在你身边咬开许多子弹盒的勃朗多·沙凡里了吗？"

"什么！是你吗？"奥尔梭说，"你在一千八百一十六年私逃了！"

"你说得很对，我的中尉。天哪，当兵真麻烦，而且我在这里有一笔账要算。啊！啊！岂里，你真是一个好孩子。快点拿东西来给我们吃，我们都饿了。在草莽里胃口有多大，我的中尉，你是想象不出的。这是谁送给我们的，是高龙芭小姐还是村长？"

"都不是的，叔叔，这是磨坊主人的女人叫我送给你的，她还送了一条被子给妈妈。"

"她要我做什么事？"

"她说她雇来开拓草莽的卢加人，现在要她三十五个苏，还要栗子，说是因为在比爱特拉纳拉的南部很炎热。"

"那些懒人！……让我看着办吧——别客气，我的中尉，一起来吃一点好吗？我们的可怜的同乡①被罢黜的时候，我们一起吃过最坏的饭的啊。"

"多谢——我也被罢黜了。"

"是啊，我听说是这样；可是我可以赌咒，你不会因

_____

① 此处指拿破仑。

此而不高兴的。你也有你的账要算啊——喂，'教士'，"强盗对他的伙伴说，"吃吧！——奥尔梭先生，我来给你介绍，这是'教士'先生，我不太清楚他是不是有教士的头衔，可是他有教士的学问。"

"一个被人妨碍去尽天职的可怜的神学学生，先生，"那第二个强盗说，"谁知道？不然我可以做主教呢，勃朗多拉丘。"

"那么，究竟为了什么原因把你从教会撵出来了呢？"奥尔梭问。

"一点小事情，就是我的朋友勃朗多拉丘所说的，一笔要算的账。我在比塞大学埋头读书的时候，我的一个妹妹跟人闹起恋爱来。我只得回乡来把她嫁掉。可是她的未婚夫，太着急了，在我到家的前三天就害热病死了。我便去找死者的哥哥——你如果处了我的地位，也一定会这样办的。但他们对我说他已经结了婚。怎么办呢？"

"这实在是件麻烦事。你怎么办呢？"

"遇到这情形便不得不请枪机上的燧石帮忙了。"

"这就是说……"

"我往他头里打了一粒子弹进去。"强盗若无其事地说。

奥尔梭吃了一惊，然而，好奇心，或许还有推迟归家时间的愿望，都使他逗留在那里，继续和两个强盗谈话，那两人的头脑里至少各装着一件暗杀事件。

勃朗多拉丘在伙伴谈着话的时候，把面包和肉放在面前，自己先吃着，接着又分给他的狗吃。他把那只狗介绍给奥尔梭，说它名叫勃鲁斯哥，有辨识巡逻兵的惊人天赋，随便巡逻兵怎样改装，它都认得出来。最后他又切了一块面包和一片熏火腿给侄女。

"强盗的生活是有趣的生活啊！"那个专修神学的大学生在吃了几口后喊道，"代拉·雷比阿先生，或许你将来也会来试试吧，那时你便会觉得无拘无束是多么有味儿了。"

一直到这时，那个强盗都是用意大利语谈话的；这时他改用法国话说下去：

"在一个青年人看来，高尔斯并不是一个很有趣的地方，可是在一个强盗看来呢，那就大不相同了！女人们为我们都发了狂。你瞧像我这样的人，都有三个情妇在三个不同的村子里。我是到处在自己的家里。而且其中有一个竟是一个宪兵的老婆。"

"你懂得很多种语言，先生。"奥尔梭庄重地说。

"我之所以要说法国话，你瞧，是因为 maxima

debetur pueris reverentia①。勃朗多拉丘和我，我们都愿意让这小女孩子学得好好的。"

"等她到了十五岁，"岂里娜的叔叔说，"我要把她好好地嫁出去。我已经看中一个人了。"

"将来是由你去求婚吧？"奥尔梭说。

"当然啰。如果我对一个本地的有钱人说：'鄙人勃朗多·沙凡里，如得令郎娶米谢琳娜·沙凡里为妻，则不胜荣幸。'你以为他会叫我求之再三才允许吗？"

"我不劝他这样做，"另一个强盗说，"他的手段有点不高明。"

"如果我是一个流氓，"勃朗多拉丘继续说下去，"一个混蛋，一个造假东西的，我只要打开我的背囊，五苏的钱会雨也似地滚进来。"

"那么在你的背囊里，"奥尔梭说，"有什么吸引它们的东西吗？"

"一点也没有；但是只要我像有人干过的那样，写一封信给一个有钱人：'我要一百个法郎。'他们会急忙送来的。可是我是一个规矩人，我的中尉。"

"你知不知道，代拉·雷比阿先生，"那个被自己的

---

① 大意为"最大的敬意应当给予青年"。

伙伴称为教士的强盗说，"你知不知道在这个人情单纯的地方，却有几个混蛋，利用人们因我们的护照（他指了指他的枪）而对我们起的敬意，来假造我们的笔迹而骗取付款单吗？"

"我知道，"奥尔梭急急地说，"可是什么付款单呢？"

"六个月之前，"那强盗说下去，"我在奥莱沙附近散步，忽然有一个大傻瓜远远地向我脱帽，走过来对我说：'啊！教士先生（他们都这样称呼我），对不起，请你宽限我一些时候吧，我只弄到了五十五个法郎；真的，我所能弄到的一共只有这些。'我十分惊奇：'你说些什么，傻瓜！五十五个法郎？'我对他说——'我的意思是说六十五个，'他回答我，'可是你要我一百个，那是无论如何也没有办法的。'——'怎么，混蛋！我向你要一百个法郎！我认也不认识你。'——于是他拿出一封信，或者不如说，拿出一片肮脏的破纸，交给了我，信上说要他在指定的地点放一百个法郎，否则乔冈多·加斯特里高尼（这是我的名字）便要烧掉他的房屋，杀掉他的牛。他假造了我的签名，真可恶极了！而尤其可恨的是，那封信是用土话写的，满纸都是文法错误……我这得过大学里所有的奖的人，我会犯文法上的错误！我先打了那傻子一个嘴巴，打得他团团地转——'啊！你当我是一个贼，你这混蛋！'我这样对他说，又狠狠地在他身上某部位踢了一脚。气稍稍平了一点以后，我问他：'你什么时候带钱到那个指定的地方去？'——'就是今天。'——'好吧！你送去吧。'——那是在一棵松树下，信上把地点说得很仔细。他带着钱去了，把它埋在树脚下，然后回来找我。我便埋伏在附近。我和那个家伙在那儿十十足足等了六个钟头。代拉·雷比阿先生，就是要三天我也会等。六个钟头之后，一个巴斯谛阿小子出现了，是一个可恶的放印子钱的人。他弯下身去取钱，我一枪打过去，瞄得那么准，使他倒下去的时候头恰巧落在他所掘起来的钱上。我对那个乡下人说，'现在，把你的钱拿回去吧，笨蛋！再不要乱疑心乔冈多·加斯特里高尼会干这种卑鄙的勾当。'那个可怜虫浑身发着抖，拾起了他的六十五个法郎，揩也不揩一揩。他向我道谢，我又请他吃了一脚作为告别，他便飞奔而去了。"

"啊！教士，"勃朗多拉丘说，"你这一枪真叫我羡慕。你一定痛快地大笑了一场吧？"

"我正打中了那个巴斯谛阿小子的鬓角。"那强盗继续说下去，这使我记起了维吉尔的这两句诗：

……Liquefacto tempora plumbo

Diffidit, ac muita porrectum extendit arenâ.[1]

"Liquefacto！奥尔梭先生，你想一个铅弹在空中飞驰过去的速度，会使它熔化吗？你是研究过弹道学的，你应该能告诉我，这是一个错误呢还是一个事实？"

对奥尔梭说来，与其和这位学士辩论他行为的道德问题，不如和他讨论这个物理问题。那个对于科学的论辩毫不感到兴趣的勃朗多拉丘，打断了他们的论辩，说太阳快下山了：

"既然你不肯和我们一块儿吃饭，奥尔梭·安东，"他对他说，"那么我劝你不要再叫高龙芭小姐久等了。而且在日落之后，走路总是不太方便。你为什么不带着枪出门呢？附近有歹人，得留心着他们。今天你用不到担心；巴里岂尼家人在路上碰到了知事，把他迎到家里去了；这样他便要先在比爱特拉纳拉住一天，然后再到高尔特去主持奠基礼……一件混蛋的事！今天晚上他睡在巴里岂尼家里；可是明天他们就有空了。那个文山德罗，是一个坏蛋，还有那奥尔朗杜丘，也不是好东西……你

---

[1] 此句出自古罗马诗人维吉尔的《埃涅阿斯纪》第九章，大意为"他用了熔铅，劈开了他的鬓角，使他直挺挺地躺在广阔的沙地上"。

要想办法分别地找他们，今天这一个，明天那一个；可是你须得谨防着，我的话尽于此矣。"

"多谢你指教，"奥尔梭说，"可是我们之间并没有什么纠葛；除非他们来找我，我没有什么话要对他们讲。"

强盗把自己的舌头贴着内腭，讽刺地发出一个响声来，但是他并不回答。奥尔梭站起来想走了。

"对啦，"勃朗多拉丘说，"我还没有谢谢你的火药；它来得正是时候。现在我什么也不缺少了……就是还少一双鞋子……但是这几天里我要用羚羊皮来做一双。"

奥尔梭拿了两个五法郎的钱，轻轻地放在强盗的手里。

"送你火药的是高龙芭；这点是给你买鞋子的。"

"别胡闹，我的中尉，"勃朗多拉丘喊着，把钱还了他，"你当我是一个化子吗？面包和火药我是收的，别的我什么也不要。"

"我们都是老兵，我想我们是可以互相帮忙的。好吧，再见！"

可是，在出发之前，他没让那强盗发觉，偷偷地把钱放进了他的背囊里。

"再见吧，奥尔梭·安东！"神学家说，"这几天里我们或许可以在草莽里见面，那时我们再继续研究我们的维吉尔吧。"

奥尔梭告别了那两个出色的同伴，一刻钟之后，忽然听见有人在自己的后面拼命地跑上来。那是勃朗多拉丘。

"这太叫人难堪了，我的中尉，"他气也喘不过来地喊着，"太叫人难堪了！这里是你的十法郎。如果别人这样做，我是一定不会宽放过这种恶作剧的。高龙芭小姐那儿请多多致意。你害我气也喘不过来了！晚安。"

十二

奥尔梭发现高龙芭对于自己的久久不返很为担心；可是，一看见他，她便恢复了平时的表情——一种悲哀的平静状态。吃晚饭的时候，他们只谈些无关紧要的话，奥尔梭被妹妹平静的神气鼓起了勇气，便对她讲起和那两个强盗会面的经过，对于小呂里娜在她叔叔及叔叔的出色的同事加斯特里高尼君那里所受的道德的和宗教的教育，他甚至还大胆地开了几句玩笑。

"勃朗多拉丘是一个规矩人，"高龙芭说，"可是那加斯特里高尼，我听说是一个荒唐的人。"

"我想，"奥尔梭说，"他像勃朗多拉丘一样有价值，而勃朗多拉丘也像他一样有价值。他们两人都公开向社会挑战。第一次的犯罪每天把他们牵向新的犯罪；然而，他们或许并不和许多不住在草莽里的人们同样地有罪。"

他妹妹的额上显出了一道快乐的光。

"是呀，"奥尔梭说下去，"这些坏家伙也有自己的道德观念。把他们驱向这种生活的，并不是卑劣的天性，而是一种残酷的偏见。"

沉默了一会儿。

"哥哥，"高龙芭在为他倒咖啡的时候说，"你恐怕已经知道了吧，夏尔·巴谛斯特·比爱特里在昨天夜里死了。是的，他是害沼泽的热病死的。"

"这个比爱特里是谁？"

"是一个本村人，那个从我们垂死的父亲手上接了文书夹的玛德兰的丈夫。他的寡妇请我去参加守尸礼，还要我唱一点什么。你也应该去。他们是我们的邻人，而且，在像我们这样的小地方，这种礼节是不能免的。"

"这种守尸礼给我算了吧，高龙芭，我不愿看见我的妹妹在群众中抛头露面。"

"奥尔梭，"高龙芭回答，"每个地方都有自己礼敬死者的方式。ballata 是我们的祖先传给我们的，我们应当把它当古礼尊敬。玛德兰没有唱挽歌的'天赋'，而本地最好的 voceratrice 老斐奥尔提丝比娜又病了。一定要有一个人去唱 ballata。"

"你以为如果没有人在夏尔·巴谛斯特灵前唱几句歪歌，他在黄泉之下就找不着路了吗？高龙芭，你要去便去吧；如果你以为我是应该和你同去的，那么我便和你同去，可是不要即席吟歌；那在你的年纪是不相宜的，而且……我的妹妹，请你不要这样。"

"哥哥，我答应人家了。你知道这是本地的习惯，而且，我再对你说一遍，能即席吟歌的只有我。"

"愚蠢的习惯！"

"这样唱会使我很痛苦。这会使我回想起我们的一切不幸。明天我会因此而生病，但是我应该这样做。哥哥，请你答应我吧。你想一想，在阿约修，你还曾经叫我即兴吟歌，来取乐那位嘲笑我们旧习惯的英国姑娘。难道我现在不能为那些可怜的人们即席吟歌吗？他们会因此而感谢我，也会因此而减轻悲痛的。"

"好，随你怎样办吧。我赌咒说你已经做好了你的 ballata，你不愿意白白地丢了它。"

"不，我不能预先做，我的哥哥。我得站在死者的前面，想着留存在世上的人。等眼泪来到我眼里的时候，我便把涌到我的心头的东西唱出来。"

这些话全说得那么纯朴，使人怎样也不能怀疑高龙芭小姐是存着一点夸耀自己诗才的自负心。奥尔梭被说动了，便和妹妹一同去比爱特里家。在屋子的一间最大的房里，死者横陈在一张桌上，脸儿露出着，没有遮布。门和窗都开着，桌子的四周点着许多蜡烛。那寡妇站在死者的头边，在她后面，许许多多的妇女占着房间的整整的一隅；另一隅是一排排的男子，直站着，除下了帽子，注视着尸身，深深地沉默着。每一个新来的客人都走到桌子边，吻着死者，向死者的寡妇和儿子点一点头，然后一句话也不说地退到人群里去。然而，间或有一个吊客，对死者说几句话，打破了这庄严的沉默。"你为什么离开你的好妻子呢？"一个婆子说，"她不是小心服侍着你的吗？你还缺少什么啊？你的媳妇还会给你添一个孙子，你为什么不再等一个月呢？"

一个高大的青年人，比爱特里的儿子，握着他父亲冰冷的手，喊着："哦！你为什么不死于非命呢？我们是会给你报仇的啊！"

这便是奥尔梭进房间时所听到的第一句话。看见他进来，人们便让出了一条路；一片好奇的低语声，泄漏出来客们的期待之心，那是被 voceratrice 的来临所激起的。高龙芭吻了寡妇，握住她的一只手，垂下眼睛沉思了几分钟，随后把披肩向后一抛，定睛望着死者，弯身向着尸身，脸色差不多和死者一样惨白，她便这样地开始了：

> 夏尔·巴谛斯特！愿上帝收容你的灵魂！——生活就是受苦。现在你到了一个地方——一个既没有太阳又没有寒冷的地方。你已用不着你的镰刀，——也用不到你的沉重的锄头。——你已不用劳动了——从今以后你每天都是礼拜日了。——夏尔·巴谛斯特，愿基督收容你的灵魂。——你的儿子会治理你的家。——我曾经看见一棵橡树——被西风吹枯而倒落。——我以为它已经枯死——我再经过的时候，它的根——却已抽出了新芽——新芽又变成了一棵橡树，——有着广大的浓荫。——在它的有力的枝叶下，玛德兰，你休息着吧，——别忘了已经没有了的那棵橡树。

这时候，玛德兰放声大哭起来，还有两三个男子，有时向基督教徒开起枪来像打竹鸡一样若无其事的，也在他们黑脸上拭着大滴大滴的眼泪。

高龙芭这样地继续唱了一些时候，有时对死者说话，有时对死者的家属说话，有时又照着那 ballata 里常有的拟托法，假托死者说话，来安慰他的朋友，或是指教他们。在她信口歌吟着的时候，她的脸儿带着一种无比庄严的表情；脸色晕上了一重透明的蔷薇色，把她皎洁的牙齿和她的扩大了的光辉的瞳子衬托得格外鲜明。她简直是坐在三脚椅上的希腊巫女。除了几声叹息，几声窒住的呜咽外，挤在她四周的群众中，一点轻微的声音都听不到。对于这种野蛮的诗，奥尔梭虽不像别人那样容易受感动，不久却也被普遍的情绪所感染了。他躲到客厅的一个暗角里，像比爱特里的儿子一样地哭泣着。

突然，听众中起了一种轻微的骚动：人圈子让出一条路，接着有几个陌生人走了进来。看人们对他们所表示的敬意，人们为他们让路的殷勤态度，他们显然是重要的人物，他们的光降对主人家来说是很荣幸的。然而，为尊敬 ballata 起见，没有人对他们说一句话。第一个进来的人，看上去有五十岁光景。他那黑色的礼服，那缀着玫瑰花形结的红绶带，脸上那种威严和自负的神气，一下就使人猜出他是知事。跟在他后面的是一个伛背的老人，带着易怒的脸色，戴着一副蓝眼镜，但并未把他那胆怯而不安的目光好好地掩住。他穿着一件过大的不合身的礼服。礼服虽则还很新，但可以看出显然是许多年之前做的。他一直站在知事的身旁，你简直可以说，他是想躲在知事的影子里。最后，进来了两个高大的青年人，被太阳晒黑了的脸，浓密的胡子遮住了两腮，目光傲慢而骄矜，显露出一种无礼的好奇心。奥尔梭早已忘记了本村人们的面相，可是一看见这戴蓝眼镜的老人，旧日的记忆便立刻在心头醒了过来。他是紧跟着知事进来的，单这一点，便足够使奥尔梭明白他的身份了。他便是巴里岂尼律师，比爱特拉纳拉的村长，他带着他的两个儿子同来，是为了陪知事来见识见识所谓 ballata。这时候，奥尔梭的心灵状态真是难以形容；但是父亲的仇人的出现，在他心头激起了一种憎恶之感，怀疑曾经长久纠缠着他，而此刻，他觉得自己倾向于肯定这种怀疑了。

至于高龙芭，一看见那个她所深恶痛绝的人，她的富于表情的面容立刻呈现出一种凶色。她的脸发青了，声音变哑了，刚开始的诗句，也在她唇间中止了……可是不久她又开始了她的 ballata，她带着一种新的激奋继续唱下去：

一只苍鹰——在空巢前悲鸣，——掠鸟们在周围飞翔，——侮辱着它的沉哀。

这时人们听到了一阵忍住的笑声；无疑，这是那两个新来到的青年人觉得这比喻太露骨了一些。

　　那只苍鹰将醒来，它将展开它的翅翼，——它将在血里洗它的嘴！——而你，夏尔·巴谛斯特，——你的朋友们来向你作最后的告别。——他们的眼泪已经流尽。——只有可怜的孤女不曾为你而哭。——她为什么要哭你呢？——你是在你的家庭间——活够了而长眠，——预备好了——去见"全能"的。——孤女却在哭自己的父亲，——他为懦怯的暗杀者所袭，——从后面被打死，——她的流着赤血的父亲，——现在是在青枝的堆下。——可是她已收起了他的血，——那尊贵而无辜的血；——她把血洒在比爱特拉纳拉，——让它成为一种致命的毒物。——比爱特拉纳拉会永远留着印迹，——一直到那罪犯的血——洗去了无辜的血迹。

念完了这些词儿，高龙芭便倒在一张椅子上，用披巾掩住了脸，于是人们便听到她在呜咽着了。妇女们流着眼泪拥在即席歌人的周围，许多男子恶狠狠地望着村长和他的儿子，有几个老人因他们到这里来而数落起他们的丑事。死者的儿子在拥挤的人群中分出一条路，想去请村长赶快离开此地；可是村长不等他来请，已走了出去，他的两个儿子也已经在路上了。知事向小比爱特里致了几句吊慰之词，也立刻跟着他们出去了。奥尔梭走到妹妹的身旁，挽住她的手臂，把她扶出客厅去。

"去伴送他们，"小比爱特里对他的几个朋友说，"当心，不要叫他们出了什么事！"

两三个青年人急急地把短刀放在左手衣袖里，把奥尔梭和他的妹妹一直送到他们的家门口。

十三

高龙芭是气尽力竭，一句话也说不出来了。她把头靠在哥哥的肩上，紧紧地握着他的一只手。奥尔梭虽则对她歌词的最后一段暗中不满，但连稍稍责备她的勇气都没有。他静静地等待着，等她神经的那阵激奋状态平息下来。忽然门外有人敲门，莎凡丽亚惊惶失措地跑进来通报："知事先生！"听到这句话，高龙芭好像对于自己的不中用非常惭愧，她站了起来，倚身在一张椅子上。

那张椅子在她的手下明显地颤动着。

知事先说了一篇为不速来访告罪的客套，安慰了高龙芭小姐，然后谈到强烈的感情的危险，批评了哭灵的习惯，说在那种场合，voceratrice 越有天才，来客便越发难过；说到这里，他巧妙地转过来，对于最后这段即席歌吟的含义，轻微地责备了几句。接着，他换了一种口气，说道：

"代拉·雷比阿先生，你的英国朋友们托我向你道候：奈维尔姑娘向令妹多多致意。我还为她带了一封信来给你。"

"奈维尔姑娘写的吗？"奥尔梭喊道。

"不巧我没有带在身边，可是五分钟之后你就可以拿到它。她父亲身体曾感不适。我们一时竟以为他害了这里那种可怕的热症。幸亏他现在已经好了，这你可以亲自观察出来，因为我想你不久就可以看见他了。"

"奈维尔姑娘一定很担忧吧？"

"幸亏她只在事后才知道危险。代拉·雷比阿先生，奈维尔姑娘不断对我谈起你和令妹。"

奥尔梭鞠躬作答。

"她和你们二位都很友善。在她风度翩翩的轻飘的外表下，藏着一种善良的意识。"

"她确是一个可爱的人。"奥尔梭说。

"我可以说是为了她的请求才到这里来的，先生。我比谁都更清楚地知道一个不幸的故事，虽然我很不愿和你提起它来。既然巴里岂尼先生还是比爱特拉纳拉的村长，我还是本区的知事，那么我用不着对你说，我对于某些猜疑是多么重视；这些猜疑，如果别人告诉我的话没有错，那么有些不谨慎的人们早已向你提起过了，不过我想，你必然已经斥责了他们，你的地位，你的性格都使我们相信你会这样做的。"

"高龙芭，"奥尔梭在椅子上不安地挪动了一下，"你已很累了，应该去睡了。"

高龙芭摇头否认。她已恢复了她平时的镇静，目光炯炯地望着知事。

"巴里岂尼先生，"知事继续说，"很希望消去这种嫌隙……或是说，结束你们之间的这种猜忌局面……在我呢，我很乐意看见你能和他建立起一种友谊关系，你们是应当互相尊敬的人……"

"先生，"奥尔梭带着一种感动的声音说，"我从来没有冤枉巴里岂尼，说他暗杀了我的父亲；可是他干了一件事，使我不得不和他断绝往来。他伪造了一封某个强盗署名的恐吓信……至少他暗地里使人相信那封信是家父写的。先生，可能这封信便是他被害的间接原因。"

知事沉思了一会儿。

"尊大人脾气急躁，在同村长争讼的时候相信是这样，那是可以原谅的；可是在你呢，这么盲目便是不可原谅的了。想一想吧，巴里岂尼伪造这封信于自己是毫无好处的……我不来向你讲他的性格……你还完全不了解他的性格，你已存了一种不满他的偏见……可是你不能假定他这么一个懂得法律的人……"

"可是，先生，"奥尔梭站起身来说，"请你想一想，对我说那封信不是巴里岂尼先生伪造的，那便是说是我父亲假造的了。他的名誉，先生，也就是我的名誉。"

"代拉·雷比阿上校的名誉，先生，"知事接下去说，"是没有人不佩服的，尤其是鄙人……可是……写那封信的人现在已查出了。"

"谁？"高龙芭向知事走过去说。

"一个歹人，一个犯过许多案子的罪人……这些罪案你们高尔斯人是决不饶恕的，是一个贼，现在关在巴斯谛阿牢里，叫什么多马索·皮昂西，他承认是他写了那封不幸的信。"

"我没有听说过这个人。"奥尔梭说，"他写这封信的目的是什么呢？"

"他是一个本地人，"高龙芭说，"从前替我们管磨坊的人的兄弟。是一个刁恶的说谎的人，我们不值得相信他。"

"他这样做的好处，"知事说下去，"听我说下去你们就知道了。令妹所说的那个管磨坊的人——我想他叫戴奥陀尔吧——是尊大人的一个磨坊的租用人，那个磨坊坐落在一条水流上，就是巴里岂尼先生和尊大人争着主有权的那条水流。尊大人一向宽宏大量，他并不靠自己的磨坊来赚什么钱。多马索以为，如果巴里岂尼先生得到了那条水流的主有权，将来租户便得出一大笔租钱，因为大家知道巴里岂尼先生是很爱钱的。总而言之，为替自己的哥哥尽力，多马索便假造了强盗的信，就是这么一回事。你是知道的，高尔斯人的家族关系是那么密切，有时竟会因此而犯罪……请你看一看高等检察官写给我的这封信，它将对你证实我刚才所说的话。"

奥尔梭看着那封详细地写着多马索的供状的信，高龙芭同时从她哥哥的肩后读着。

读完了，她喊道：

"一个月之前，大家知道我哥哥快要回来的时候，奥尔朗杜丘·巴里岂尼到巴斯谛阿去过一趟。他一定见过多马索，而从他那里买了这篇谎话来。"

"小姐，"知事不耐烦地说，"你总是从恶意的假说出发来解释一切事情。这难道是探究事实的方法吗？先生，你是平心静气的；请你告诉我，你现在是如何设想的？你是否也像令妹一样，以为一个罪并不很重的人，会为一个自己所不认识的人卖力，从而甘愿担当假造文书的罪名吗？"

奥尔梭把高等检察官的信字字用心地又看了一遍；因为自从见过巴里岂尼律师以来，他觉得自己不能像前几天那样轻信了。但最后他不得不承认，这种解释在他看来是使人满意的。——可是高龙芭使劲地喊着：

"多马索·皮昂西是一个狡猾的人。我可以肯定地说，他不会被定罪的，要不，他会逃出来的。"

知事耸了耸肩。

"先生，"他说，"我已把我所得到的消息告诉了你。现在我要告退了，让你自己去思索一下。我期待着你的理智会使你清醒过来，我希望你的理智能克服……令妹的猜疑。"

奥尔梭把高龙芭责备了几句后，又申说，他现在相信多马索是惟一的罪人。

知事站起来预备走了。

"如果天不是这么晚，"他说，"我一定会请你和我同去拿奈维尔姑娘的信……趁此机会，你可以把你刚才对我讲的话对巴里岂尼先生讲一遍，那就什么事都没有了。"

"奥尔梭·代拉·雷比阿决不会踏进巴里岂尼的家门！"高龙芭激烈地喊道。

"小姐好像是一家的 tintinajo①。"知事带着一种嘲讽的神气说。

"先生，"高龙芭坚决地说，"你受了别人的欺骗了。你还不知道那律师是何等样人。他是最狡猾的，最奸刁的人。我求你，不要叫奥尔梭做一件大丢面子的事。"

"高龙芭！"奥尔梭喊着，"冲动的感情使你失去理性了。"

"奥尔梭！奥尔梭！凭着我交给你的那小匣子，求求你听我的话吧。在你和巴里岂尼家人之间，有着父亲的血，你决不能到他们家里去！"

"妹妹！"

"不，哥哥，你不能去，否则我便离开这里，永远不和你相见了……奥尔梭，请你可怜我吧。"

说着她跪了下来。

---

① 指系着一个铃铛的带领羊群的牡羊，以此比喻在家中指挥一切重要事情的人。

"看见代拉·雷比阿小姐这么不懂事，"那知事说，"我心里很难受。我相信你一定能说服她。"

他把门开了一半，站住了，好像在等奥尔梭跟他一起出去。

"我现在不能离开她，"奥尔梭说，"……明天，如果……"

"我很早就要动身的。"知事说。

"哥哥，"高龙芭喊着，"那么至少请你等到明天早晨吧。让我再去看看父亲的文件……这点你总可以答应我的吧。"

"好吧！今天晚上你就去看看吧，可是看过以后，至少不要再用那种狂热的仇恨来和我纠缠……知事先生，千万请你原谅……我自己也觉得很不适意……还是明天好一点。"

"一觉醒来万事清，"知事在告退的时候说，"我希望，明天你一切的犹豫都消除了。"

"莎凡丽亚，"高龙芭喊着，"拿灯笼送知事先生过去。他有一封信交给你带来给我哥哥。"

她又加了几句只有莎凡丽亚一人听得到的话。

"高龙芭，"知事走了以后，奥尔梭说，"你使我很痛苦。难道你永远不愿意明白事理吗？"

"你已约我到明天了，"她回答，"我没有充分的时间，但是我总还存着希望。"

接着她便拿了一串钥匙，跑到最高一层楼的一间房子里去了。在那里，你可以听到她在急急忙忙地开着抽屉，又在代拉·雷比阿上校从前安放重要文件的写字台里翻寻着。

十四

莎凡丽亚去了很久，等她拿着一封信回来，奥尔梭已等得很不耐烦了。小岂里娜跟在莎凡丽亚的后面，擦着眼睛，因为她是从好梦中被唤醒的。

"孩子，"奥尔梭说，"这个时候你到这里来做什么？"

"小姐叫我来的。"岂里娜回答。

"她要她来干什么鸟事？"奥尔梭想着；可是接下去他便急急地拆开了李迭亚小姐的信，而在他读信的时候，岂里娜便上楼到高龙芭房里去了。

奈维尔姑娘信里说：

先生，家父略有不适，而且他一向懒得写信，所以我不得不为他尽书记的职务。那一天，你是知道的，他没有和我们一起去欣赏风景，却在海边弄湿了他的脚，而在你们这可爱的岛上，只是弄湿了脚这一点小事，就可以使一个人发热了。我在这里想象得出，你读到这一句话时所扮的鬼脸；你一定在找你的短刀了，可是我希望你已经没有了短刀。是的，家父发了一点热，而我受了许多惊；那位我到现在还坚持说是很有趣的知事，给我们派来了一个也是很有趣的医生，他竟在两天之内，把家父和我从困难中救了出来：热不再发了，家父又想去打猎了；可是我现在还不放他去。——你觉得你山间的家怎么样？你的北方堡垒还在原处吗？那里有鬼吗？我向你提出这些问题，是因为家父记起你答应过他，可以让他打到斑鹿、野猪、羚羊……那些野兽的名字是这样的吗？去巴斯谛阿上船的时候，我们打算上你们家来做客，希望代拉·雷比阿府第，你说是那么旧、那么破的，不会塌下来压在我们的头上。知事是那么有趣，和他谈起话来，不愁没有话题——可是 by the bye[1]，我自喜已把他弄得

---

[1] 意为"却说""顺便一提"。

很服帖了。——我们谈起过你。巴斯谛阿的司法界人士送了一些供状给他，那上面记的是他们关在牢里的一个无赖的供词。这些供状想必可以祛除你最后的一些怀疑。你那有时使我担忧的嫌隙，从此可以消除了。你想不到，这使我有多么快乐！那天你手里拿着枪，眼神里透着忧愁，和美丽的 voceratrice 同上路的时候，我觉得你比平时更像一个高尔斯人……简直是十足的高尔斯人了。好了！我写这样长的信给你，是因为我实在闲得有点无聊。知事就要动身了。哦！我们要上路到你们山间来的时候，将派人再送一封信给你，那时我将要冒昧地给高龙芭小姐写信，向她讨一块 bruccio①, masolenne②。现在，请你向她多多致意。她的短刀我重用着，我用它来裁我所带来的一本小说；可是这把不平凡的刀，看来不太适宜做这种事，把我的书弄得破碎不堪。再见吧，先生；家父向你们致 his best love。希望你听知事的话，他是一个能出好主意的人。我想，他是特意

---

① 高尔斯名菜，以熟乳酪制成的干酪。
② 指"特别的一块"。

为了你而绕道的；他要到高尔特去主持奠基礼；这想必是个很隆重的仪式，我不能去参加很引为憾事。请想一想：一位先生穿着绣花礼服，丝袜子，披着白绶带，手里拿着一把泥抹子！……还有一篇演说；仪式结束时还要众口高呼"国王万岁"。——我写了满满的四张纸给你，你一定会因此而自命不凡了；可是，先生，我再对你说一遍，我实在是闲得发慌，为了这个缘故，才写这样长的信给你。不错，我觉得很奇怪，你为什么至今没有通知我，你已安抵比爱特拉纳拉堡了。

李迭亚

附笔：我请你听听知事的意见，且照他的话去做。我们大家都以为你应该那样办，而且这样会使我快乐。

奥尔梭把这封信读了三四遍，每读一遍，心里总要加上无数的注解；接着，他写了一封长长的回信，叫莎凡丽亚交给一个村里的人，让他连夜送到阿约修去。他已经不想再和妹妹争论对于巴里岂尼的仇恨有无根据，李迭亚小姐的信已使他对一切都抱乐观态度。他的疑忌和仇恨都已消失。他想等妹妹下楼，但等了一会儿，总不见她下来，便去睡觉了，心里已比一向轻松得多。高龙芭在向岂里娜嘱咐了一些机密的话以后，把那些陈旧的文件翻阅了大半夜。快天亮的时候，有人丢了几块石子到她窗上；她听到这个暗号，便走下楼去，走到园子里，开了一扇偏门，领进两个样子很难看的男人来；接下去第一桩事情，便是把他们带到厨房，请他们吃东西。这两个男子是谁，你们不久便会见分晓。

十五

　　早上六点钟光景，知事的一个仆人来敲奥尔梭家的门。高龙芭为他开了门，他对她说，知事就要出发了，在等她的哥哥去。高龙芭毫不踌躇地回答，她哥哥刚从楼梯上跌了下来，扭伤了脚；因为不能走路，所以他请求知事原谅他，如果知事肯亲劳玉趾光临，则他不胜感激之至。把这个话传过去以后不久，奥尔梭走下楼来，问他的妹妹，知事有没有差人来请他。

　　"他请你等在此地。"她泰然自若地说。

　　半点钟过去了，巴里岂尼家那边还没有什么动静；

这时奥尔梭问高龙芭，在旧纸堆里可有什么发现；她说她会向知事面陈。她装得十分平静，可是她的脸色和她的眼睛却泄漏出一种极度的激动。

最后，人们看见巴里岜尼家的门开了；穿着旅行装的知事第一个走出来，后面跟着村长和他的两个儿子。比爱特拉纳拉的百姓们从日出的时候起便窥探着，想看看本区最高长官出发时的情形。他们看见他和三个巴里岜尼家的人，一直穿过广场，走进代拉·雷比阿家去，这时，他们是多么地惊愕啊。"他们讲和了！"村里的政客们喊着。

"我常对你讲，"一个老人接上去说，"奥尔梭在大陆上住得太长久了，做起事来不会像一个有血性的人。"

"然而，"一个雷比阿派的人回答，"你要注意，是巴里岜尼家的人去找他的。他们去讨饶了。"

"是知事给他们周转的，"老人说，"现在看不到有勇气的人了，青年人竟不把父亲的血仇放在心上，好像他们都是私生子。"

知事看见奥尔梭好好地站着，走路也毫无痛苦，不觉十分奇怪。高龙芭简单地告了说谎之罪，请求他原谅。

"如果你是住在别的地方，知事先生，"她说，"我哥哥昨天就会过来向你请安了。"

奥尔梭不断地道歉，声明这种可笑的计策他完全没有预闻，他对于这事深以为耻。知事和老巴里岂尼都好像相信他抱歉的诚意，因为这是可以从他的失措和他对妹妹的责备中看得出来的；可是村长的两个儿子却不很惬意。

　　"别人在拿我们开玩笑，"奥尔朗杜丘说，声音相当高，使人可以听见。

　　"如果我的妹妹闹这种把戏，"文山德罗说，"我一定给她点颜色瞧瞧，叫她下趟不敢。"

　　这些话语和说这些话语的口气，都使奥尔梭不快，并且使他有点恼怒。他和那两个巴里岂尼家的青年互相狠狠地望了几眼。

　　这时除了高龙芭以外，大家都坐了下来。她站在通厨房的那扇门边。知事首先发言。他先泛泛地说了几句本地的偏见，随后说大部分根深蒂固的嫌隙都是由误解引起的。接着，他转向村长，对他说，代拉·雷比阿先生从来也没有以为巴里岂尼家对于使他父亲丧生的不幸事件有直接或间接的责任；他说奥尔梭先生久客他乡，又听到了一些传言，发生怀疑也是可以理解的；现在，由于最近的发现他已恍然大悟，已觉得完全满意，从而愿意与巴里岂尼先生和他的两位世兄恢复友谊和邻居的

　　　　　　　高龙芭

关系。

奥尔梭勉强地弯了弯腰。巴里岂尼先生说了几句没有人听得见的话；他的儿子们望着天花板上的梁木。那位继续饶舌的知事正要对奥尔梭说那一套他刚才对巴里岂尼先生说过的老话，忽然，高龙芭从围巾里抽出几张纸片来，严肃地走到正在讲和的双方之间。

"我能看见两家之间的争端消灭，"她说，"当然不胜欢喜；可是为使和解真诚起见，应该把什么都解释得清清楚楚，不应该留下一点怀疑，——知事先生，多马索·皮昂西的声明，因为出自一个名声那么不好的人，我怀疑也是很应该的。"接着她转向村长："我说过你儿子或许在巴斯谛阿的牢里见过那个人……"

"这是胡说。"奥尔朗杜丘屬进来说，"我绝对没有见过他。"

高龙芭轻蔑地望了他一眼，表面很平静地继续说下去：

"你曾经辩解过，说多马索用一个厉害的强盗的名义恐吓巴里岂尼先生的目的，是希望替他的哥哥戴奥陀尔保留住那所我父亲廉价租给他的磨坊，是吗？……"

"这是显然的事。"知事说。

"想到皮昂西是那样一个坏人，什么都可以解释了。"

被妹妹的缓和的神气所欺的奥尔梭说。

"那封假造的信，"高龙芭继续说下去，眼睛渐渐炯炯发起光来，"写的日期是七月十一日。那时多马索是在他哥哥那儿，在磨坊里。"

"是的。"那位有点不安的村长说。

"那么多马索·皮昂西能得到什么好处呢？"高龙芭胜利地喊道，"这时他哥哥的租约已经满期了；家父在七月一日已打发他走了。这里是家父的簿籍，解约的原稿，一位阿约修的经理人向我们荐一个新的管磨坊人的信。"

说着，她便把手里的文件交给了知事。

大家都惊愕了一会儿。村长的脸儿眼见得发青了；奥尔梭皱着眉头，走上前去认认知事拿在手里仔细看着的那些纸片。

"别人拿我们开玩笑！"奥尔朗杜丘怒气冲冲地站起身来喊着，"走吧，父亲，我们不该到这里来的！"

巴里岂尼先生是只要一会儿就能恢复冷静态度的。他请求让他仔细看一看那些文件；知事一句话也不说，递了给他。他便把蓝眼镜移到额上，若无其事地把文件看了一遍；在这时候，高龙芭用一种雌老虎看见一头斑鹿走近自己的幼虎的洞边时的目光，注视着他。

"但是，"巴里岂尼先生移下了眼镜，把文件还给了知事，"多马索知道已故的上校先生心肠很软……他以为……他准会以为……上校先生会撤销打发他哥哥走的决定的……事实上，他哥哥现在还留在那磨坊里，所以……"

"留住他的是我，"高龙芭带着一种轻蔑的口气说，"我父亲已经死了，在我的地位，应该对于我们一家所雇佣的人持谨慎态度。"

"然而，"知事说，"多马索已承认写了那封信……那是显然的。"

"我觉得显然的是，"奥尔梭插进来说，"在整个事件里，隐藏着很大的不名誉的勾当。"

"我对于诸君的肯定的话还得抗辩。"高龙芭说。

她打开了通往厨房的门，勃朗多拉丘和神学学士带着那只狗勃鲁斯哥立刻走进客厅来。两个强盗没有带武器——至少表面上看去是这样；他们腰间束着子弹囊，可是没有看见他们的随身法宝——手枪。走进客厅来的时候，他们很有礼貌地脱下帽子。

他们的突然出现所产生的效果，我们是可以想象得出来的。村长几乎仰天跌下去；他的两个儿子勇敢地跳到他的前面，把手放进衣袋里去，摸着短刀。知事想往门边跑，这时奥尔梭揪住了勃朗多拉丘的项颈，向他喊着：

"你到这里来干什么，混蛋？"

"这是一个圈套！"村长喊道，一边想开门出去；可是莎凡丽亚听了强盗的话，已在外面把门牢牢地闩住了，这是后来才知道的。

"好人！"勃朗多拉丘说，"请你们不要怕我；我虽则样子很难看，人却并不怎么坏。我们绝对没有什么恶意。知事先生，我是惟命是听的——我的中尉，轻一点，你要扼死我了——我们是到此地来做证人的。喂，教士，你是口若悬河的，你说吧。"

"知事先生，"那位神学士说，"我没有蒙你认识的荣幸。我名叫乔冈多·加斯特里高尼，人们通常都称我为'教士'……啊！说本题吧！这位我也不幸未能认识的小姐，请我告诉她一些关于多马索·皮昂西的情况，三星期以前，那人和我一同关在巴斯谛阿的牢里。下面便是我要告诉你们的……"

"不用劳神，"知事说，"像你这样的人所说的话，我一句也不要听……代拉·雷比阿，我希望这种可耻的阴谋你是没参与的。但是你是不是一家之主？快叫人把门开了。和这些强盗有这种奇怪的关系，令妹或许要受处分的。"

"知事先生，"高龙芭喊道，"请你听听这人要说的话吧。你是到这里来对大家下公平的判断的，你的责任是探讨实情。说吧，乔冈多·加斯特里高尼。"

"不要听他！"三个巴里岂尼家的人同声喊道。

"如果大家一齐说话，"强盗微笑着说，"便什么话也听不到了。且说，在牢里，我和那个多马索做着伴儿——并不是做朋友。奥尔朗杜丘先生时常去找他……"

"谎话。"两兄弟同时喊道。

"二负等于一正，"加斯特里高尼冷静地说，"多马索有钱：他大吃大喝。我是爱吃的（这是我的小小的毛病），所以，虽则我和那个家伙道不同不相为谋，我依旧和他一同吃了好几顿。为报答起见，我建议他和我一同越狱……一个女孩——我待她很好——已把越狱的工具提供给了我……我不愿连累别人。多马索却拒绝了我的建议，对我说，他对于自己的事很有把握，他说，律师巴里岂尼已为他在各位法官那里都疏通过，他会一身无罪、满囊金钱地出狱的。至于我呢，我想我是应该出来舒舒气的。Dixi[①]。"

"这人所说的完全是谎话。"奥尔朗杜丘坚持说，"如果我们是在旷野里，各人都带着枪，他便不会这样说了。"

---

① 拉丁文，表示话已说完。

"这可是一句傻话！"勃朗多拉丘喊道，"不要和教士吵起来吧，奥尔朗杜丘。"

"代拉·雷比阿先生，你可以让我出去了吗？"知事顿着脚，不耐烦地说。

"莎凡丽亚！莎凡丽亚！"奥尔梭喊着，"鬼晓得，开门啊！"

"等一会儿，"勃朗多拉丘说，"我们得先走一步。知事先生，人们在共同的朋友家里相见，照习惯，在分别的时候是应该互相空半点钟的。"

知事向他射去一个轻蔑的目光。

"我是惟诸位之命是从的。"勃朗多拉丘说，接着他弯弯地举起了手臂，对他的狗说："喂，勃鲁斯哥，为知事先生跳一跳吧！"

那只狗跳了一跳，两个强盗很快地在厨房里取了他们的武器，从园子里溜了，一声唿哨，客厅的门便像中了仙术一般地打开了。

"巴里岂尼先生，"奥尔梭盛怒地说，"我现在认为你是从事赝造的人。从今天起，我要向检察官控告你的赝造罪，控告你勾通皮昂西的同谋罪。或许以后还要控告你一件更大的罪。"

"我呢，代拉·雷比阿先生，"村长说，"我要控告你的奸谋罪和与强盗同谋罪。现在，知事先生会把你交给宪兵。"

"本知事将尽自己的本分，"知事严厉地说，"他将不使比爱特拉纳拉的秩序被扰乱；他将秉公办理，弄一个水落石出。诸君，我对你们大家说！"

村长和文山德罗已经走出了客厅，奥尔朗杜丘正跟着他们退出去，忽然奥尔梭向他低声说：

"你父亲已是一个不中用的老头子，我只要一个耳刮子就可以打死他；我放在眼里的是你们，你和你的兄弟。"

奥尔朗杜丘一言不答，拔出短刀，像狂人一样地向奥尔梭扑过来；可是还不及使用他的武器，高龙芭已抓住了他的臂膊，使劲地拗着，这时奥尔梭拔出拳头，照着他脸上打过去，打得他连退了几步，猛烈地撞在门框上。短刀从奥尔朗杜丘手里掉了下去，可是文山德罗握着他的短刀回到客厅里来了，这时高龙芭攫起了一杆长枪，叫他明白自己不是对手。同时知事也插身进来排解。

"后会有期，奥尔梭·安东！"奥尔朗杜丘喊着，他使劲地拉上了客厅的门，又从外面把门闩上了，以便让自己从容退走。

奥尔梭和知事各人占着客厅的一端，相对默然有一刻钟之久。高龙芭脸上现着凯旋的骄矜之色，倚着那杆决定了胜利的长枪，把他们一个个地望着。

"这是什么地方！这是什么地方！"最后，知事急躁地站起来，大声说道，"代拉·雷比阿先生，这是你的错处。我请你发誓，再不施任何暴行。静候法律裁处。"

"是的，知事先生，我不应该打那个混蛋；可是我毕竟已经打了，如果他向我要求决斗，我不能拒绝。"

"唉！不会的，他不愿和你决斗的！……可是如果他暗杀你便怎样呢……你实在做得过分了。"

"我们会防卫的。"高龙芭说。

"在我看来，"奥尔梭说，"奥尔朗杜丘还是一个有胆量的人，我想他并不那么差劲，知事先生。他很快地拔出短刀来，可是假如我处在他的地位，我或许也会那样做；幸喜舍妹的腕力并不像小姐似的。"

"你们不能决斗！"知事喊道，"我不准你们决斗！"

"请允许我对你说，先生，凡是与名誉有关的事，我是只听我的良心吩咐的。"

"我对你说，你们不得决斗！"

"你可以叫人把我拘捕起来，先生……那当然是说，如果我让你拘捕的话。可是，即使那样做，你也不过把一桩现在是免不掉了的事延搁些时候而已。知事先生，你是一位讲面子的人，你很知道没有别的办法。"

"如果你拘捕了我的哥哥，"高龙芭说，"半村的人都会起来帮他，那时我们便可以看到一场混战了。"

　　"先生，我先通知你，"奥尔梭说，"请你不要以为我是夸口，我先对你说，如果巴里岂尼先生滥用他村长的职权来拘捕我，我是要抵抗的。"

　　"从今天起，"知事说，"巴里岂尼先生停止职权了……我相信他会到公庭去对簿的……喂，先生，我觉得你很有兴味。我要求你的只有一点点小事：安安静静地待在家里，一直等到我从高尔特回来。我只离开此地三天。我将和检察官一同回来，那时我们可以把这件不幸的事完全解决了。你能答应我一直到那个时候为止不去寻衅吗？"

　　"我不能答应，先生，如果照我所想的那样，奥尔朗杜丘来向我挑战，那怎么办呢？"

　　"怎么，代拉·雷比阿先生，像你这样一个法兰西军人，竟愿意和一个你疑心是赝造者的人决斗吗？"

　　"我打了他啊，先生。"

　　"可是如果你打了一个囚犯，而那个囚犯向你挑战，你也就和他决斗吗？算了，奥尔梭先生！我只要你答应我一件更轻微的事：你不要去找奥尔朗杜丘……如果他来找你，我便准你们决斗。"

"我绝对相信，他会来向我挑战的，可是我答应你，我不会再打他几个耳刮子来挑动他和我决斗。"

"这是什么地方！"知事踱着大步，又这样说着，"我什么时候可以回法国去啊。"

"知事先生，"高龙芭用最柔和的声音说，"时候不早了，你肯在我们这里用早饭吗？"

知事不禁笑起来了。

"我在这里已经逗留得太长久了……显得好像是有所偏袒……还有那讨厌的基石！……我应该走了……代拉·雷比阿小姐……你今天或许已种下了许多不幸！"

"知事先生，至少你该相信舍妹的辩证是深有根据的吧；我现在确信不疑，你也相信那种辩证是很有根据的了。"

"再见吧，"知事摆着手说，"我先通知你，我要命令宪兵队长监视你们的一切行动。"

知事出去以后，高龙芭说：

"奥尔梭，此地比不得在大陆上。奥尔朗杜丘一点不懂得你的什么决斗，况且像那种无赖，就是死，也不应该让他死在光明正大的决斗之中。"

"高龙芭，好妹妹，你是一个女中豪杰。你把我从那凶狠的一刀之下救出来，我非常感谢你。拿过你的小手来，让我吻一吻。可是，听着，一切让我来处置。有些事情你是不懂的。拿早饭来给我吃；而且一等知事上了路，你便立刻差人把小岜里娜给我叫来，把一些事情托她去办，她倒好像很能胜任。我需要她给我送一封信。"

在高龙芭料理早饭的时候，奥尔梭跑到楼上自己的房间里，写了下面这封信：

> 你一定急着和我晤面，我也正和你一样。明晨四时，我们可以在阿加维华谷里相会。我是擅于放手枪的，所以我不主张用这种武器。听说你很会用长枪，我们每人带一杆两响的枪吧。我将由一个本村的人伴着同来。如果令弟要和你同来，那么请再请一位证人，并请先通知我一声。只有在这种场合，我才带两个证人来。

> 奥尔梭·安东·代拉·雷比阿

知事在村长助理那里逗留了一点钟，又到巴里岜尼家里去了几分钟，随后，只带着一个宪兵，出发到高尔特去了。十五分钟以后，岜里娜把那封我们刚才看过的信，送到奥尔朗杜丘本人手里。

回信等了半天，一直到晚上才到。是老巴里岂尼署名的，他对奥尔梭说，他要把这封写给他儿子的恐吓信交呈给检察官。"我理直气壮，"他在信尾这样结束，"静候法律裁判你的诽谤之罪。"

这时候，高龙芭叫来防卫代拉·雷比阿堡的五六个牧人到了。奥尔梭反对也没用，他们已在临着广场的窗子上搭起了 archere，整个下午他接受着村子里各种人物的帮忙。甚至那位强盗神学士也来了一封信，用他自己的名义和勃朗多拉丘的名义说，如果村长叫宪兵出场，他们便会来加以干涉。他在"附笔"上说："对于我的朋友让那只狗勃罗斯哥所受的良好教育，知事先生感想如何，你可以使我知道吗？除了岂里娜，它是最柔顺，前途最有希望的弟子了。"

十六

第二天平平静静地过去。双方都取着守势。奥尔梭没有出门，巴里岂尼家的门也老是紧闭着。人们看见留守在比爱特拉纳拉的那五六个宪兵，会同一个乡村保安巡警——全村兵队的惟一代表——在广场上和村子四周徘徊。村子的助理一直全身披挂着；可是除了两家仇家窗上的 archere 外，什么战争的迹象都没有。只有一个高尔斯人才会注意到，在广场上，在槠树周围，只有妇女而没有男子。

吃晚饭的时候，高龙芭带着一种快乐的神气，拿着一封刚收到的奈维尔姑娘给她的信给哥哥看，信上这样写着：

> 我亲爱的高龙芭小姐，从你哥哥给我的一封信上，我很欣忭地知道你们的嫌隙已经消除。请接受我的祝贺。家父现在没有你哥哥在这里和他谈战争与打猎，在阿约修实在住不下去了。我们今天就要出发，我们将住在你们的亲戚家里。我们有一封介绍信的。后天十一点钟光景，我要来请你让我尝尝山间的干酪，你说那是比城里的干酪好得多的。
>
> 再见吧，亲爱的高龙芭。
>
> 你的朋友　李迭亚·奈维尔。

"她难道没有收到我的第二封信吗？"奥尔梭喊道。

"从她发信的日期，你可以看出，在你的信到阿约修的时候，李迭亚小姐准已在路上了。你请她不要来吗？"

"我对她说，我们是处在戒严状态中。我觉得这不是接待客人的境况。"

"咄！那些英国人是奇怪的人。我住在她房间里的那夜，她对我说过，如果没看见一场漂亮的复仇就离开高尔斯，她是会抱着遗憾的。如果你肯的话，奥尔梭，我们可以把我们攻袭仇家的光景让她瞧一瞧。"

"你知道吗，高龙芭，"奥尔梭说，"神把你造成一个女子实在是一件错误？否则你一定会成为一个杰出的军人。"

"或许是的。不管怎样，现在我得去制我的bruccio① 了。"

"用不到了。应该差一个人去通知他们，在他们启程之前止住他们。"

"是吗？你要在这样的天气差人去，让他连人带信都卷到急流里去吗？……我多么可怜那些在这暴风雨中的强盗！幸亏他们有着好 pilone②。奥尔梭，你知道应该怎样办吗？如果暴风雨停止了，明天你清早便动身，在我

---

① 高尔斯名菜，是一种以熟乳酪制成的干酪。

② 带风帽的厚呢大衣。

们的朋友们还没有出发之前赶到我们的亲戚家。这在你很容易办到，李迭亚小姐总是起来得很迟的。那时你便把我们这里所发生的事讲给他们听；如果他们坚持要来，那么我们也非常欢迎。"

奥尔梭立刻同意了这个主张，高龙芭沉默了一会儿，又说：

"奥尔梭，我对你说向巴里岂尼家发起攻击，那时你或许以为我是在开玩笑吧？你知道吗，现在我们实力充足，至少是两个对一个之势？自从村长被停止职权以来，本地的人都帮我们这边了。我们可以把他们劈得粉碎。着手进行这种事是很容易的。如果你愿意，我便走到泉边去，讥讽他们的女人；他们或许会走出来……我说或许，因为他们是那样的懦夫！他们或许会从他们的 archere 向我开枪，他们打不中我的。那时事情便办成了：先动手的是他们。打败的便吃亏；在这种混战中，知道谁理直谁理屈？奥尔梭，相信你妹妹的话吧；那些将到来的法官，会在纸上涂了许多字，会说出许多废话。一点结果也不会有。那只老狐狸会对他们无中生有地巧辩。啊！如果知事不夹到文山德罗和我们之间来排解，我们至少已干掉他们一个了。"

这些话全是用她刚才说预备做 bruccio 时一样的冷静

态度说出来的。

奥尔梭吃了一惊，带着一种混合着惊怕的叹赏望着他的妹妹。

"我的好高龙芭，"他从桌边站起来说，"我怕你简直就是魔鬼；可是你安静点吧。如果我不能使巴里岂尼家的人缢死，我总也能用别的方法达到目的。热弹或是冷铁！你瞧，我并没有忘记高尔斯话。"

"越快越好。"高龙芭叹息地说，"明天你骑哪一匹马，奥尔梭·安东？"

"那匹黑的。你为什么问这个？"

"为的是叫人给它喂大麦。"

奥尔梭回自己的卧房去后，高龙芭吩咐莎凡丽亚和牧人们都去睡，她独自留在厨房里做 bruccio。她不时地倾听着，好像不耐烦地等着哥哥就寝。当她觉得他已睡着了的时候，她拿了一把小刀，试了试刀锋利不利，小脚上套了一双大鞋，一点声息也没有地走进园子去。

那个围着墙的园子，和一片围着篱笆的很不小的空地连接着。那便是放马的地方，因为高尔斯的马从来也不关在马厩里。人们通常总是把它们放在一片野地上，听它们去自己设法找食料，避风雨。

高龙芭小心地开了园子的门，走进那片围场去，她轻轻地吹着口哨，把马一匹匹地牵到身边来。她是时常拿面包和盐喂它们的。等那匹黑马一来到身边，她便使劲地抓住它的鬣毛，用小刀割破了它的一只耳朵。那匹马拼命地跳起来，发出了这类牲口受到剧烈痛苦时所发的那种尖锐的呼声。如愿以偿之后，高龙芭回进了园子。这时候奥尔梭开了窗喊道："谁在那儿！"同时，她听到他装枪的声音。幸亏园子的门完全隐在黑暗之中，一部分还被一棵大无花果树遮住了。一会儿她哥哥卧房里闪起明明灭灭的火光，她推测他在点灯了，便急急地关上了园门，沿着墙走，让自己的黑衣服和列树暗黑的树叶混在一起，回到了厨房里。不久，奥尔梭下来了。

"什么事啊？"她问他。

奥尔梭说，"好像有人开园子的门。"

"没有的事。那样狗会叫的。可是我们去瞧瞧吧。"

奥尔梭在园子里走了一圈，在察验出里面的门是关得好好的之后，他觉得这种虚惊有点可羞，便预备回到卧房去。

"哥哥，"高龙芭说，"看见你谨慎起来，我很高兴，处在你的地位应该如此。"

"是你把我培养出来的。"奥尔梭回答，"晚安。"

第二天天刚亮，奥尔梭已起身，预备出发了。他的装束，一方面显出一个男子对风度的留意，表明他要去见自己想求爱的女子，一方面又显出一个在复仇中的高尔斯人的谨慎。一件贴身的青色礼服上面，斜挂着一个装着子弹的白铁小盒，用一条绿丝带系着；短刀放在腰边的衣袋里，手里拿着实弹的漂亮的芒东枪。他匆匆忙忙地喝着一杯高龙芭给他斟上的咖啡，一个牧人走出去为马加鞍索络。奥尔梭和他的妹妹紧跟着也走进了围场。牧人带住了马，可是他忽然松手坠落了鞍和缰络，好像吓呆了，那匹马呢，记起了昨夜的创伤，恐怕第二只耳朵也遭难，便奔跳着，踢着，嘶着，闹得一团糟。

"喂，快点！"奥尔梭向他喊道。

"啊，奥尔梭·安东！啊！奥尔梭·安东！"那个牧人高喊着，"圣母啊！"还喊了其他许多土话。那是数不清、说不尽的一大串诅咒，一大半是不能翻译出来的。

"出什么事了？"高龙芭问。

大家都走到那匹马旁边去，当他们看见它流着血，被割碎了耳朵的时候，都惊诧而愤怒地喊了起来。我们须要晓得，对高尔斯人说来，伤害仇人的马是表示一种复仇，是一种挑战，更是一种死的恐吓。"除了一枪打死之外，没有别的方法惩罚这种大罪。"虽则奥尔梭在大陆上住了很久，在他看来，这种侮辱是比别人所感觉到的稍稍不重大一点，可是如果那时面前来了一个巴里岂尼派的人，他也准会立刻叫那人赎了这个他归之于仇人的侮辱之罪。

"懦怯的无赖！"他喊着，"不敢当面来碰我，却在一头可怜的牲口身上复仇！"

"我们还等什么？"高龙芭急躁地喊道，"他们来向我们挑衅，伤害了我们的马，我们却不回答他们！你还是人吗？"

"复仇！"牧人们回答，"我们牵着这匹马到村里去走一转，向他们的屋子进攻。"

"贴近他们的堡有一间茅草仓房，"老保罗·格里福说，"我顷刻就可以叫它烧起来。"

另一个人出主意说，去找教堂的钟梯来；还有一个人提议拿那放在广场上的造屋子用的木梁去轰巴里岂尼家的门。在这些发怒的声音之间，你还可以听到高龙芭对她的手下人说，在动手之前，先到她那儿去喝一大杯茴香酒。

不幸地——或者毋宁说是幸亏——她对于这匹可怜的马所施的残忍行为，所希望收到的效果，在奥尔梭身上大部分没有收到。他确信这种野蛮的伤害是他的一个仇人所为，他特别疑心是奥尔朗杜丘；可是他没想到这个被他激怒、被他殴打过的青年人，会用割一只马耳朵的方法来掩盖。适得其反，这种卑鄙而可笑的报复格外增加了他对敌人的鄙视，现在他和知事一样想法了，认为不值得和这种人较量。待嘈杂声稍静一些，他向他的气昏了的党徒宣说，他们必须放弃攻击的意向，他说那即将到来的法官，会给这马耳作一个好好的报复。

"我是这里的主人，"他用一种严厉的口气补充，"我要你们服从我。那第一个再敢说杀人或是放火的人，我便把他拿来烧死。喂！替我给那匹灰色的马架上鞍子。"

"怎么，奥尔梭，"高龙芭把他拉到一旁说，"你听凭别人侮辱我们吗！父亲在世的时候，巴里岂尼家里的人从来没有敢伤害我们牲口的事。"

"我答应你，要他们后悔无及；可是这种只敢向我们的牲口报复的无赖，应该叫宪兵和狱卒去惩罚他们。我对你讲过了，法律会替我报复他们的……否则……也用不到你提起我是谁的儿子……"

"多好的耐心啊！"高龙芭叹息着说。

"妹妹，你得记住，"奥尔梭接下去说，"等我回来的时候，如果发现你们对巴里岂尼家示过了什么威，我无论如何不会原谅你的。"接着，他用一种比较柔和的口气说："我很可能会同上校和他的女儿一起回来，那甚至是很或然的事；把他们的房间收拾得干干净净，把他们的早饭弄得好一点，使我们的客人一点也不感到不舒适。高龙芭，有勇气是很好的，可是一个女子更应该有治家的能力。来吧，吻我一下。乖一点——这匹灰马已架好鞍子了。"

"奥尔梭，"高龙芭说，"你不要独自一个人去。"

"我用不到别人，"奥尔梭说，"我对你说，我不会让人家割碎我的耳朵的。"

"哦！在这种紧急的时候，我决不放你独自一个去。喂！保罗·格里福！季昂·法兰斯！麦莫！拿起你们的枪，送我哥哥去。"

争论了一会儿之后，奥尔梭便不得不答应带着人去了。他在那些最兴奋的牧人之间，选了几个最主张启衅的；接着，向妹妹和剩下的牧人再次叮嘱了他的命令，便出发了，这次可是绕道避过了巴里岜尼家。

他们已经离开比爱特拉纳拉很远了，他们急急地奔驰着，忽然，在经过一条流入沼泽地的小溪的时候，老保罗·格里福看见了许多只猪，它们安安逸逸地躺在泥泞里，享受着阳光的温暖和水的清凉。他立刻瞄准了一只最肥的，对着它的头开了一枪，当场就把它打死了。死猪的同伴们赶紧爬起来，动作快得惊人地逃走了，虽则另一个牧人也开出枪去，它们已平平安安地躲进一个茂林里去了。

"傻子！"奥尔梭喊着，"你们把家猪当做野猪了。"

"不，奥尔梭·安东，"保罗·格里福回答，"这些猪是律师的，这是为了教他们学学伤害我们的马。"

"怎么，无赖！"奥尔梭勃然大怒，"你学我们仇人丑事的样！无赖，滚开！我用不到你们。你们只配去和猪打架。我向上帝发誓，如果你们敢再跟着我，我便要打碎你们的头颅！"

两个牧人面面相觑，一句话也不敢说。奥尔梭用刺马轮刺着马，飞驰而去了。

"好吧！"保罗·格里福说，"这真是好买卖！你去爱那些这样对待你的人吧！他的父亲，上校先生，因为有一趟你拿枪瞄准律师而对你发脾气……那时你没把枪开出去，真是个大傻子…而那个儿子……我为他做的事，你是看见的……他倒说要打碎我的头颅，像对付一个空酒瓮。麦莫，这就是在大陆上学来的东西！"

"是呀。可是如果别人知道你打死了这只猪，会去控告你的，奥尔梭·安东还不会肯替你去对法官讲话，也不肯为你向律师付赔偿费。幸亏没有人看见，圣女拿加会救你出难的。"

经过一番短短的讨论后，两个牧人认为最好是把猪丢到洼地里去；他们便把这个主意实行了，不用说，在实行之前，他们先从这代拉·雷比阿和巴里岂尼两家之间的嫌隙的牺牲品身上，各人割取了几大块，拿回去做炙肉。

十七

奥尔梭在摆脱了他的不听话的扈从之后，继续前进，心里只想着重逢奈维尔姑娘时的快乐，而不大顾到担心碰见仇人。"为了控告那些巴里岂尼混蛋，"他心里想着，"我将不得不到巴斯谛阿去。我为什么不伴着奈维尔姑娘同去呢？我们为什么不一同从巴斯谛阿到奥莱沙的泉水那儿去呢？"童年的回忆忽然使他清清楚楚地想起了那个胜游之地。他觉得自己已移身到了一片荫着几百年的橡树的芳草地上。一朵朵青色的花点缀着那片芳草地，像是向他微笑着的眼睛，他看见李迭亚小姐坐在自己身旁。她已除下了帽子。她那比丝更轻更软的金发，映着从树叶间射过来的阳光，像黄金一般地闪耀着。她那双明净的蓝眼睛，在他看来是比苍穹更蓝。她支颐沉思，静听着他战颤地诉说缠绵的情话。她穿着他在阿约修最后一天看见她穿的那件轻罗衫子。衫子的襞裙下，露出一双穿着黑色缎鞋的纤足。奥尔梭想，要能把这双纤足吻一下，他便很幸福了；可是李迭亚有一只手没有戴手套，拿着一朵雏菊。奥尔梭拿过那朵雏菊，李迭亚的手便握住了他的手；于是他吻着那朵雏菊，接着吻那只手，而她居然没发脾气……这些想象使他忘记了所走着的路，可是他一直前进着。他正要在想象中第二次去吻奈维尔姑娘的纤纤玉手，忽然觉得实际上吻着了马头。那匹马突然停了下来。因为小岂里娜拦住了它的路，又抓住了它的缰绳。

"你到哪里去，奥尔梭·安东？"她说，"你不知道你的仇人就在附近吗？"

"我的仇人！"奥尔梭被人打断了一个这样有趣的幻景，恼怒地喊道，"他在哪儿？"

"奥尔朗杜丘就在附近。他等着你。回去吧，回去吧。"

"啊！他等着我！你看见他吗？"

"看见的，奥尔梭·安东，他走过的时候，我正躺在蕨薇丛里。他戴着眼镜向四面张望着。"

"他是向哪一面去的？"

"他向那面下去，就是你要过去的那一面。"

高龙芭

"谢谢你。"

"奥尔梭·安东，你等一等我的叔父吧。他立刻就到了，和他在一起你就安全了。"

"不要怕，岂里娜，我用不到你的叔父。"

"那么让我走在你前面吧。"

"用不着，谢谢你。"

奥尔梭催马向女孩子指点的方向疾驰过去。

他最初的冲动是一种盲目的暴怒，他对自己说，命运给了他一个好机会，可以教训教训那个以伤害一匹马来报复一掌之仇的懦夫。接着，他又想到了自己答应知事的话，特别是想到了可能会遇不见奈维尔姑娘，便变更了意向，几乎不希望碰到奥尔朗杜丘了。可是不久，关于父亲的记忆，对于他的马的侮辱，巴里岂尼家人的恐吓，又燃起了他的怒火，激励着他去寻找仇人，向仇人挑战，拼个你死我活。他这样地被各种相反的念头折磨着，同时继续前进着，可是现在他是十分谨慎了，他察看着灌木丛和篱垣，有时甚至停下马来，听着那在原野上常可以听到的天籁之声。离开小岂里娜十分钟之后（那时是早上九点钟光景），他来到了一座非常险峻的山边。他所走的那条道路——或者不如说是一条狭窄的小径，两旁是一片新近烧过的草莽。这里，土地上满是白惨惨的灰烬，一些被火烧焦了的脱尽树叶的大树和小树，虽然都已枯死，却还东一株、西一株地挺立着。当人们看见一片被摧烧过的草莽的时候，常常会觉得自己已到了仲冬时候的北地；那被火焰所延及过的地方的荒凉，同周围草木繁茂的景色相对照，使那个地方显得格外悲凉凄绝。可是在这片景物中间，奥尔梭那时只注意到一件事，一件在他的地位实在是重要的事：这是一片不毛之地，不能设一个埋伏，一个时时刻刻害怕从密树间会露出一个枪管对准自己胸膛的人，可以把这一片没什么可以流连的地方视为一种绿洲。与摧烧过的草莽相连接的是许多块耕地；照本地的习惯，这些耕地四周都围着用石块砌成的高可及肩的矮墙。小路便从这些耕地之间穿过去，耕地上杂乱地长着巨大的栗树，远远望去像是一座茂林。

因为山坡险峻，奥尔梭不得不下马步行。他把缰绳丢在马颈上，自己踏着灰烬很快地滑下去。当离开一带石围墙只有二十五步的时候，突然，在路的右侧，他迎面先看见一个枪口，接着看见一个露在墙头上的头。那杆枪已经放平，他认出了那是奥尔朗杜丘，正预备向他开枪。奥尔梭立刻准备自卫，于是这两个人便互相瞄准着，带着那种最勇敢的人在决生死的时候所感受的剧烈情绪，

高龙芭

互相望了几秒钟。

"无耻的懦夫！"奥尔梭喊着……

这句话刚出口，他便看见了奥尔朗杜丘枪口闪出的火花；而差不多是同一个时候，他的左面，从小路的那一面，也打过一枪来；那是一个他没有看到的，躲在另一道墙后瞄准着他的人所打的。两粒子弹都打中了他：奥尔朗杜丘的那一粒，打穿了他的左臂，因为奥尔梭瞄准他的时候左臂刚好迎着他的子弹；另一粒打在他的胸膛上，打穿了他的衣服，可是幸亏撞在他短刀的刀口上，铅弹在上面撞扁了，只使他受了一点微伤。奥尔梭的左臂落到腿边动弹不得了，他的枪管垂下了一会儿；可是他立刻把它举了起来，单用右手使动武器，向奥尔朗杜丘开了一枪。那个露到眼睛的他的仇人的头，便在墙后不见。奥尔梭转身向左，对着那个他不大看得清楚的在烟雾中的人也开了一枪。那个脸儿也不见了。这四枪以一种惊人的速度相连接，就是最训练有素的士兵也不可能这样快地连射。在奥尔梭的最后一枪之后，一切又都归于沉寂了。从他的枪里冒出来的烟，慢慢地向天上升去，墙后面一点动作也没有，连最轻微的声音都没有。如果没有臂上的痛楚，他准会相信那些他刚才开枪射击过的人，是想象中的鬼怪了。

奥尔梭走了几步，置身于依然立在草莽中的一棵烧焦的树的背后，等待对方第二次开枪。他在这蔽身处后面，把枪夹在两膝中间，急急地装了子弹。这时他的左臂痛楚难当起来，他好像是在支撑着一件极重的东西。敌人们怎么了呢？他不知道。如果他们逃了，如果他们伤了，他一定会听到一点在树叶间的动作和声音的。难道他已死了吗？或是更可能一些，是躲在墙后面，等着一个再向他开枪的好机会？在这样的疑虑中，他感到自己的气力消减了下去，他把右膝跪在地上，把受伤的臂膊搁在左膝上，借着一条从枯树上伸出来的树枝搁着枪。手指按在枪机上，眼睛注视着石墙，耳朵留心着任何轻微的声音，这样一点也不动地等了几分钟，而这几分钟在他竟好像觉得是过了一世纪。最后，在他后面很远的地方，发出了一种辽远的呼声，不久一只狗箭一样快地从斜坡上跑下来，摇着尾巴在他身旁站住了。这便是勃鲁斯哥，那两个强盗的同伴和弟子，无疑，它是在通报它主人的到来；而一位有礼貌的人是不会叫人更不耐烦地等着的。那只狗嘴向着天，向最近的围场转过头去，不放心地嗅着。突然它发出一种低沉的呜呜声，一跃跳过了短墙，差不多立刻又跳回到墙顶上，定睛注视着奥尔梭，眼睛里表现着一只狗所能明显地表现出的惊

高龙芭

愕；接着它又在空中嗅着，这一次是向另一个围场，于是又跳过那面的墙去。不一刻又在墙顶上出现，表示出同样的惊愕和不安；接着它跳到草莽中，尾巴夹在后腿间，老是注视着奥尔梭，慢慢地离开了他，打横走着，一直走到离开他有一段距离的地方。那时它便又放开脚步，像下来时一样快地跑上了山坡，去迎接一个不顾山坡的险峻拼命地前进的人。

"救救我，勃朗多拉丘！"奥尔梭估计来人能听见他声音的时候喊道。

"哦！奥尔梭·安东！你受伤了吗？"勃朗多拉丘气都喘不过来，跑过来问他，"伤在身上还是手脚上？……"

"在臂膊上。"

"在臂膊上！那不要紧。那个家伙呢？"

"我想我已打中了他。"

勃朗多拉丘跟着他的狗跑到最近的围场边，俯身望着墙的那边。他脱了他的帽子：

"奥尔朗杜丘少爷，向你行礼。"他这样说着。接着，他把身子转向奥尔梭，用一种正经的神气向他也行了一个礼：

"这便是，"他说，"我所谓的活该。"

"他还活着吗？"奥尔梭呼吸很困难地问。

"哦！他哪里还想活；你打进他耳朵里去的那粒子弹，他实在当不起。圣母啊，那样的一个窟窿！凭良心说，真是好枪！那么大的一粒弹丸！简直整个脑壳都给你打碎了！喂，奥尔梭·安东，当我先听到'比夫！比夫！'的声音的时候，我对自己说：妈的！他们在向我的中尉开枪了。接着我听到'砰！砰！'的声音，我便说，啊！现在那支英国枪在说话了：他在还手了……可是，勃鲁斯哥，你要对我说什么啊？"

那只狗把他领到另一个围场旁边。

"对不起！"惊呆了的勃朗多拉丘喊着，"连发连中！真有这种事！见了鬼！看来火药真是很贵，因为你用得这么省。"

"天哪！什么事啊？"奥尔梭问。

"得了！别装傻啦，我的中尉！你把野兽打倒在地上，却要别人给你拾起来……今天有人将有一顿希奇的压桌菜了！那个人就是律师巴里岂尼！你要肉庄里的肉吗？要多少就拿多少！现在哪一个鬼东西来做他的嗣续人呢？"

"什么！文山德罗也死了吗？"

"死得骨头也硬了。愿我们大家康健吧！你的好处是没有叫他们受痛苦。来瞧瞧文山德罗吧，他现在还跪着，头靠在墙上，好像是在熟睡。这个场合就可以说'铅的睡眠'。可怜的小子！"

奥尔梭恐怖地转过头去。

"你担保他已经死了吗？"

"你简直像那从来不开第二枪的桑必罗·高尔梭[①]一样。你瞧见吗，在胸膛上，在左边？正像文西刘奈在滑铁卢中弹一样。我很可以打赌，子弹离心脏不远。连发连中！啊！我以后再也不提打枪二字了。两枪两个！……两颗子弹！……去了弟兄两个！……如果再开第三枪，他一定把那爸爸也打死了……下一趟运气会更好一点的……这样的枪法啊，奥尔梭·安东！……像我这样的好汉，把宪兵连发连中地打死的事，也是从来没有碰到过的！"

强盗一边说话，一边察看奥尔梭的臂膊，又用短刀割破了他的袖子。

"不要紧，"他说，"可是这身礼服要叫高龙芭小姐费功夫了……嗯！我看见的是什么？胸部的衣服上怎么有一个破洞？……没有什么打进去吧？没有的事，否则你

---

① 桑必罗·高尔梭，高尔斯传说中的英雄。

不会这样神气活现了。来，把你的手指动一下看……我咬着你的小手指的时候你感觉到我的牙齿吗？……不很厉害吗？……那没有关系，一点也不要紧。让我拿过你的手帕和领带来……你瞧，你的礼服毁了……你为什么要打扮得这样漂亮？去吃喜酒吗？……来，喝一点葡萄酒吧……你为什么不带着水壶？难道有一个不带着水壶出门的高尔斯人吗？"

在包扎伤口的时候，他又停下来喊道：

"连发连中！两个都死得挺硬！……'教士'一定要大笑了……连发连中！……啊！这个拖延时候的小岂里娜终于来了。"

奥尔梭并不回答。他脸色像死人一样地惨白，四肢都在颤动。

"岂里，"勃朗多拉丘喊着，"去看看这墙后面吧。嗯？"

那女孩子手脚并用地攀到墙上去，立刻看到了奥尔朗杜丘的尸首，她画了一个十字。

"这不算什么，"那强盗继续说，"再到那边去瞧一瞧吧。"

女孩子又画了一个十字。

"是你干的吗，叔叔？"她怯生生地问。

高龙芭

"我？我已变成一个不中用的老东西了。岂里娜，这是奥尔梭先生的成绩。去向他道贺吧。"

"小姐一定会因此很快乐。"岂里娜说，"而她知道你受了伤，准会很着急，奥尔梭·安东。"

"喂，奥尔梭·安东，"强盗在包扎好之后说，"岂里娜已把你的马带住了。骑上马和我一同到斯达索拿草莽去。谁能在那里把你找到才算狡猾呢。我们可以在那里尽力地调护你。等我们到了圣女克丽丝丁十字架的时候，我们便应该下马。那时你把你的马给岂里娜，她便可以去通知小姐，在路上的时候，你可以把你的事情嘱托给她。一切你都可以告诉这个女孩子，奥尔梭·安东：她是宁可被劈死，也不会出卖朋友的。"接着，他柔和地对那女孩说："走吧，无赖，该摈逐的，该诅咒的，流氓！"这位勃朗多拉丘像许多别的强盗一样迷信，惟恐对孩子祝福或称赞会蛊惑了孩子，因为人们认为那些管辖 Annocchiatura[1] 的神秘的魔道，有反着我们的祝颂执行的习惯。

"你要我到哪里去，勃朗多拉丘？"奥尔梭用一种无力的声音说。

---

① 用眼睛或语言施加于他人的蛊惑。

"天哪！你自己选吧：到牢里去或是到草莽里去。可是一个代拉·雷比阿家里的人是不进监牢的。落草莽去吧，奥尔梭·安东。"

"那么，我一切的希望，永别了！"那个受伤的人沉痛地喊着。

"你的希望？嘿！你希望用一支双响的枪办得再好一点是吗？……啊！他们怎么会打着你的？这两个流氓得有比猫还硬的性命才行。"

"他们先开枪的。"奥尔梭说。

"真的，我忘记了……'比夫！比夫！砰！砰！'……连发连中，只用一只手！……如果有人能更胜过你，我一定去上吊了！噢，现在你已经骑上马了……在上路之前，先去看一看你的成绩吧。这样不别而行是不够客气的。"

奥尔梭用刺马轮刺着他的马；他绝对不想去看那两个他刚才打死的坏蛋。

"听我说，奥尔梭·安东，"强盗抓住马缰说，"我可以坦率地对你说吗？如果不冒犯你的话，唉！我为这两个可怜的年轻人伤心。请你原谅……他们是那么漂亮，那么强壮……那么年轻！奥尔朗杜丘，他和我一起打过许多次猎……几天之前，他还送了我一扎雪茄……文山德罗，他脾气老是很好的！……是的，你是做了你应该做的事……况且枪法又太好了，叫人没法惋惜……可是我呢，我和你的复仇没有关系……我知道你是对的；一个人有了仇人，应该把这仇人剪除了。但巴里岂尼也是一家旧世家……又是一家完了！偏又是连发连中而死的！那真是刺心的事。"

这样地念着对于巴里岂尼家的祭文，勃朗多拉丘急急地引导着奥尔梭、岂里娜和那只叫勃鲁斯哥的狗，向斯达索拿草莽而去。

十八

高龙芭在奥尔梭出发之后不久，便从探子那里得知，巴里岂尼家已有了举动，从那时候起，她便十分担忧起来，你可以看见她在屋子里到处乱走，从厨房里走到为客人预备的房间里，什么事也不做，却老是很忙碌，又不断地停下来，看看村庄里有没有什么异乎寻常的动静。十一点钟光景，一队人数不少的马队进了比爱特拉纳拉：那是上校、他的女儿、他们的仆人和向导。在欢迎他们的时候，高龙芭第一句话便是："你们看见了我的哥哥吗？"接着她问向导，他们走的是哪一条路，是什么时候出发的；听了向导的答话，她不懂得为什么他们会没有遇见。

"或许你哥哥走的是山上的路，"向导说，"而我们是走山下的路来的。"

可是高龙芭摇摇头，又提出了许多问题。虽则她天性刚毅，加上在客人面前有股傲气，不愿显示任何怯弱，却怎样也掩饰不住自己的不安；不久，当她把那得到一个不幸结果的讲和经过对上校和李迭亚姑娘讲了之后，他们也和她一样地担忧起来，特别是李迭亚姑娘。奈维尔姑娘心烦意乱，提出要差人到各方去找，她的父亲也自愿骑着马和向导一同去寻奥尔梭。客人的担忧使高龙芭想起了她做主人的责任。她勉强微笑着，催着上校就席，对于哥哥的迟到，找出了许多能使人以为然的原故，但一刻之间，她自己又把这些辩解的话推翻了。上校觉得设法安慰女子是自己的责任，便也提出了自己的解释，他说：

"我敢打赌说，代拉·雷比阿是碰到了猎物，禁不住手痒起来，等会儿我们就可以看见他满载猎物而回了。天呀！"他又说，"在路上我们听到了四响枪声。其中有两声特别响，那时我对我的女儿说：我敢肯定这是代拉·雷比阿在打猎。只有我的那支枪才会发出这么大的响声。"

高龙芭的脸色发白了，深深地注意着她的李迭亚，很容易地看出，上校的猜度使她起了某种疑虑。在沉默了几分钟之后，高龙芭激动地问，那两声很响的枪声是在其余的两声之先，还是在其余的两声之后。可是上校，他的女儿和向导，对于这个要点都没有很留意。

到了下午一点钟光景，高龙芭差出去的人还一个没有回来，她聚集起她的全部勇气，强邀她的客人们入席；可是除了上校之外，没有一个人吃得下饭。听到广场上有一点轻微的声音，高龙芭便立刻跑到窗边去，接着又回到席上来忧愁地坐下，又更忧愁地勉强和她的朋友们继续着那些无意义的，没有人注意的，又夹着长久的静默的谈话。

不意，忽然听到了一匹马的奔跑声。

"啊！这趟是我哥哥了。"高龙芭站起来说。

可是一看见是岂里娜跨在奥尔梭的马背上，她又用一种尖锐刺耳的声音喊道：

"我哥哥死了！"

上校坠下了他的酒杯，奈维尔小姐发出了一声呼喊，大家都跑到门边去。岂里娜还来不及跳下马来，高龙芭已将她轻如鸿毛地一把提了起来；她把她抓得那么紧，几乎窒死了她。女孩懂得她可怕的目光，第一句话便是那《奥塞罗》合唱中的词句："他活着！"高龙芭放松了她，于是岂里娜像小猫一样轻捷地跳到地上。

"其余的人呢？"高龙芭嗄声地问。

岂里娜用食指和中指画了一个十字。立刻，高龙芭的脸上显出了一种鲜红的颜色，代替了原来的惨白的颜色。她炯炯地向巴里岂尼家望了一眼，微笑着对客人说：

"回去喝咖啡吧。"

强盗们的这个飞行使者要讲的话很长。高龙芭把她的土话直译为意大利话，接着又由奈维尔姑娘译为英国话，使上校发了几多惊叹之词，使李迭亚姑娘发了几多叹息；可是高龙芭却不动声色地听着，只是扭着她的织花食巾，好像要把它撕成碎片。她把女孩的话打断了五六次，使她反复地说：勃朗多拉丘说过伤势并不危险，伤得更厉害的人他也见过许多。最后，岂里娜说奥尔梭急着要纸写信，还要他的妹妹恳求一位或许在他家里的女子，在没有接到他的信之前切不要动身。女孩补充说，"这是最使他挂牵的；我已经上路了，他又把我叫回去，再次把这事嘱咐我。而这是他第三次叮嘱了。"听了哥哥这个嘱咐，高龙芭轻轻地微笑着，又使劲地握着那个英国女子的手。她却流着眼泪，觉得故事的这一段不便翻译给父亲听。

"是呀，你们该留在这儿伴着我，我的亲爱的人，"高龙芭吻着奈维尔姑娘说，"你们应该帮助我们。"

然后她从一口柜里翻出许多旧麻布，开始把布剪开来作绷带和裹伤布。看着她那闪闪发光的眼睛，兴奋的脸色，这种忧虑和镇静相交替的神态，我们简直难说，她是在感触她哥哥的受伤呢，还是在喜庆她仇人的死亡。有时她为上校斟着咖啡，向他夸口自己煮咖啡的才干；有时她把工作分派给奈维尔姑娘和岂里娜，要她们缝绷带，并把绷带卷起来；她一遍又一遍地问着伤口是否使奥尔梭很苦痛。她不断地停下工作来对上校说：

"两个那么机巧，那么厉害的人！……他只有独自一个，受了伤，只用一只手……却把他们两个全打倒了。上校，多么勇敢啊！可不是一位英雄吗？啊！奈维尔姑娘，住在像你们的家乡那样太平的地方，真幸福啊！……我可以断言，你还没有认识我的哥哥！……我早说过：苍鹰将展开它的翼翅！……你误认了他的温柔的外貌了……奈维尔小姐，那是因为和你在一起……啊！要是他能看见你现在为他在忙着就好了……可怜的奥尔梭！"

奈维尔小姐既不工作又不说一句话。她父亲问为什么不赶快去向法官控诉。他提到验尸和许多在高尔斯同样不为人所知道的事。最后他想知道，那位救护受伤者的善良的勃朗多拉丘先生的乡居，是否离比爱特拉纳拉很远，他能不能亲自去探望他的朋友。

高龙芭用她素有的平静态度回答说，奥尔梭是在草莽里；有一个强盗照顾着他；如果他在知事和法官没有处置停当之前露面，会冒很大的危险；最后她说，她会安排一个老练的外科医生秘密地去照顾他。

"上校先生，"她说，"最要紧的是，不要忘记你曾听到过四响枪声，而你对我说过，奥尔梭是后开枪的。"

上校对于这类事一点也不懂，他的女儿尽叹息着，拭着眼睛。

等到一排哀凄的行列走进村庄里来的时候，天色已不早了。人们把巴里岂尼律师儿子的尸身，横放在由乡下人牵着的驴子的背上，带来给巴里岂尼律师。一大群雇工和闲人跟在这凄惨的行列之后。接着人们看见了那些老是迟到的宪兵，举起两臂不断地喊着"知事先生会怎样说啊"的村长助理。几个妇人，就中有一个是奥尔朗杜丘的奶妈，扯着自己的头发，发出野蛮的嚎叫声。可是她们的骚扰的哀痛所给人的印象，还不及那个惹人注目的人物无声的绝望来得深刻。这便是那个不幸的父亲，他从这一具尸首跑到那一具尸首，捧起他们沾着泥土的头，吻着他们发紫的嘴唇，托起他们已经僵硬了的肢体，好像要为他们减轻路上的颠簸。人们不时地看见他张开嘴想说话，可是他并不呼号，一句话都没有，眼睛始终注视着那两具尸首。他向石头撞，向树撞，向一切碰到他的障碍物撞。

妇女的啼哭和男子的咒骂，在看见奥尔梭家的时候，格外厉害了。而几个雷比阿派的牧人，还居然大胆地发出一种胜利的欢呼，他们的敌人的激怒更是遏止不住了。"报仇啊！报仇啊！"好几个声音喊道。人们掷着石子，还有两响枪向高龙芭和她的客人坐着的客厅的窗子打来，打穿了百叶窗，木片一直射到两个女子坐着的桌子的旁边。李迭亚姑娘发出了惊呼之声，上校抓起一杆枪。高龙芭呢，在上校未及拦住她之前，一直奔到门口，猛烈地开大了门，独自站在高门槛上，伸着两手诅咒敌人：

"懦夫！"她喊着，"你们向女人，向异乡人开枪！你们还算是高尔斯人吗？你们还算是男子吗？你们这些只知道在后面暗算别人的无耻之徒，上前来啊！我向你们挑战。我只有一个人，我哥哥不在。打死我吧，打死我的客人吧；你们只配做这种事……你们不敢，你们这些懦夫！你们知道我们要复仇。去吧，像女人一样地去啼哭吧，还得谢谢我们，没要你们更多的血！"

在高龙芭的声音和姿态中，是有些威严和可怕的东西存在着；一看见她，群众便害怕地向后退去，好像是看见了高尔斯人冬夜所讲的那些怕人的故事中的恶仙女。村长助理、宪兵，还有一些妇女，趁这个机会夹到两派之间去；因为雷比阿派的牧人，已经备好了武器，一时人们很是害怕广场上会有一场混战发生。可是两方面都没有主脑，而高尔斯人就是在激怒的时候也受纪律统御，私斗的主角不在场，贸然动手的事是不大有的。况且那因成功而变得乖觉了的高龙芭又止住了手下的人：

"让那些可怜的人去啼哭吧，"她说，"让那个老头子搬了他自己的血肉进去吧。何苦杀那只没有了牙齿咬人的老狐狸呢？——优第斯·巴里岂尼！回想一下八月二日①吧！回想一下你用你那赝造者的手写过字的染血的文书夹吧！我父亲在那里记下了你所负的债；现在你的两个儿子替你偿还了。我把还债收据给了你，老巴里岂尼！"

高龙芭交叠着双臂，嘴唇边现着轻蔑的微笑；看着尸首被抬进她仇人的屋子去，接着看见人群慢慢地散开了。她关上了门，回到饭厅里，对上校说：

---

① 代拉·雷比阿上校于八月二日遭到暗杀。

"我替我的同乡向你道歉，先生。我从来也想不到高尔斯人会向一所有异乡人在着的屋子开枪，我为我的本乡觉得很惭愧。"

晚上，李迭亚姑娘进卧房去的时候，上校跟了进去，问她，要不要第二天就离开这个时时刻刻有吃子弹危险的村庄，要不要趁早离开这个只看到残杀和叛乱的地方。

奈维尔姑娘沉吟了一些时候，显然，父亲的提议使她很为难。最后，她说：

"我们怎样能够在这个不幸的青年女子正十分需要安慰的时候离开她？父亲，你不觉得这在我们是太忍心吗？"

"孩子，我是为了你才说这些话的，"上校说，"如果你是在阿约修的旅舍里，平平安安的，我向你断言，不握一握那位勇敢的代拉·雷比阿的手便离开这个该诅咒的岛，我会很不乐意的。"

"好吧！父亲，再等等吧，而且，在出发之前，我们一定要为他们效一点劳。"

"你的良心真好！"上校吻了吻他的女儿的前额，"你肯这样地牺牲自己来缓和别人的不幸，我看了很快活。留在这儿吧，做好事是决不会后悔的。"

李迭亚在床上辗转反侧，不能睡着。有时，夜间那种种声音，在她听来竟像是有人要来攻袭房子；有时，定下了心，却想起了可怜的受伤的奥尔梭。想到他此时必然躺在寒冷的地上，除了受一个强盗的仁慈之外没有别的救助。她想象他通身是血，在异常的痛楚中挣扎着；奇怪的是，奥尔梭的形象每一次呈现到她心头，总是现着她所见到的他出发时的那种样子，她所送给他的护符指环紧贴在嘴唇边……接着她又想到他的勇敢。她对自己说，他所以经历刚脱身出来的那种可怕的危险，是为了她的原故，为了早一点看见她，他才去冒那样的危险。想到后来，她差一点就要相信，奥尔梭是为护卫她才被打伤臂膊的了。她责备着自己，可是因此却格外崇拜他了；而且，就算那出色的连发连中，在她看来并没有像在勃朗多拉丘和高龙芭看来那么伟大，那么，在小说中，她也很难找到几个英雄，逢到这样大的危险，能够这样地勇敢，这样地镇定。

她所住的就是高龙芭的房间。在一个祈祷用的橡木跪凳上面，在一枝祝福的棕榈的旁边，墙上挂着一张奥尔梭的细画像，像上奥尔梭穿着少尉的制服。奈维尔姑娘取下了这张画像，仔细地看了许久，最后没有把它挂回原处，而是放在自己床边。她一直到黎明才睡熟，醒来的时候太阳已经很高了。她看见高龙芭站在床前，静待着她张开眼来。

"呃！小姐，在我们这种简陋的屋子里，你觉得很不适意吧？"高龙芭对她说，"我怕你没有睡着。"

"好朋友，你得到他什么消息吗？"奈维尔姑娘坐起来说。

她瞥见了奥尔梭的肖像，急忙丢一块手帕过去遮住它。

"是的，我得到他的消息了。"高龙芭微笑着说。

然后，她拿起了那张肖像：

"你觉得像他吗？他人还要更好一点呢。"

"天哪！……"奈维尔姑娘羞愧地说，"我胡乱地……把这张肖像……取了下来……我有这种翻乱一切而什么也不整理好的坏脾气……你哥哥怎样了？"

"还好。乔冈多今天早上四点钟到这儿来过。他给我带了一封信来……是给你的，李迭亚小姐；奥尔梭没有写信给我。信封上固然写着给高龙芭，可是下面却写着致 N 小姐……不过，做妹妹的是不会妒嫉的。乔冈多说他写信的时候很痛苦。乔冈多笔下是很不错的。他请奥尔梭口述，他来代笔，奥尔梭却不肯。他是拿铅笔仰卧着写的。勃朗多拉丘为他拿着信纸。我哥哥老是想起身，可是，只要稍稍一动，臂膊便疼得受不了。乔冈多说他那样子真可怜。这就是他的信。"

奈维尔姑娘读着那封无疑是为了特别的谨慎而用英文写的信。信上这样写道：

小姐：

不幸的定命驱策着我；我不知道我的仇人将怎样地说我，他们会造出什么诽谤来。只要你不相信，小姐，那我就什么都不在乎了。自从见了你以来，我不停地为痴愚的梦想所哄骗。非要经历眼前这场不幸，我才能看出自己的痴妄。现在我的理智已经清醒。我知道等待着自己的是怎样的一种前途，对于那种前途，我只有忍耐。这个你所送我的，而我视为一种幸福的带有护身符的指环，我不敢再收留。奈维尔小姐，我怕你会懊悔将礼物送得那么不适当。或是更说得妥当一点，我怕这指环会使我回想起我痴妄的时候。高龙芭会把它交还你……永别了，小姐，你即将离开高尔斯，而我从此不能再看见你了；可是请你对我的妹妹说，我还能得到你的尊敬，而且我敢肯定地说，我是永远不会失去这一资格的。

奥·代·雷

李迭亚姑娘背过脸儿看这封信，用心观察着她的高龙芭，把那个埃及指环交还她，同时用一种疑惑的目光问她，这是什么意思。可是李迭亚姑娘不敢抬起头来，她悲哀地凝视着指环，把它戴在指上，接着又除了下来。

"亲爱的奈维尔小姐，"高龙芭说，"我不能知道我哥哥对你说些什么吗？他对你说起他的健康吗？"

"真的……"李迭亚姑娘红着脸儿说，"他没有对我说起……他的信是用英文写的……他叫我去对我的父亲说……他希望知事能够安排……"

高龙芭狡猾地微笑着，坐到床边去，握着奈维尔姑娘的两只手，用她那炯炯的眼睛凝视着她：

"你可以仁慈点吗？"她对她说，"你可要写封回信给我的哥哥？这样你将大大地加惠于他！他的信送到的时候，一时我竟想来唤醒了你，可是我不敢。"

"你大错了，"奈维尔姑娘说，"如果我的一句话能够使他……"

"现在我不能送信给他了。知事已到来了，比爱特拉纳拉已布满了他的巡丁。我们将来再看吧。啊！如果你了解我的哥哥，奈维尔小姐，你会像我一样地爱他……他是那么善良！那么勇敢！请你想一想他所做的事吧！

独自一人，又是受了伤，却对付了两个人！"

知事已经回来了。村长助理派了一个专差去通知他，他便带着宪兵和巡逻兵，又邀了检察官、书记和其他一行人等一同来到，来调查这件新发生的惊人的不幸事件，它使比爱特拉纳拉大族间的仇恨更加复杂，或者也可以说，使那种仇恨从此终止了。他来到之后不久，见到了奈维尔上校和他的女儿，他并不对他们掩饰自己的忧虑，他担心事情是越变越坏了。

"你是知道的，"他说，"这场互斗没有证人；而那两个不幸的青年，他们的机巧和勇敢是众所周知的，谁都不相信代拉·雷比阿没有那两个强盗（别人说他是躲避在他们那儿）的帮助能独自个杀死他们。"

"这是不可能的，"上校喊道，"奥尔梭·代拉·雷比阿是一个非常正直的人；我可以代他回答。"

"我也这样想，"知事说，"可是检察官（那些先生们老是怀疑着的）我看是不容易听我们安排的。他手里有一张对你的朋友不利的文件。那是一封写给奥尔朗杜丘的恐吓信，信里约他去决斗，而那约会，检察官觉得是一个埋伏。"

"可是，那个奥尔朗杜丘，"上校说，"不像一个讲面子的人，他已拒绝了决斗啊。"

"这不是这儿的习惯。暗中埋伏，从后面袭杀，这才是本地的风光。不过，也有一个有利的证据；便是有一个女孩子，断言她听到过四响枪声，后面的两声比前两声更响，是从像代拉·雷比阿先生的那种粗口径的枪里发出来的。不幸那个女孩子是一个强盗的侄女，那强盗又被人怀疑为同谋犯，别人已教好了她怎样说的。"

　　"先生，"李迭亚小姐脸儿一直红到耳根，插进来说，"开枪的时候我们正在路上，我们听到的枪声也是同样的情形。"

　　"真的吗？这一点可是很重要的。你呢，上校，你当然也注意到了吧？"

　　"是的，"奈维尔小姐抢着说，"我父亲是惯听枪声的，当时他说：你听，代拉·雷比阿先生在用我的枪了。"

　　"那么，你们辨出的两响枪声，的确是在后的吗？"

　　"是后面的两枪，可不是吗，父亲？"

　　上校的记性不很好；可是无论什么时候，女儿所说的话，他总是唯唯称是的。

　　"应该立刻去把这件事讲给检察官听，上校。此外，今晚我们等一个外科医生来检验那两具尸身，验明伤口是否是那支枪所打的。"

　　"那支枪是我送给奥尔梭的，"上校说，"而我希望彻底地知道它⋯⋯那就是⋯⋯那个勇敢的人⋯⋯我幸喜那支枪在他手里，因为如果没有我的芒东枪，我真不知道他如何能脱险。"

十九

外科医生到得迟了一点。在路上他有过一次奇遇。他被乔冈多·加斯特里高尼碰到了，后者非常客气地请他去看一个受伤的人。他被引到奥尔梭那里，给他的伤口作了第一次的医治。接着强盗远远地送了他一程，和他谈到比塞的一些最著名的教授——他说他们都是他的熟朋友——这给医生留下了很深的印象。

"医生，"和他分别的时候，神学学者说，"你使我抱有很大的敬意，所以我觉得不必再叮嘱你了，说一个医生应该和一个替人忏悔的教士一样地谨慎（说这些话的时候他玩弄着枪机）。想必你已经把我们相遇的地方忘记了。再会，得识先生，我是不胜荣幸。"

高龙芭恳求上校去参加验尸。

"你比谁都清楚地了解我哥哥的枪，"她说，"你出场是很有用的。况且此地坏人很多，如果没有人去维护我们的利益，我们是会遭受很大危险的。"

当独对着李迭亚姑娘的时候，她说她头疼得非常厉害，向她提议到村外去散步一会儿。

"新鲜空气会使我好的，"她说，"我那么久没有呼吸新鲜空气了！"她一边走一边对她谈着哥哥；对于这个话题很感到兴味的李迭亚小姐，没有发觉她已离比爱特拉纳拉很远了。当她注意到的时候，太阳已快下山了，她要求高龙芭回去。高龙芭说她认识一条捷径，可以省去许多路，于是她离开了原来走着的小路，向一条看去不大有人走的小路走去。不久又开始攀登一座山，那座山十分险峻，她不得不常常一只手抓住树枝稳住自己的身体，一只手牵着在后面的同伴。苦苦地攀登了一刻钟，她们来到了四面乱石嵯峨的一片漫生着桃金娘和杂树的小小高原上。李迭亚姑娘已很疲乏了，村庄还不出现，天差不多已黑了。

"亲爱的高龙芭，"她说，"你知道吗，我怕我们迷路了。"

"不用害怕，"高龙芭回答，"尽管走，跟着我。"

"可是我对你说，你一定走错路了；村庄不会在这一面的。我敢打赌，你是背道而驰了。瞧那远远的地方有一些灯火，比爱特拉纳拉一定在那一面。"

"我亲爱的朋友，"高龙芭神色紧张地说，"你的话是不错的；可是从这里再走两百步……在那个草莽里……"

"嗯？"

"我的哥哥就在那里；如果你愿意，你可以去看他，去吻他。"

奈维尔姑娘吃了一惊。

"我不为人们所注意地走出了比爱特拉纳拉，"高龙芭继续着说，"因为你和我在一起……否则人们会尾随我的……和他离得这么近而不去看他……你这个能使他十分快乐的人，为什么你不和我同去看看我可怜的哥哥呢？"

"可是，高龙芭……这在我是不合适的啊。"

"我懂了。你们这些都市的女子，你们老是挂虑着合适啊，不合适啊；我们这些村庄里的女子呢，我们只想着有没有好处。"

"可是天已这么晚了！……而且你哥哥会对我作何感想呢？"

"他会想着他并没有为他的朋友所弃，这便使他有勇气吃苦了。"

"那么我的父亲呢，他会非常担心的……"

"他知道你和我在一起……哎！下一个决心吧……你今天早晨还尽看着他的肖像的。"她带着一种狡猾的微笑说。

"不……真的，高龙芭，我不敢……那儿还有强盗……"

"呃！那些强盗又不认识你，有什么要紧呢？你是希望看见他的！……"

"天哪！"

"唅，小姐，定个主意吧。把你独自个留在这里，我是办不到的；谁知道会出些什么事。或是去看奥尔梭，或是一同回村庄去……天知道我能在什么时候再看见我的哥哥……或许永远看不见他了……"

"你说什么，高龙芭？……唉！我们去吧！可是不要去久了，立刻就回来。"

高龙芭握着她的手，没有回话，立刻飞快地向前走去，李迭亚姑娘几乎跟不上她。幸亏高龙芭不久便站住了，她对同伴说：

"在没通知他们之前，不能再上前了；我们或许会吃枪弹的。"

她把两只手指放进唇里，打了一个嗯哨；不一刻就听到了一只狗的吠声，那个跑在强盗前面的流动哨立刻便出来了。这就是我们的老相识勃鲁斯哥，它立刻认出了高龙芭，便来为她引路。在草莽中的狭窄的小径里拐弯抹角了许多次后，两个全身武装的人上来迎接她们。

"是你吗，勃朗多拉丘？"高龙芭问，"我哥哥在哪里？"

"就在那边！"那个强盗回答，"可是走过去的时候请轻一点：他睡着了，这还是他受伤以来第一次睡着。天哪！这是显然的，魔鬼走得过的地方，女人也一定走得过。"

两个女子小心地走过去，看见了一盏灯，强盗们用石块在灯的四周砌起了一圈小墙，把光谨慎地遮住了；在灯的旁边，她们瞥见奥尔梭躺在一堆薇蕨上，盖着一件 Pilone①。他脸色惨白，呼吸急促。高龙芭在他身旁坐了下来，合着手默默地望着他，好像在暗暗地祈祷。李迭亚姑娘用手帕掩着面，紧挨着她，可是不时抬起头来，从高龙芭的肩头望着受伤的人。大家不声不响地坐了一刻钟。神学学者打了一个暗号，勃朗多拉丘便和他一同穿进草莽里去了，这使奈维尔姑娘大为安心，她第一次觉得，强盗们的大胡子和那一身的装束，地方色彩是太重了。

最后，奥尔梭动弹了一下。高龙芭立刻向他俯身下

---

① 连风帽的厚呢大衣。

去，吻了他好多次，滔滔不绝地问着他的伤创，他的苦痛，他的需要。奥尔梭在回答说勉强还可以过得去之后，便问起奈维尔姑娘是否还在比爱特拉纳拉，她有没有写信给他。高龙芭是弯身在她的哥哥上面，把她的同伴完全遮住了，况且那地方又是那么暗黑，也使他难以辨认出来。高龙芭一只手握住奈维尔姑娘的手，一只手轻轻地扶起了受伤者的头。

"不，哥哥，她没有叫我带信给你……可是，你老是想着奈维尔小姐，你很爱她吗？"

"当然啦，高龙芭！……可是她……她或许现在瞧我不起了！"

这时候，奈维尔小姐使劲想抽出手来；可是要使高龙芭放松是不容易的事；她的手虽则小而美，却具有一种力量，那种力量我们已经见过了。

"瞧不起你！"高龙芭喊道，"你做了那样的事后瞧不起你！……正相反，她说你好呢……啊！奥尔梭，关于她，我有许多话要对你讲呢。"

那只手老是想摆脱出去，可是高龙芭把它愈来愈拉近奥尔梭。

"可是究竟为了什么不给我回信呢？"受伤的人说，"只要短短的一行，我就很快乐了。"

高龙芭拉着奈维尔姑娘的手，终于把它放在哥哥的手里，这时便大笑着突然离开。

"奥尔梭，"她喊着，"当心，不要说奈维尔小姐的坏话，因为她很懂得高尔斯话。"

奈维尔姑娘立刻缩回了她的手，喃喃地说了几句听不懂的话。奥尔梭以为自己在做梦。

"你在这里，奈维尔小姐！天哪！你怎么敢来的！啊！你使我多么幸福！"

于是，他痛苦地翻起身来，想靠近她。

"我伴着你妹妹同来的，"李迭亚姑娘说，"……这样可以使别人不疑心她到哪里去……此外，我也想……使自己放心……啊啊！你在这儿多么不舒服！"

高龙芭坐在奥尔梭的后面。她小心谨慎地扶他起来，把他的头搁在自己的膝上。她用臂膊围抱着他的头，招手叫李迭亚姑娘过去。

"再过来点！再过来点！"她说，"一个病人是不可以把声音提得太高的。"

李迭亚姑娘正在踌躇，高龙芭抓住了她的手，强迫她很贴近地坐下来，她的衣衫碰到了奥尔梭，而她那只一直被高龙芭握住不放的手，搁到了受伤者的肩上。

"这样很好，"高龙芭高兴地说，"奥尔梭，在这样一个美丽的夜间，露宿在草莽里，可不是很好吗？”

"哦！是呀！美丽的夜间！”奥尔梭说，"我永远不会忘记的！”

"你一定很痛苦吧。”奈维尔姑娘说。

"我并不痛苦，”奥尔梭说，"我愿意死在这里。”

他的右手移近到高龙芭一直抓住不放的李迭亚姑娘的手边。

"代拉·雷比阿先生，实在应该把你送到一个可以好好地照料你的地方去，”奈维尔姑娘说，"我将不再能熟睡了，因为现在我看见你睡得这么不适意……在露天下……”

"如果不是怕和你会面，奈维尔小姐，我早会设法回比爱特拉纳拉，也早会成为囚徒了。”

"那么，你为什么怕和她会面呢，奥尔梭？”高龙芭问。

"我没有听你的话，奈维尔小姐……就是现在我也不敢见你。”

"李迭亚小姐，你要我哥哥做什么他就做什么，你知道吗？”高龙芭笑着说，"我以后不让你来看他了。”

"我希望，”奈维尔姑娘说，"那件不幸的事将水落石出，希望你不久就可以无所恐惧……如果在我们出发的时候，我能知道你已得到公正的裁判，别人又认识了你的磊落和英武，我准会十分快乐的。"

"你出发，奈维尔小姐！不要再说这句话吧。"

"那怎么办呢……我父亲不能老是打猎的……他要出发。"

奥尔梭挪开了他的手，不再和李迭亚小姐的手相接触，一时大家都沉默了。

"嘿！"高龙芭说了，"我们不会让你们那么快地出发的。在比爱特拉纳拉，我们还有许多东西要给你们看……况且你已答应了给我画一幅肖像，你还没有动手……此外我也答应为你作一篇七十五韵的夜曲……还有……可是勃鲁斯哥在叫些什么？……勃朗多拉丘跟在它后面跑着……我去瞧瞧是怎么回事。"

她立刻站了起来，不客气地把奥尔梭的头搁在奈维尔姑娘的膝上，跟在那两个强盗后面跑去了。

奈维尔姑娘这样地扶托着一个美丽的青年，在草莽之中独对着他，心头不免有点惊恐，她真不知道如何办才好，因为如果她突然地移身开去，那个受伤的人怕会痛苦的。可是奥尔梭自动离开了他妹妹刚才给他的这个温柔的依靠，用右臂支撑着身体，说道：

"那么你不久就要走了吗，李迭亚小姐？我从来没

高龙芭

有设想，你会在这不幸的地方长久地淹留下去……然而……自从你来到此地以后，一想到要和你离别，我更百倍地痛苦了……我是一个可怜的中尉……没有前程…………现在又是一个罪人……李迭亚小姐，这时候对你说我爱你真是很不适当……可是无疑地，这是我能向你说这句话的惟一机会了。我已舒了我心头之意，现在我觉得我的不幸已减少一些了。"

李迭亚小姐背转脸儿去，好像黑暗还不够掩住她的羞怯似的。

"代拉·雷比阿先生，"她用一种颤动的声音说，"我会到这里来吗，如果……"

说着，她把那个埃及指环放在奥尔梭的手里。接着，她使劲压制着感情，又用她惯用的揶揄的口气说道：

"代拉·雷比阿先生，你这样说是很不对的……在草莽之中，被你的强盗围着，你很知道我是决不敢向你发脾气的。"

奥尔梭预备去吻还指环给他的那只手；因为李迭亚小姐把手缩回得太快了一点，他便坐不稳，倒身下去，压在自己的左手上。他禁不住发出一声痛苦的呻吟来。

"痛吗，我的朋友？"她扶他起来说，"这是我的过错！请你原谅我……"

他们还贴得很近地低声密谈了一些时候。那个急急忙忙地跑过来的高龙芭，看到他们还是像她离开的时候一样地偎依着。

"巡逻兵来了！"她喊着，"奥尔梭，站起来走吧，我来帮助你。"

"不用管我，"奥尔梭说，"叫两个强盗快逃……让他们把我捉去吧，我不要紧；可是得把李迭亚姑娘带走。天哪，决不能让别人看见她在此地！"

"我不会丢下你的，"跟在高龙芭后面的勃朗多拉丘说，"巡兵长是律师的干儿子，他会不拘捕你而把你杀死，接着他会说，他是失手打死你的。"

奥尔梭试着想站起来，他甚至还走了几步；可是不久就停了下来：

"我走不了，"他说，"你们逃吧。再会吧，奈维尔小姐；把你的手拿给我拉一下，再会吧！"

"我们决不离开你！"两个女子同声喊着。

"如果你不能走，"勃朗多拉丘说，"让我来背你吧。哎，我的中尉，拿点勇气出来；我们还来得及从山溪里逃走。'教士'先生会对付着他们。"

"不，别管我，"奥尔梭说着，重新躺到地上，"天哪，高龙芭，把奈维尔姑娘带走啊！"

"高龙芭小姐，你是很有力气的。"勃朗多拉丘说，"抓住他的肩，我抓住他的脚；好！上前走吧！"

他们不管奥尔梭肯不肯，很快地把他抬了起来；李迭亚姑娘跟在他们后面，十分惊恐；忽然一声枪响，立刻又有五六响枪声回应。李迭亚小姐叫了一声，勃朗多拉丘却吐出一片诅咒，可是他加快了速度，高龙芭也学着他的样，在草莽中漫跑着，完全不顾树枝打着她的脸或是撕碎她的衣衫。

"弯下身子，弯下身子，好人，"她对她的伴儿说，"子弹要打着你了。"

这样地走了——或者不如说跑了——五百步光景，勃朗多拉丘忽然说他已气尽力竭了，他倒在地上，高龙芭劝他、责备他都没有用。

"奈维尔姑娘哪里去了？"奥尔梭问。

奈维尔姑娘为枪声所惊，为草莽的丛树所阻，不久就失去了那些逃亡者的踪迹，剩下她一个人，陷于异常痛苦的状态中。

"她落在后面了，"勃朗多拉丘说，"可是她不会失踪的，女人们总是找得到的。听啊，奥尔梭·安东，'教士'拿你的枪打得很热闹。不幸天是这么黑，在黑夜里互相射击是不会有多大伤亡的。"

"嘘！"高龙芭喊道，"我听到一匹马的声音，我们有救了。"

真的，一匹在草莽里吃草的马，为枪声所惊，向他们这边走来。

"我们有救了！"勃朗多拉丘也跟着说。

对那个强盗说来，有高龙芭帮忙，跑到那匹马旁边去，抓住它的鬃毛，用一根绳子穿在它嘴里当缰绳，简直是一瞬间的事。

"现在通知'教士'吧。"他说。

他打了两次唿哨；远远一声口哨回答了暗号，于是芒东枪的巨大的声音停止了。勃朗多拉丘跳上马去。高龙芭把哥哥放在强盗的前面。强盗一只手使劲地揪住他，一只手指挥他的坐骑。那匹马虽则承受了双倍的负担，但肚子上狠狠地挨了两脚，便被激起来轻捷地驰出去，奔下那一片陡峭的山坡。如果不是一匹高尔斯的马，在这样险峭的山坡上奔驰，早已跌死一百回了。

高龙芭回身转去，使劲地呼唤奈维尔姑娘，可是竟没有一声回答……她寻找着来时所走过的路，胡乱地走了一会儿，之后，在一条小路上碰到两个巡逻兵，向她喊道："谁在那儿？"

"呃！诸君，"高龙芭用一种讥讽的口气说，"闹到一天星斗了。打死了几个人啊？"

"你是和强盗在一起的，"一个兵说，"你得跟我们走。"

"乐于从命。"她回答，"可是这儿我还有一个朋友，得先把她找到了。"

"你的朋友已经抓住了，你们今夜都要睡到牢里去。"

"牢里？瞧着吧，可是现在把我带到她那边去吧。"

巡逻兵们把她带到强盗们屯驻过的地方。在那里，他们收集了他们远征的战利品，这就是盖在奥尔梭身上的Pilone，一只旧锅子，一个盛满水的水瓮。奈维尔姑娘也在那里。她碰到了巡逻兵，吓得半死，他们问她强盗有几人，向哪个方向逃的，她只是啼哭而已。

高龙芭投到她的怀里，附耳对她说："他们已经逃走了。"

接着，她向巡兵长说：

"先生，你可以看出，你所问她的事她一点也不知道。让我们回村去吧，有人在那里不耐烦地等着我们。"

"会把你们带去的，比你们所希望的还快，我的人儿。"那巡兵长说，"你们还得作出解释，这种时候你们在草莽里和那些刚逃走的强盗干些什么。我不知道那些无赖闹了些什么鬼把戏，可是他们一定使女子们着了魔，有强盗的地方，总是有漂亮女子。"

"你是漂亮人，巡兵长先生。"高龙芭说，"可是请你说话留神些。这位小姐是知事的密友，不该和她去饶舌的。"

"知事的密友！"一个巡逻兵轻声对他的头目说，"真的，她戴着一顶帽子。"

"帽子算不了什么，"那巡兵长说，"她们两个都和本地的大骗子'教士'在一起，我的责任是把她们带走。真的，我们在这里没有什么事要做了。如果没有那个该死的都班下士……那个法国醉鬼，在我把草莽围好之前就露了面……如果没有他，我们早把他们一网打尽了。"

"你们是七个人吗？"高龙芭问，"诸位，你们要晓得，如果碰巧保里三兄弟——冈比尼、沙罗岂和代奥陀尔——同勃朗多拉丘和'教士'一起在圣女克丽丝丁十字架边，他们准会给你们一点颜色看呢。如果你要和'乡野司令'①谈话，我愿意让开。黑夜里子弹是不认人的。"

高龙芭提起和那些厉害的强盗相遇的可能性，好像在那些巡逻兵的心头起了作用。巡兵长一边咒骂着都班下士，那个狗法国人，一边发了收队的命令，于是他那

----

① 代奥陀尔·保里的外号。

支小小的队伍，便带着 Pilone 和锅子，取道向比爱特拉纳拉而去了。至于那个水瓮，已被一脚踢破。一个巡逻兵想抓住李迭亚小姐的臂膊，可是高龙芭立刻推开了他，说道：

"谁都不准碰她一下！你们以为我们想逃吗？哦，我的好李迭亚，靠着我，不要像孩子一样地啼哭。我们碰到了一个奇遇，可是它的结果不会坏的；半点钟之后我们就可以吃晚饭了。在我说来，是非常希望能这样的。"

"别人不知道会对我如何设想呢？"奈维尔姑娘低声说。

"别人想，你是在草莽里迷了路，如此而已。"

"知事会怎么说呢？……尤其是我父亲，他会怎样说呢？"

"知事吗？……你可以回答他，请他管他自己的事就是了。你父亲吗？……照你对奥尔梭谈话的样子看，我想你已经有对父亲说的话了。"

奈维尔姑娘紧紧地抓住了她的臂膊，没有回答。

"可不是吗？"高龙芭在她耳边低声说，"我的哥哥是值得爱恋的。你不是有点爱他吗？"

"啊！高龙芭，"奈维尔姑娘虽则惊恐失措，还是微笑了一下，"我那么相信你，你却卖了我！"

高龙芭一手搂住了她，吻着她的前额：

"我的小妹妹，"她很轻地说，"你能原谅我吗？"

"怎么能不原谅呢。我的厉害的姊姊。"李迭亚还吻着她回答。

知事和检察官住在比爱特拉纳拉的村长助理家里，上校为自己的女儿十分担忧，不断地去向他们问消息。恰好，巡兵长派了一个巡兵先来报信，对他们讲了那一篇攻强盗的剧战的经过，那场剧战固然没有死伤，却缴获了一只锅子，一件 Pilone，还抓到两个少女，这两个少女，据他说，是强盗的情妇或是奸细。这样通报过之后，两个女俘虏便也到了，四面围着她们武装的扈从。高龙芭的满面春风，她的伴侣的羞态，知事的惊奇，上校的快乐和惊愕，这些你们都是可以想见的。检察官想把那可怜的李迭亚审问一下，使她狼狈失措才甘心。

"我觉得，"那知事说，"她们都可以释放，两位小姐一定是出去散步。这样好的天气，出去散步是很自然的事。她们偶然碰到了一个可爱的受伤的青年，也是很自然的事。"

接着，他把高龙芭拉到一边，说：

"小姐，你可以通知你的哥哥，说事情已有了好的转机。尸首的检验，上校的证言，都证明他只不过是还击，证明他在动手的时候只有一个人。一切都将安排停当，可是他应该赶快离开草莽，前来到案。"

等到上校、他的女儿和高龙芭对着一桌冷菜就席吃晚饭的时候，差不多已是十一点钟了。高龙芭胃口很好，一边还嘲笑着知事、检察官和巡逻兵。上校一言不发地吃着，老是望着他的不敢从菜碟上抬起头来的女儿。最后，他用一种温和的，但是郑重的口气问：

"李迭亚，"他用英国话对她说，"那么你已和代拉·雷比阿订婚了吗？"

"是的，父亲，从今天起。"她红着脸回答，但是口气很坚决。

接着，她抬起眼睛来，看见父亲的脸上毫无怒意，便投身到他的怀里吻着他，像有教养的姑娘在这样的情形中所应做的那样。

"那很好，"上校说，"他是一个好青年；可是天啊，我们决不能住在他这种该死的地方！否则我便不同意。"

"我不懂英国话。"用一种非常好奇的目光望着他们的高龙芭说，"可是我敢打赌，我已经猜出你所说的话。"

"我们说，"上校回答，"要带你到爱尔兰去作一次旅行。"

"是的，我很愿意；那时我将成为高龙芭小姑了。停当了吗？上校？我们击掌表示同意好吗？"

"在这种情形中，是要互相接吻的。"上校说。

二十

从那次连发连中，使比爱特拉纳拉全村如报上所说陷于惊愕之中以来，已经过去了好几个月。一天下午，一位左手缚着吊绷带的青年人，骑着马出了巴斯谛阿，向加尔多村进发。加尔多村是以泉水出名的，夏天它将甘洌的水供给城里高雅的人们。一位身材颀长，容颜美丽的青年女子伴着他；她骑着一匹小小的黑马，有眼光的人会赞赏那匹马的气力和风度，不幸它的一只耳朵过去却因一件奇怪的意外事被割碎了。到了村上，那位青年女子轻轻地跳下马来，先帮助同伴下了马，然后，把系在同伴马鞍架上的几只不很轻的皮包卸了下来。马则交给一个乡下人去看管。接着，那女子负着用披巾遮住的皮包，那青年男子背着一杆双响枪，取道向山间而去；他们走着一条峻峭的小径，那条小径不像是通到任何人家去的。到了盖尔旭山的一片高坡上，他们站住了，两人都在草上坐了下来。他们好像在等候什么人，因为他们的眼睛不停地向山间转望着，那位年轻的女子还时常

高龙芭

看着一只漂亮的金表，为的是看约会的时候有没有到，或许同时还想鉴赏鉴赏这件她新得到的珍饰。他们等了没有多久，一只狗便从草莽间钻了出来。它听到青年女子喊着勃鲁斯哥的名字，便急忙跑过来和他们亲热。不久又出现了两个一脸胡子的男子，他们臂下挟着长枪，身上缠着弹囊带，腰边佩着手枪。那打满补丁的破衣裳，和他们的由大陆名厂所制造的亮光闪闪的枪支，恰好造成一个对照。这一幕中的四个人物，虽则看去地位不同，却像老朋友似的亲密地招呼着。

"奥尔梭·安东，"年岁较长的那个强盗向青年男子说，"现在你的事已结束了，作出了不起诉的裁定。我向你道贺。可惜律师已不在岛上了，我不能看见他那发狂的样子，真有点不快意。你的臂膊怎么样了？"

"他们说在半个月之后，"青年男子说，"我就可以解去吊绷带了——勃朗多拉丘，我的好人，明天我就要出发到意大利去了，我想向你和'教士'先生握别。这就是我请你们到这里来的原故。"

"你真太性急了，"勃朗多拉丘说，"昨天才了清宿债，明天就要走吗？"

"有事情要做啊，"青年女子快乐地说，"诸君，我带了点东西来请你们：请吃吧，还请不要忘记了我的朋友勃鲁斯哥。"

"你把勃鲁斯哥宠坏了，高龙芭小姐，可是它是知恩的。你瞧着，喂，勃鲁斯哥，"他把枪平平地举起来，"为巴里岂尼家跳一下。"

那只狗一动也不动，舐着自己的嘴，望着它的主人。

"那么为代拉·雷比阿家跳一下吧！"

它立即高高地跳了起来，比枪还高两尺。

"听着，我的朋友们，"奥尔梭说，"你们干的不是好事；将来如果不是在那边我们所看见的那块空场上[①]断送了生命，最好的下场也就是在草莽里中了一个宪兵的子弹死去。"

"呃，"加斯特里高尼说，"这总也不过一死而已，而且比起躺在床上害热病而死，听着我的承继人真诚的或是不真诚的啼哭，这种死法还要好一点。像我们这样过惯了旷野生活的人，除了如我们村子里的人所说的'死在自己的鞋子里'之外，是没有再好的死法了。"

"我希望你们离开这个地方，"奥尔梭又说，"过一种比较平静的生活。譬如你们为什么不像你们的许多伙伴一样，到沙尔代涅去安身呢？我可以帮助你们。"

---

① 指巴斯蒂亚城的刑场。

"到沙尔代涅去！"勃朗多拉丘喊道，"Istos Sardos[①]！让魔鬼把他们和他们的土话一同带走吧。和他们在一起真太糟了。"

"在沙尔代涅没有餬口的方法，"神学学士补充说，"我呢，我瞧不起那些沙尔代涅人。他们有一队专事搜捕强盗的马队。那真叫强盗和老乡看了一齐笑话。他妈的沙尔代涅！代拉·雷比阿先生，你是一个有眼力、有知识的人，你尝过了我们草莽生活的味儿，还会不接受我们的生活，那真使我惊奇呢。"

"可是，"奥尔梭微笑着说，"虽则我曾有幸得和你们共食，我并不很能领略处于你们那种地位的逸趣；而且，一想到我像一个袋子似的被横放在一匹没有鞍子的马上，我的朋友勃朗多拉丘骑着这匹马，在一个可爱的夜间奔驰，我的腰还会感到酸痛。"

"那么，那逃脱了追赶的快乐，"加斯特里高尼说，"你难道不把它当作一回事了吗？像我们这样，在一个美丽的地方，享有绝对的自由，对于这种逸趣，你怎么会漠然无所动呢？有了这个防卫具（他指着他的枪），在弹丸能到达的范围，我们到处是南面之王。我们发号令，

---

① 意大利语，意为"那些沙尔代涅人啊"。

我们除暴安良……先生，这是我们舍不下的一种很道德的又很有趣的行乐。当一个人比吉诃德先生①更聪敏，武装得更好的时候，还有什么生活比浪游骑士的生活更美呢？请你听这么一件事，有一次，我得知小丽拉·露伊姬的叔叔（他简直是一个老守财奴）不肯给她嫁妆，我便写了一封信给他，并没有恐吓的话，因为我不是那样的人；呃，他立刻醒悟了，把侄女嫁了出去。我一下便使两个人得到了幸福。相信我的话吧，奥尔梭先生，强盗的生活是什么都比不上的。嘿！如果没有某一个英国女子，你或许会入我们的伙了。那位英国女子我只瞥见过一眼，可是在巴斯谛阿，大家都叹赏地谈论着她。"

"我未来的嫂子不欢喜草莽，"高龙芭笑着说，"她在那里很厉害地受过惊。"

"那么，"奥尔梭说，"你们是决意要留在此地了？好吧。告诉我，我能替你们做点什么吗？"

"没有什么，"勃朗多拉丘说，"只要你稍稍保留一点对于我们的记忆就够了。你待我们已经太好了。现在岜里娜已有了一笔陪嫁，用不到我的朋友'教士'写没有恐吓话的信，便可以好好地把她嫁出去了。我们知道，

---

① 吉诃德先生，又译作"唐吉诃德"，为西班牙作家塞万提斯著作《唐吉诃德》的主角。

　　　　　　　　高龙芭

你的佃户会在我们需要的时候给我们面包和火药。行了，再会吧。希望有一天在高尔斯再看到你。"

"在紧急的时候，"奥尔梭说，"几块金币是很有用的。现在我们是老朋友了，请你们哂纳了这点钱。你们可以用它来置备弹药。"

"我们之间不要有金钱的关系，我的中尉。"勃朗多拉丘坚决地说。

"在社会上，金钱是万能的。"加斯特里高尼说，"可是在草莽里呢，需要的只是一颗勇敢的心和一支打得响的枪。"

"不给你们留下一点纪念品，"奥尔梭说，"我是不愿离开你们的。哎，我送你点什么呢，勃朗多拉丘？"

强盗搔着头，斜斜地望着奥尔梭的枪：

"哎，我的中尉，如果我敢……不，你放不下手的。"

"你要什么？"

"没有什么……没有什么……还得有使用的本领。我老是想着那独只手的连发连中……哦！这是不会再发生一次的。"

"你要这支枪吗？……我是带了它来送你的；可是请你越少用它越好。"

"哦！我不预先对你说，我能像你一样地使用它，可是，放心吧，我决不会丢了它的。如果有另一个人得到了它，你便很可以说：勃朗多·沙凡里已经归天了。"

"那么你呢，加斯特里高尼，我给你点什么呢？"

"既然你一定要送我一点物质的纪念品，那么我也就老实不客气了，请你寄一本《何拉斯集》给我，开本越小越好。它可以给我做消遣品，又可以使我不至于忘记了我的拉丁文。巴斯谛阿码头上有一个卖烟的小姑娘；你把书交给她，她会转交给我的。"

"学者先生，你可以得到一本爱尔赛维尔版的；恰巧在我要带走的书里有这样的一本书——好吧！我的朋友们，我们应该分别了。握一握手吧。如果你们有一天想到沙尔代涅去，请写信给我就是了。N律师会把我在大陆上的通讯处告诉你们。"

"我的中尉，"勃朗多说，"明天当你出港的时候，请你望一望山上这个地方；我们将在这里，我们将用我们的手帕向你打招呼。"

他们便分别了；奥尔梭和他的妹妹取道向加尔多而去，强盗们则取道向山间去。

二十一

在一个可爱的四月之晨，陆军上校托马斯·奈维尔爵士，他的结婚没有几天的女儿，奥尔梭，还有高龙芭，驾着轻车出了比塞城去寻访一个新发掘出来的爱特鲁里[①]的古迹，那是来这里的异国人都要去看的。下到古迹里面之后，奥尔梭和他的妻子拿出了他们的铅笔，开始摹绘起古迹的壁画来；可是上校和高龙芭两人对于考古学都是毫无兴趣的，便离开了他们，到附近去散步。

"我的好高龙芭，"上校说，"我们是没有可能回比塞去吃中饭了。你饿了吗？奥尔梭和他的太太现在是埋头在古迹之中，他们一起画起图画来，是没有完结的时候的。"

"是呀，"高龙芭说，"然而他们却连一片画屑也没带回来过。"

"我想，"上校继续说下去，"我们不妨到那边那个小农庄去。我们可以在那里找到面包，或许还有甜酒，谁知道呢，或许竟还会有乳酪和莓子。如果是这样，我们便在那里耐心地等候我们的画家。"

---

① 爱特鲁里，Etrurie，又译作埃特鲁里亚，是距今约 3000 年的位于亚平宁半岛（今意大利）的古代城邦国家。

"你说得不错，上校。一家人之中只有你和我是有理性的，如果我们做了这两个只生活在诗意中的情人的牺牲品，那可太糟了。让我挽着你的手臂吧。我可是大大进步了？我挽着男人的手臂，我戴起了帽子，我穿着时式的衣衫；我有首饰；我学会了不知道多少漂亮的事情；我现在已经绝对不是一个野蛮的女子了。瞧我披着这条肩巾，风度如何……那个金色头发的人，那个来吃喜酒的你下面的军官……天哪！我记不起他的名字了；那个我一拳便可以打倒的生着卷发的高大的人……"

"威特吴士吗？"上校说。

"不错，正是他！可是我永远念不出这个音来。呃！他像发狂一般地恋着我。"

"啊！高龙芭，你已变得很会弄情的了。我们不久又可以吃喜酒了。"

"你是说我嫁人吗？那么，如果奥尔梭给我养了一个侄儿，谁教养他呢？谁教他说高尔斯话呢？……是呀，他将说高尔斯话，我还要给他做一顶尖帽子，叫你看了发脾气。"

"先等你有一个侄儿吧；那时，如果你愿意，你还可以教他使短刀。"

"永别了吧，那些短刀。"高龙芭高兴地说，"现在，我手里有一把扇子，如果你说我们家乡的坏话，我便会用它来打你的手指了。"

这样闲谈着，他们走进了农庄。在那里，他们找到了酒、莓子和乳酪。在上校喝着甜酒的时候，高龙芭帮着农家女去采莓子。在一条小径的拐角上，高龙芭瞥见了一个老人，他坐在一张草椅上晒太阳，好像害着病，脸颊和眼睛都陷了下去，瘦得厉害。那寂然不动的神态，惨白的脸色，凝滞不动的目光，都使他像一个尸体，而不像一个活人。高龙芭十分好奇地凝望了他几分钟。她的好奇的目光引起了那农家女的注意。

"这个可怜的老人，"她说，"是你们的同乡，小姐，因为我听你说话的声音，辨出你是高尔斯人。他在本乡遭受了很大的不幸事；他的儿子们死得真惨。别人说——小姐，请你原谅——你的同乡人是睚眦必报的。因此这位只剩下一个人的可怜的先生，便到比塞来，寄寓在他的一个远亲家里。这位远亲便是这个农庄的主人。因为过分的不幸和哀伤，这位老先生有点神经错乱了！……这在不时有客来的太太是不方便的，所以她把他送到这里来。他很温和，并不麻烦别人，每天说不到三句话。可是他的头脑已经不清楚了。医生每礼拜来看他，说他是不久于人世了。"

"啊！他已没有希望了吗？"高龙芭说，"在这种情形下，死了倒是福气。"

"小姐，你该和他去谈几句高尔斯话；或许听到了乡音，他会快乐一点。"

"那倒是不一定的。"高龙芭冷冷地笑着说。

她向老人走过去，一直到她的影子遮住了他。这时那可怜的白痴便抬起头来，定睛望着高龙芭。高龙芭也同样地望着他，始终微笑着。一刻之间，他把手放到了前额上，把眼睛闭上了，好像想躲避高龙芭的注视。接着，他又把眼睛张开了，张得非常地大，嘴唇颤动着。他想伸出手来，可是被高龙芭慑住了，便好像被钉住似的呆坐在椅子上，既不能说，又不能动。最后，他的眼睛里滚下了几滴很大的眼泪，胸间发出了几声呜咽。

那个农家女说："我还是第一次看见他这个样子呢。"接着，她对那老人说，"这位小姐是贵处的人。她是来看你的。"

"仁慈点吧！"那老人嘎声说，"仁慈点吧！你还没有满意吗？那张我烧了的纸……你怎样看出来的？……可是为什么要了我两个呢？……奥尔朗杜丘，你不会看出什么来和他为难的……应该剩一个给我啊……只要剩一个……奥尔朗杜丘……纸上是没有他的名字的……"

"我两个都要，"高龙芭用高尔斯方言低声对他说，"枝干已斩下了；而且，如果根还没有腐烂，我也会拔了它的。喂，别哀诉了吧，你受苦不会很久了。我呢，我却痛苦了两年！"

　　老人喊了一声，头垂到胸前。高龙芭转过身去，慢慢地走回去，唱着一支 ballata① 里的几句不可解的句子："我要那开过枪的手，那瞄准过的眼，和那盘算过的心……"

　　在农家女忙着去救护老人的时候，高龙芭神色兴奋，双眼闪着光，在上校对面坐下来就食。

　　"你怎么啦？"他问，"我觉得你的神色很特别，像那天在比爱特拉纳拉，我们在吃饭，别人向我们射过子弹来的时候一样。"

　　"那是因为高尔斯的回忆又来到我脑里的原故。可是现在已经完了——我要做干妈了，可不是吗？哦！我将给他取几个非常漂亮的名字：季尔富丘—多马梭—奥尔梭—莱奥纳！"

　　这时，那农家女回来了。

　　"哎！"高龙芭很镇静地问，"他是死了呢，还只不

_____
　　① 指悼歌。

过是晕倒了？"

"不要紧的，小姐；可是你的目光竟会使他这样，这真奇怪。"

"医生说他不会活很久了是吗？"

"或许两个月都不到吧。"

"这不会是一种大损失吧。"高龙芭说。

"你在说些什么鬼东西？"上校问。

"我在说一个寄寓在此地的我们家乡的白痴，"高龙芭若无其事地说，"我要常常差人来打听他的消息——可是，奈维尔上校，剩点莓子给我的哥哥和李迭亚吧。"

高龙芭出了农庄上车去的时候，农家女追望了她一些时候，对她的女儿说：

"你瞧这位姑娘长得多漂亮，呃！可是我断定她是生着毒眼的。"

载《高龙芭》，上海中华书局一九三五年二月

诗人的食巾

［法］阿保里奈尔

被安置在生命的界线上，在艺术的边境，俞思丹·泊雷洛格是一位画家。一个女友和他同居，而诗人们又来望他。交替地，他们之中的一个，在那命运在天花板上放了些臭虫代替繁星的画室里吃饭。

在食桌上从来也不相遇的客人共有四位。

大维德·比加尔是从桑赛尔来的；他是一个归化基督教的犹太家族的后裔，正如那城中许多的家族一样。

患结核症的莱奥拿尔·德赖思，带着那种要笑死的神气，唾吐着他的受灵感者的生命。

眼睛不安的乔治·奥思特雷奥勒，像昔日的海尔古赖思似的，在十字街头的实体间默想着。

杰麦·圣费里克思是最知道故事的；他的头能够在他的项颈上转动，好像那项颈只不过是像螺丝钉似地旋在身体上而已。

而他们的诗都是可佩的。

饭老是不完地吃过去，就是那一条食巾，轮流地给那四位诗人使用，但却并不对他们说明白。

……

这条食巾，渐渐地，变成肮脏的了。

这里是在绿菠菜的阴暗的一长条旁的蛋黄。那里是葡萄酒色的嘴的圆圈，和一只在吃饭时候的手的指头所遗留下来的五个灰色的指印。一根鱼骨像矛一样地透过了麻布的横丝。一颗饭粒已干了，黏在一只角上。而烟草的灰又把某几部分比别几部分弄得更黑了。

"大维德，这儿是你的食巾。"俞思丹·泊雷洛格的女友说。

"也应该买几条食巾了，"俞思丹·泊雷洛格说，"记住等我们有钱的时候买吧。"

"你的食巾很脏，大维德，"俞思丹·泊雷洛格的女友说，"下次我要替你换一条。这星期那洗衣服的女人没有来。"

"莱奥拿尔，拿着你的食巾吧。"俞思丹·泊雷洛格的女友说，"你痰可以吐在煤箱里。你的食巾多么脏，一等那洗衣服的女人替我拿衣衫来的时候，我就给你换上一条。"

"莱奥拿尔，我应该替你画一张肖像，画你正在吐着痰，"俞思丹·泊雷洛格说，"而且我竟还很想照样雕一个雕像呢。"

"乔治，我不好意思老拿这一条食巾给你，"俞思丹·泊雷洛格的女友说，"我不知道那 洗衣服的女人在干些什么。她还不把我的衣衫送来。"

"我们动手吃吧。"俞思丹·泊雷洛格说。

"杰麦·圣费里克思，我不得已还拿这一条食巾给你。今天我没有别的食巾了。"俞思丹·泊雷洛格的女友说。

于是那画家在吃这一整顿饭的时候使那诗人转动着头，一边听着许多的故事。

于是几季过去了。

那几位诗人轮流用着那条食巾，而他们的诗是可佩的。

莱奥拿尔·德赖思格外滑稽地唾吐着他的生命，而大维德·比加尔也唾吐起来了。

那条有毒的食巾轮流地浸入大维德，乔治·奥思特雷奥勒和杰麦·圣费里克思，可是他们并不知道。

正如医院中的污秽的抹布一样，那条食巾染着那从四位诗人嘴唇间出来的血，而饭却老是不完地吃下去。

在秋初，莱奥拿尔·德赖思吐出了他的残余的生命。

在各不相同的医院中，像女人被逸乐所颠荡着似地被咳嗽所颠荡着，那其余三位诗人在相隔没有几天都一个个地死了。而这四位诗人都遗下了些美丽得像仙术幻化过一样的诗。

人们说明他们的死，说不是因为食物，却是由于饥饿和吟诗不睡。因为单单一条食巾，在那么短的时期，真能把四位无双的诗人都杀死吗？

客人都已死去，食巾便变成没有用的了。

俞思丹·泊雷洛格的女友想把它卖掉。

她一边把它摊开来，一边想：它真太脏了，而且发臭起来了。

但是，那条食巾摊开了之后，俞思丹·泊雷洛格的女友吃了一惊，唤过她的男友来，他也十分诧异：

"这真是一个奇迹！这条你喜悦地摊开着的那么脏的食巾，靠了你那凝结住而颜色复杂的污秽，表现着我们的亡友大维德·比加尔的颜容。"

"可不是吗？"俞思丹·泊雷洛格的女友喃喃地说。

他们两人都默然地把那个神奇的画像凝视了一会儿，接着，慢慢地，把那食巾转动着。

但是，在看见那正在拼命唾吐的莱奥拿尔·德赖思的要笑死的可怖的模样的时候，他们立刻脸色发青了。

而那条食巾的四角，又显出同样的奇迹来。

俞思丹·泊雷洛格和他的女友看见了乔治·奥思特雷奥勒和那正要讲故事的杰麦·圣费里克思。

"丢开这条食巾吧。"俞思丹·泊雷洛格突然说。

俞思丹·泊雷洛格和他的女友像星球绕着太阳似地兜了许多时候圈子，而这条圣颜巾，用了它的四倍的目光，命令他们在艺术的界线上，在生命的边境奔逃。

译者附记：季郁麦·阿保里奈尔（Guillaume Apollinaire）本名 Wilhelm Apollinaris Kostowitzky，于一八八〇年八月生于罗马（卒于一九一八年）。他的母亲是波兰人。他的教育是在摩拿哥（Monaco）和尼斯（Nice）受的。他曾旅行过整个中欧；他曾发现了那位替他画肖像的关税员卢梭（Rousseau），立体主义和黑人艺术。

　　他是法国立体派的大诗人及其创立者，他最著名的诗集是《酒精》（Alcools）。除了写诗之外，他也写小说。像他的诗一样，他的小说也是充满了 Cosmopolitisme 的。他爱那些还俗僧、奇怪的教士、异端、沽圣者、各色的 outlaws，而他的小说的背景又是有时在华沙，有时在布拉格，有时在莱茵河岸，有时在西班牙的。这些，都在他的短篇小说集《异端及其一团》（L'Heresiarque et Cie）中铺陈着。

　　这里的《诗人的食巾》一篇，就是从《异端及其一团》中译出来的。虽则不能代表他完全的作风，但这位把一个大影响给与法国现代文学的怪杰的轮廓，我们总能依稀地辨识出一点来。

　　　　　　载《法兰西现代短篇集》，天马书店一九三四年五月初版

　　　　　　高龙芭

旧　事

[法] 艾·蒙

　　脸上带着勉强诚心的微笑，他们从咖啡店的小圆桌上互相望着；虽则他们在相逢的最初的惊讶中，已不假思索地又用了那种"你，你"的亲切称呼，他们却实在也找不出什么可以谈谈的话。

　　把手搁在分开着的脚膝上，挺直了肚子，谛波漫不经心地说：

　　"你这老合盖！你瞧！我们又碰头了！"

　　那个交叉着两腿，耸着背脊，缩在自己的椅子上的合盖，用一种疲倦的声音回答：

　　"是呀……是呀……我们已经有十五年没有见面了，可不是吗？十五年！真长远了！"

　　当他们说完了这话的时候，他们一齐移开了他们的眼光，凝望着人行道上的过路人。

谛波想着："这家伙的神气好像不是天天吃饱饭似的！"

合盖偷看着他的旧伴侣的饱满的面色，于是他的瘦脸上便不由自主地显出了苦痛的形相。

大街上还有雨水的光闪耀着；可是云却已慢慢地飞散了，露出了一片傍晚的苍白的天空。在那在房屋之间浓厚起来的暗黑的那一边，我们几乎可以用肉眼追随那竭力离开大地的悲哀的表面，而钻到天空里去的消逝的残光。

隔着那张大理石面的小桌子，那两个男子继续交换着那些漫不经心的呼唤：

"你这老合盖！""你这老谛波！"

他们于是又移开了他们的目光。

现在，夜已经降下来了。在咖啡店的热光里，他们无拘无束地，差不多是兴奋地谈着。他们在他们的记忆中把那些他们从前所认识的人，又一个个地勾引起来；每一个共同的回忆使他们格外接近一点，好像他们是一同年轻起来似的。

"某人吗？在某地成了家，立了业……做生意……做官……某人吗？娶了一个有钱的太太，妆奁真不少，和他的岳家住在一起，在都兰……'小东西'吗？也嫁了，

高龙芭

不知道是嫁给谁……她的弟弟吗？失踪了。没有人听说
过他的消灭……"

"还有那个马家的小姑娘……"谛波说，"你还记得
马家的那个小姑娘吗？……丽德……我们在暑假总和她
在一起的。她已经死了；你知道这回事吗？"

"我早知道了。"合盖说，于是他们又缄默了。

大理石面的桌上碟子的相碰声、人语声、脚步声、
大街上的喧嚣声，这些声音，他们一点也听不见了；他们
不复互相看见了。一个回忆已把一切都扫除得干干净净；
这是一个那么真实、那么动人的回忆；从这回忆走出来
的时候，人们便像走出一个梦似地伸着懒腰。一个大花
园的，一个有孩子们在玩着的，浴着日光围着树木的草
地的回忆……在那片草地上，有时他们有许多孩子，一
大群的孩子，男孩子女孩子都有；有时却只有他们两三
个人。可是那个丽德，那个小丽德，都老是在着的。丽
德不在场的那些日子，是决不值得回想起的……

谛波机械地拂着他膝上的灰尘说道：

"马家在那边的那个别墅真美丽。他们总是在七月
十三日从巴黎到来，到十月里才回去的。你呢，你常在
巴黎看见他们！可是我们这种乡下人呢，我们只每年看
见他们三个月。

旧　事　　　　　　　　　　　　　211

"现在什么也都卖掉了，而且改变得连你认也认不出来了。当丽德死的时候，可不是吗，什么都弄得颠颠倒倒的了。在她嫁了人以后，你恐怕没有看见她过吧，因为她住到南方去了。她变得那么快，她从前是那么地漂亮的，可是当她最后一次来到那里的时候……"

"别说啦！"合盖突然做了一个手势说，"我……我宁愿不知道好……"

在他往日的伴侣的惊愕的目光之下，他的苍白的脸儿上稍稍起了一点儿红晕。

"总是那么一回事。"他说，"我们从前所认识的女人们，小姑娘或是少女，而后来又看见她们嫁了人，或许生了儿女，那当然是完全改变了的。如果是别一个人，那是与我毫不相干的，可是丽德……我从来没有再看见她一次过，我宁愿不知道好。"

谛波继续凝看着他，于是，在他的胖胖的脸儿上，那惊愕的神色渐渐地消隐下去，把地位让给了另一种差不多是悲痛的表情。

"是的！"他低声说，"那倒是真的，她和别人不同，那丽德！她有点儿……"

这两个人静默地坐着，回到他们的回忆中去了。

那花园！……那灰色的石屋；后面的那两棵大树，

和在那两棵大树之间的草地！草地上的草很长，从来没有人去剪。人们在那草地上追斑鸠。还有那太阳！在这时候，那里是老有着太阳的。孩子们从沿着屋子的那条小路去到那花园里去，或是小心又急促地一级一级地走下阶坡，然后使劲地跑到那片草地上去。一到了那边，便百无禁忌了。人们好像走进了一个四面都有墙、树和那似乎在自己旁边的各种神仙等等所守护着的仙国中，便呼喊起来，奔跑起来；这是一种庆祝自由和太阳的沉醉的舞蹈，接着，丽德站住了，认真地说：

"现在，我们来玩！"

丽德……她戴着一顶大草帽；这大草帽在她的眼睛上投着一个影子，而当人们对她说话，对她说那些似乎是非常重要的孩子话的时候，人们便走到她身边去，走得很近，稍稍把身子弯倒一点，又伸长了脖子，这样可以把她的那张遮在影子里的脸儿看得清楚一点。当她突然严肃起来的时候，便呆住了，向她伸出手去，看她是不是真的发了脾气；而当她笑起来的时候，她便有了一个预备做叫人喜从天降的事的仙子的又有点儿神秘又温柔的神气。

人们玩着种种的好玩的游戏；那游戏中有公主和王后，而那公主或王后，那当然是丽德。她终于不再推拒地接受了人们老送给她的那称号。她围着一大群的宫女；

为怕那些宫女们嫉妒起见，她非常宠幸她们。有时候她柔和地强迫那些男孩子去玩那些"女孩子"的游戏，他们所轻蔑的循环舞和唱歌。起初，他们手挽着手转着圈子，脸上显出不乐意和嘲笑的神气。可是，因为尽望着那站在圈子中央的丽德，望着她的大草帽的影子中的皎白的脸儿，她柔和地发着光的眼睛，她的好像噘嘴似地在唱着古歌的嘴唇，他们便慢慢地停止了他们的嘲笑，一边盯住她看，一边也唱着：

> 我们不再到树林里去，
> 月桂树已经砍了，
> 那里的美人儿……

他们分散了，他们老去了，他们之中有许多人没有重逢过。可是，那在许多年以后重逢到的人们，却只要说一个名字，就可以一同勾引起那些逝去的年华和他们的青春的扑鼻的香味，就可以重新见到那个在屋子和幽暗的大树之间，在映着阳光的草地上"朝见群臣"的，妙目玲珑的小姑娘。

谛波叹了一口气，好像对自己说话似地低声说：

"人类的心真是一个怪东西！你瞧我，现在我已结了婚，做了家长！呃！在我想起了我们都还年轻的时代的那个小姑娘的时候，我便一下子又会想起了人们在十六岁的时候想起的那些傻事情：伟大的感情，堂皇的字眼，只有在书里看得到的那些故事。这些都是没有意思的；可是，只要一想到她，那便好像看见了她，于是那些东西便又回到你的头脑里来，简直好像是了不起的东西似的！"

他缄默了一会儿，好奇地望着他的伴侣说道：

"你！你准比我看见她的次数多，我可以打赌说那时候你有点恋爱她。是吗？"

合盖把肘子搁在膝上，身子向桌子弯过去，望着他的杯子的底。沉默了一会儿之后，他慢慢地回答：

"我既没有结婚，也没有做家长，你十六岁时所常常想起，而明智的人们接着便忘记了的那些事情，我却永远也没有忘记。

"是的，正如你所说似的，我曾经恋爱过丽德。现在，就是别人知道也不要紧了。别人所永远不会知道的，便是以前这事对于我的意义，以及它现在对于我的意义。在她只是一个小女孩子而我也只是一个小男孩的时候，我恋爱她；我们的父母一定是猜出这情形而当笑话讲。在她变成一个少女而我也变成了一个少年的时候，我恋爱她；可是那时却一个人也不知道。以后，在这些年头中，一直到她去世和她死后，我还那么地恋爱她；如果我要说出这种话来，人们是会弄得莫名其妙的。

"孩子的恋爱只能算是开玩笑，少年的热情的恋爱也不能当真。一个如世人一样的男子从那里经过，受一点苦，老一点，接着终于把那些事丢开了，而认真地踏进了人生之路。但是并不完全和世人一样的男子却也有，他并不走得很远。对于这种人，儿时和少年的小小的恋爱事件，却永远不变成人们所笑的那些东西；那是些镶嵌在他们生活之中的雕像，像龛子里的圣像一样，像涂着柔和的颜色的圣人的雕像一样；当人们沿着悲哀的大墙什么也找不到的时候，他们以后便又加到那里去。

"我以前老是远远地、胆怯地、怕见人地爱着丽德。在她嫁了人又走了的时候，这在我总之是毫无改变。我的生活那时只不过刚开始，那是一个艰苦的生活；我应该奋斗挣扎，我没有回忆的时间。再则，我那时还很年轻，我期待在未来会有各种神奇的事物……好多年过去了……我听到了她去世的消息……又是几年过去了，于是有一天我懂得了我从前所期待的东西，是永远不会来了；我懂得我所能希望的一切，只不过是另一些悲哀而艰苦的刻板的岁月而已；一种没有光荣，没有欢乐，没有任何高贵或温柔的东西的，长期而凄凉的战斗；只是混饭而已；而我却把我的整个青春，把几乎一切的生气，都虚掷在那骚乱中了。

　　"我感觉到我以后永远也不会恋爱了。在生活下去的时候，我只剩了一颗可怜的心了；就是这颗心，也还一天天地紧闭下去。你所说的那些伟大的情感，堂皇的字眼，许多人们所一点也没有遗憾任其死去的那一切东西，我觉得它们也渐渐地离开我；这便是最艰难的。我回想着往日的我，回想着我往日所期望的东西，我往日所相信的东西；想到这些都已经完了，想到不久我或许甚至回忆也不能回忆了，那简直就像是一个在第二次的死以前很长久的，第一次的可憎的死。我感觉到我以后永远也不会再恋爱……

　　"在那个时候，丽德的记忆才回到我心头来；那个戴着遮住眼睛的大草帽的，很幼小的丽德；那个和我们一起在那草地上玩耍的，态度像一个温柔的郡主的丽德；接着是那个长大了，成人了，温柔淑雅，而又保持着显得她永远怀着童心的那种态度的丽德。于是我对我自己说，我至少在许久以前曾经恋爱过一次，在我能回想起这些来的时候，我总还可以算得没有虚度此生。

　　"她属于我，像属于任何人一样，因为她已经死了！我退了回来，我重新再走往日的旧路，又拾起那些已经消逝的回忆，我对于她的一切回忆——许许多多的小事情，如果我把这些小事情说出来，人们是会当笑话的——而每晚当我独自的时候，我便一件件地重温着，只怕忘记了一件。我差不多记得她的每一个动作和每一句话，我记得她的手的接触，我记得她的被一阵风吹来而拂在我脸上的头发，我记得只有我们两人而我们互相讲着故事的那一天；我记得她的贴对着我的形影，她的神秘的声音。

"我晚间回家去；我坐在我的桌子边，手捧着头；我把她的名字念了五六遍，于是她便来了……有时候，我所看见的是一个少女，她的脸儿、她的眼睛、她微笑着伸出手来用一种很轻的声音慢慢地说'日安'的那种态度……有时候是一个小姑娘，在花园里和我们一起玩耍的那个小姑娘；这小姑娘使人预感到人生是一件阳光灿烂的东西，世界是一个光荣而温柔的仙境，因为她是这世界上的一分子，因为人们在循环舞中和她携手……

"可是，不论是小姑娘或是少女，她一到来，便什么也都改变了，在对于她的记忆的面前，我又发现了我往日的战栗，怀在胸头的崇高的烧炙，使人热烈地去生活的灵视的大饥饿，和那也变成宝贵了的可笑而动人的一

高龙芭

切小弱点，岁月消逝了，鳞甲脱落了，我的活泼的青春回了转来，心的整个火热的生活重新开始了。

"有时她姗姗来迟，于是我便起了一个大恐怖。我对自己说：这可完了！我太老了；我的生活太丑、太艰苦，我现在一点什么也不剩了。我还能回忆她，可是我不再看见她……

"于是我用手托着头，闭了眼睛，我对我自己唱着那老旧的循环舞曲：

　　我们不再到树林里去，
　　月桂树已经砍了，
　　那里的美人儿……

"如果别人听到了，他们真会笑倒了呢！可是'那里的美人儿'却懂得我，她却不笑。她懂得我，小小的手里握着我的青春，从神魔的过去中走了出来。"

译者附记：路易·艾蒙（Louis Hemon）于一八八〇年生于勃莱斯特（Brest）。一九〇三年至一九一一年，他旅居在英国。接着，他到加拿大去，在蒙特富阿尔（Mntreal）和贝特彭加（Peribonkn）住了两年。在一九一三年，他在翁达留（Ontario）小城的车站中为火车轧死，享年三十有三。

使他在法国文坛上一举成名的是他的以加拿大生活为题材的长篇小说《玛丽亚·沙德莱纳》(Maria Chapdelaine)，然而，这已是他身后之事了。这篇小说先是在《时报》(Le Temps)上逐日发表的（一九一四年），起初并不受人注意，及至在格拉赛书店（Bernard Grasset）印成单行本出版后，始声誉鹊起，行销至六十余万册之多，创造法国出版界的一个空前的记录。

除了 Maria Chapdelaine 以外，他的作品尚有《那里的美人》(La belle que voila)，《拳师猛马龙》(Battling malone pugiliste)，《捉迷藏》(Colin Maillard)，《里波及其奈美西思》(M. Ri pl's et sa Nemesis)等等，均有名。惜乎早丧，否则在今日法国文坛，必占首要地位。

《旧事》原名 La belle que voila，系自同名的短篇小说集中译出。收在 La belle que voila 这一个集子中的，都是艾蒙旅居英国时所写的短篇小说（一九〇四——一九一一），大都以伦敦生活为题材；《旧事》一篇独异，背景、人物、手法均是法国性的，故特译出。

载《法兰西现代短篇集》，天马书店一九三四年五月初版

柏林之围

[法]都　德

　　我们和 V 医生一起走上乐苑大路，向着那为炮弹洞穿了的墙垣，为弹片翻掘起的步道，讯问那巴黎围城的故事；在快要到凯旋门的圆场的时候，那位医生站住了，指着那些堂皇地围绕着凯旋门的角儿上的大厦之一给我看：

　　"你看见上面这个阳台上四扇关着的窗子吗？"他说，"在八月的头几天，在去年风云紧急、患难丛生的这可怕的八月的头几天，我给人家请到那儿去诊治一个急中风症。那是在茹甫上校的家里，他是一位第一帝国①时代的铁甲骑兵，贪图功名、热心爱国的老头子，从开仗的时候起就住到乐苑来，在一层有阳台的屋子里……你猜猜

---
　　① 第一帝国，即法兰西第一帝国，由拿破仑·波拿巴于1804年建立。

为了什么？为的是可以参观我们军队的凯旋……可怜的老头子！他刚吃完饭的时候，维桑堡的消息①到了。在那战败的军报后面读到了拿破仑②的名字的时候，他就立刻晕厥了。

"我看见那位退职的铁甲骑兵直挺在房里的地毯上，脸儿血红，一动也不动，好像头上吃了一锤似的。站着的时候，他一定是很高大的；躺着，他的神气也十分伟大。漂亮的容貌，很美的牙齿，一片卷曲的白头发。年纪已经八十岁，看上去却只有六十岁……在他身边，他的孙女儿跪着，满脸的眼泪。她很像他。看见他们并排地在那儿，你简直可以说是同一个模子铸出来的希腊像牌，只不过一个是古旧的，呈着土色，轮廓有点儿模糊，另一个却灿烂而清楚，显着新铸的光彩和柔润。

"这女孩子的哀痛使我感动了。她是军人的女儿和孙女儿，她的父亲是在马克马洪③的参谋部里，而这直躺她面前的高大的老人的景象，又在她的心里引起了另一

---

① 维桑堡，位于法国东北部，1870 年的维桑堡会战，普鲁士军以绝对优势战胜法军。

② 此处指拿破仑三世。

③ 马克马洪，又译作"麦克马洪"，曾任法国元帅，于普法战争中战败被俘。

高龙芭

种一样可怕的景象。我竭力安慰她；可是，实际上，我觉得已不大有希望了。我们碰到的是一件地道的半身不遂症，而一个人到了八十岁，是决不会医得好的。的确，在三天之中，那病人老是处于这种昏迷不动的状态之中……正在这个时候，雷旭芬①的消息传到了巴黎。你总记得那消息是来得多么奇特吧。一直到晚间为止，我们大家都以为打了大胜仗，两万普鲁士人战死，亲王做了俘虏……我不知道这举国欢庆的一个回声，由于什么奇迹，由于什么磁力，一直找到了我们这位风瘫的、又聋又哑的可怜人；总之，这天晚上，当我走到他的床边去的时候，我发现他已完全变了。眼睛差不多是明亮了，舌头也不大沉重了。他居然有力气向我微笑，又讷讷地说了两次：

"'胜……仗！'

"'是的，上校，大胜仗！……'

"而当我把马克马洪的大胜的详情一件件地讲给他听的时候，我就看见他的容颜渐渐地舒展，他的脸儿渐渐地明朗起来了……

"当我出门去的时候，那少女站在门口等着我，脸儿

---

①　雷旭芬，位于法国东北部。

柏林之围　　　　　　　　　　　223

发青了。她在呜咽。

"'他已经有救了啊！'我握着她的手对她说。

"那不幸的女孩子简直不大有回答我的勇气。雷旭芬的确息刚公布了出来，马克马洪逃了，全军覆没了……我们面面相觑着。她想到她的父亲，很是伤心。我呢，想到那老头子，发抖了。一定的，他受不住这个新的打击……然而怎么办呢……把那使他再生的快乐和幻想留给他吧！……可是那时就得撒谎了……

"'好吧，我就撒谎！'那勇敢的少女匆匆地拭着她的眼泪对我说，于是，容光焕发地，她走进她的祖父的房里去。

"她所担任下来的是一件艰苦的工作。头几天，还对付得过去。那位好好先生头脑并不健全，像一个孩子似的受人哄骗。可是身体一天好一天，他的思想也就一天比一天清楚了。不得不把军队的活动不断地报告他，替他编造军情报告。看见这美丽的女孩子成日成夜地弯身在她的德国地图上，插着小旗子，费尽心思把整篇光荣的战绩编排出来，实在是可怜；什么巴然进兵柏林啦，弗洛阿萨到了巴维爱尔①啦，马克马洪向巴尔庇克海前

_____

① 巴维爱尔，又译作"巴维埃尔"，德国东南部地名。

进啦。

"这一切她都和我商量，而我也尽可能地帮助她；可是在这理想的侵略中最替我们出力的，还是那位祖父自己。在第一帝国时代，他是曾经征服过德国多少次啊！他早就晓得如何下手：'现在他们要到这地方去……现在他们要这样做……'而他的预测总是实现的，这就不免使他很自豪。

"不幸我们夺城市、打胜仗都没用。在他看来，我们总是不够快。他是贪得无厌的，这老头子！……每天在到了那里的时候，我总听到一个新的战绩：

"'大夫，我们已经打下马阳斯①了。那少女带着一缕伤心的微笑迎上来对我说，于是我就隔着房门听到一个快乐的声音向我嚷着：

"'这就行啦！这就行啦！……一个礼拜之后，我们就要进柏林城啦！'

"这时候，普鲁士人只消一星期就可以打到巴黎了……我们起初想，是不是把他搬到外省去比较妥当；可是，一出屋门，法国的景象就会使他完全明白过来，而我又认为他受了那次大打击，还太虚弱，还太麻痹，

---

① 马阳斯，即美因茨，德语作 Mainz，是德国莱茵兰－普法尔茨州的首府。

不能让他认识事实。因此就决定留下来。

"围城的第一天，我记得我走到他们家里去，很感动，关闭着的巴黎的城门，城下的大战，以及变做了边境的我们的郊外所给与我们大家的沉痛，留在我的心头。我看见那好好先生在床上，又高兴又骄傲：

"'呃，'他对我说，'现在开始围城了！'

"我望着他，愣住了：

"'怎么，上校，你知道了吗？……'

"他的孙女儿向我转身过来：

"'呃！是的，大夫……这是了不得的消息……柏林之围已经开始了。'

"她一边说这话，一边拔她的针，带着一种那么安详、那么平静的神气……他怎样会怀疑到什么事情呢？炮台上的炮，他是听不到的。这凄惨而惶乱的不幸的巴黎，他也不能看见。他在他的床上看得见的，是凯旋门的一角，而在他的房里，在他的四周，是适于维持他的幻觉的整批第一帝国时代的杂物。将帅们的肖像，战役的版画，穿着婴儿的衣服的罗马王①像；其次是僵直的大壁几，饰着军器图纹的铜片，摆着皇室的遗物，徽章、

---

① 罗马王，即拿破仑二世。

奖牌、用玻璃罩着的圣海伦①的岩石，好些同一个宽袖明眸的卷发妇女的穿着舞衣、穿着黄衫的小画像——而这一切，壁几啦，罗马王啦，将帅啦，一八○六年视为漂亮的硬板板的高腰遮胸的黄衫妇女啦……好上校！使他那么单纯地相信柏林之围的，我们所能对他说的一切话还在其次，却是这种胜利和征服的氛围气。

"从这天起，我们的军事活动就简单得多了。取柏林，现在只是时间问题了。不时地，当那老头子太闷的时候，就给他念一封他的儿子的信给他听，信当然也是假的，因为什么东西也不能进巴黎来，再说，自从色当一战以来，马克马洪的这位副官已经被解到日耳曼的一个炮台里去。你想想这可怜的女孩子是如何绝望吧，得不到她的父亲的消息，知道他做了俘虏，什么都没有，也许生着病，而她却不得不叫他在愉快的信里说话；信是简短了一点，然而一个在征服了的国家中长驱直入的身居戎马之间的军人，也只能这样写。有时候她没有勇气，于是几星期一点讯息也没有。可是那老人不安了，睡不着觉了。于是赶快从日耳曼来一封信，她就忍住眼泪，在他床边高兴地念给他听。那上校虔心地听着，带着一种

---

① 圣海伦，又称圣赫勒拿岛，是南大西洋中的一个火山岛，隶属于英国，拿破仑被流放到此直至去世。

意会的神气微笑、赞同、批许，把信上有些模糊的地方解释给我们听。可是特别漂亮的地方，就是他给儿子的回信：'你永远不要忘记你是一个法国人，'他对他说，'……你应该对那些可怜人宽大一点。不要侵略得使他们太难堪……'接着便是滔滔不绝的吩咐，关于产业不可侵犯，妇女应该以礼待等一大串可佩的话，真正一部征服者用的军礼法典。他也插进一些关于政治的笼统意见，对于被征服者所应提出的条件。在这一方面，我应该说，他倒并不是苛刻的：

"'赔偿军费，这就完了……拿几省地方来有什么用呢？难道可以拿日耳曼的土地来做成法兰西的土地吗？……'

"他用一种坚决的声音把这些话念出来，而人们在他的语言中感到那样的坦白，一片那么美丽的爱国心，以致在听着他的时候，不禁为之感动了。

"在这个时候，围城不断地进行着，不是柏林之围，哎！……这是严寒、轰炸、疾病、饥馑的时期。可是，多亏我们的侍候，我们的努力，以及那对于他的有增无已的不倦的小心，那老人的宁静一刻都没有被搅扰过。一直到那时为止，我始终替他办到白面包和新鲜肉。可是只有他一个人有份儿，这位在不自觉之中做了自私者的祖父的午餐，是再使人感动也没有了——这老头子坐在他的床上，新鲜而含笑，食巾遮在颏下，身边是因为节食而面色微微苍白的他的孙女儿，扶着他的手，拿酒给他喝，帮他吃那一切别人没份儿的好东西。那时，吃得高兴了，在那温暖的房间的舒适之中——外面是冬天的风，在他窗前旋转着的雪，这位退职的铁甲骑兵回想起他在北方的战役，就又对我们讲起（那是第一百遍了）那从俄罗斯的凄惨的败退，说那时只吃冰硬的面包干和马肉。

"'你懂吗，孩子？那时候我们吃马肉啊！'

"我真相信她是懂得的。两个月以来，她就从来没有吃别的东西过……然而，一天一天地，在快要复元起来的时候，我们对于这病人的侍候就格外困难了。那一向对于我们那么有用的他的一切官感，一切肢体的麻木，现在是渐渐地消失下去了，有两三次，马欲门的巨大的排炮声已经使他惊跳起来，竖起了耳朵，像一头猎犬似的；于是就不得不给他杜撰一次巴然在柏林城下的最近的胜仗，说为此才在废兵院开庆祝炮。还有一天，他的床已移到窗边了——我相信是布森伐尔之战的那个星期四吧——他很清楚地看见了那群集在大军路上的那些国防军。

"'这些队伍是什么？'那老先生问，接着，我们就听见他喃喃地说：

"'军容不整！军容不整！'

"此外他也并没有怎样；可是我们知道，从今以后，我们应该特别小心了，不幸我们还不够小心。

"有一天晚上，在我到了那儿的时候，那女孩子不知所措地走到我前面来：

"'明天他们要进城了。'她对我说。

"祖父的门可不是开着吗？事实是，以后想起来，我记得他这天晚上面色异乎寻常。他可能已经听见了我们的话。不过，我们呢，我们说的是普鲁士人，而这位老先生呢，他想的却是法国人，却是那他等了那么长久的凯旋——马克马洪在繁花之中，在号角声里踏上大路，他的儿子走在这位元帅身旁，而他这位老头子呢，站在阳台上，穿着全副军装，好像在吕琛①似的，向那洞穿的国旗，为炮火熏黑的军旗，举行敬礼⋯⋯

"可怜的茹甫老爹！他一定以为别人怕他兴奋过度，要阻止他去看我们的队伍的凯旋式。所以，他对任何人都不说出来，可是第二天，在普鲁士的那些大队提心吊

---

① 吕琛，又译作"勒肯"，位于德国萨克森州。

胆地走上了那条从马欲门通到都勒里的长路的时候，上面的窗就轻轻地打开了，于是那上校就在阳台上显身出来，戴着他的军帽，他的大指挥刀，他全副退职铁甲骑兵的，米罗的光荣的旧军装。我现在还不懂，是什么意志的力量，什么生命的奔跃，使他这样地全身披挂着站起来。事实是他在那儿，直立在栏杆后面，惊讶着看见那些大街是那么地宽大，那么地寂静，屋子的百叶窗都紧闭着，巴黎阴森得像一个大检疫所一样，到处都是旗，但却那么奇怪，全是白色的，上面是红十字，而且没有一个人去迎接我们的兵士。

"一时他可能以为自己看错了……

"可是不啊！那边在凯旋门后面，是一阵嘈杂的声音，一个黑绿在朝阳之中走上前来……接着，渐渐地，铁盔的尖顶闪耀了，叶拿①的小鼓擂起来了。而在凯旋门下面，在队伍的沉重的步伐声和指挥刀的接触声的节奏中，许贝特②的凯旋进行曲震响起来了！……

"那时，在广场的凄凄的沉寂之中，人们听到了一片呼声，一片巨大的呼声：'武装起来！……武装起

————————————

① 叶拿，又译作"耶拿"，位于德国图林根州。

② 许贝特，即舒伯特，日耳曼人，奥地利著名音乐家。

来！……普鲁士人.'而居于前卫的那四个普鲁士枪旗兵，便可以看见上面，在阳台上，一位高大的老人摇摆着，挥着胳膊，接着就直挺挺倒了下去。这一趟，茹甫上校可真的死啦。"

　　附录：编者① 按：都德（Alphense Daudet）系法国十九世纪大小说家，于一八四〇年生于尼麦，一八九七年卒于巴黎。名作有《小物件》《磨坊文札》《莎馥》《日耀小说集》等。今年是他的诞生百年纪念，又际此法国首都陷落之时，因请艺圃先生② 自都德以一八七〇年普法战争为题材之《日耀小说集》，择其精粹，选译数篇，作为都德诞生百年纪念，以之作我国抗战小说鉴范，亦无不可，其已经前人翻译者，以译文错误屡见不鲜，仍请艺圃先生重译，作为定本。

载《星岛日报》《星座》副刊，一九四〇年

六月十九日──二十三日

---

　　① 此处"编者"为戴望舒自称。
　　② 艺圃先生，即陈艺圃，为戴望舒之笔名。

最后一课

——一个阿尔萨斯孩子的故事

［法］都　德

那一天早晨，我到学校去得很迟，很怕受责罚，特别是阿麦尔先生已经对我们说过，要问我们分词规则，而我却连头一个字也不知道。一时我起了一个念头，想不去上课了，却到野地上去乱跑一阵子。

天气是那么热，那么明亮。

你可以听见山鸟儿在树林边上叫，普鲁士人在锯木场后面的那片里拜尔草场上操兵。这些都引诱着我，比分词规则还厉害得多；可是我竟然有抵抗的力量，就飞快地跑到学校里去。

经过县政府的时候，我看见有许多人站在那块小小的告示牌旁边。两年以来，我们的坏消息：什么打败仗啦，征发啦，司令部的命令啦，全是从那儿来的；于是我一边走一边心里想：

"还有什么事情呢？"

我跑着穿过广场去的时候，那个带着学徒正在那儿念告示的铁匠华希德，对我嚷着说：

"别那么忙，孩子；你到你的学堂里去，有的是时候哪！"

我想他是在嘲笑我，于是乎我就上气不接下气地走进了阿麦尔先生的小院子。

平常，在刚上课的时候，总是噪闹得不得开交，就连路上也听得到，书桌板翻开闭上啦，为了可以读得好一点闷住耳朵一齐高声背书啦，还有是老师用那方厚戒尺拍着桌子说：

"静一点儿！"

我打算趁着这情形不让人看见溜到我的位子上去；可是偏偏这一天什么都是静悄悄的，就好像礼拜天的早晨一样。我从开着的窗口望见我的同学们已经坐好在他们的座位上，又望见阿麦尔先生手臂里挟着那方可怕的铁尺，在那儿踱来踱去，我不得不在这样的沉静之中开了门走进去。你想吧，我是多么害臊，又多么害怕。

呃，不。阿麦尔先生望着我并不生气，他很和气地对我说：

"快点坐到你的座位上去，我的小法朗兹；我们正要不等你来就上课了。"

我跨上凳子，立刻就坐在我的书桌前面。那个时候，惊心稍稍定了下来，我才看出我们的老师已穿上了他的绿色的漂亮礼服，他的绉裥细布衬衫，和他的绣花黑缎子的小帽子，这都是他只在视学和给奖的日子才穿戴的。再说，整个课堂都有一种异乎寻常和庄严的神气。可是最叫我吃惊的，就是看见在课堂的尽头，在那些平时空着的位子上，坐着一些村子里的人，像我们一样地静，有戴着三角帽的老何赛，卸任的县长，歇差的邮差，还有一些别的人。这些人的样子全都好像在发愁；那老何赛带来了一本老旧的初级读本，书边都破了，拿着摊开在脚膝上，用他的大眼镜在书页上照来照去。

正当我对于这一切吃惊的时候，阿麦尔先生已走上讲坛，用着那跟刚才招呼我一样和气的声音，对我们说：

"孩子们，这是我末了一次给你们上课。柏林来了命令，说此后在阿尔萨斯和洛兰两省的小学里，就只准教德文……新的教师明天就到了。今天是你们最后的法文课。请你们特别用心一点。"

这几句话使我神魂颠倒了。啊！那些坏蛋，这就是他们在县政府布告出来的。

我的最后的法文课。

而我却连写也不大会写呢！这样我可永远不能学习啦！这样我可就不会有进步啦！我现在是多么懊悔白丢了时间，旷课，去寻鸟窠，去到沙尔河上溜冰！刚才我还觉得那么讨厌、那么沉重的我的那些书，我的文法、我的历史，现在就好像是我的老朋友，舍不得分手了。阿麦尔先生也是那样。想到他要走了，我不能再看见他了，就使我忘记了他的责罚、戒尺。

可怜的人！

是为了这最后的一课，他才穿上了他在假日穿的漂亮衣服，而现在，我也懂得村子上的那些老头子为什么坐到课堂的后面来了。这好像是说，他们懊悔没有常常来，到这学校里来。这也是表示感谢我们这位老师四十年来克尽厥职，表示向"那失去的祖国"尽他们的本分的一种态度……

我正在那儿想着的时候，忽然听到叫我的名字。现在是轮到我背书了。我是多么愿意出不论怎样的代价，让我可以把这整篇分词规则，高声地、清楚地、没有一个错误地，一口气背出来；可是我一开头就打疙瘩了，我站在那儿，尽在我的凳子摇摆着，心儿膨胀着，头也不敢抬起来。我听见阿麦尔在对我说：

"我不来责罚你，我的小法朗兹，你也责罚受得够了……弄到现在这个样子。每天，总是这样对自己说：嘿！我有的是时候，我明天可以念的。接着你就碰到了这种情形……啊！这真是我们阿尔萨斯省的大不幸，老是把教育推到明天去。现在，那些人 ① 就有权对我们说：怎么！你们自以为是法国人，而你们既不会念你们的国文，又不会写！……在这一方面，我的可怜的法朗兹，罪最重的还不是你。我们大家都应该有责备自己的份儿。

"你们的父母并不怎样一定要你们受教育。他们宁可派你们去种地，或是送你们到纱厂里去。可以多赚一点钱。就是我自己，难道我一点没有可以责备的地方？我可不是常常因为要叫你们去灌溉我的花园，而不给你们上课吗？而当我想去钓鱼的时候，我可不是老实不客气就给你们放了假吗？……"

于是，一件一件地，阿麦尔先生就开始对我们说起法文来，说这是世界上最美的语言，最明白、最坚实的：应该在我们之间把它保留着，因为，当一个民族堕为奴隶的时候，只要不放松他的语言，那么就像把他的囚牢

_____

① 指普鲁士人。

的锁匙拿在手里一样……接着，他就拿起一本文法书来念我们的功课。我真惊奇怎么我都那么懂得。他所说的话，我都觉得很容易，很容易。我也想，我从来也没有那么好好地听过，他也从来没有费那么大的耐心讲解过。你竟可以说，这个可怜的人在临去之前，想要把他全部的学问都给了我们，把他的全部学问一下子塞进我们的头脑里去。

上完课，就是习字了。为了这一天，阿麦尔先生替我们预备好了崭新的习字范本，在范本上，是用漂亮的楷书写着："法兰西，阿尔萨斯，法兰西，阿尔萨斯。"这很像是一些小小的旗子，挂在我们的书桌的木干上，在整个教室中飘荡着，人们就只听见笔尖儿在纸上的沙沙声。一个时候，金甲虫飞了进来；可是一个人也没有注意它们。就连那些最小的也都在用心画他们的直杠子，那么全心全意地，好像这还是法文似的……在学校的屋顶上，鸽子低声地唪着，于是我听着它们的时候，心中暗想：

"难道人家要叫它们也用德文唱吗？"

不时地，当我从我的纸页上抬起眼睛来的时候，我看到阿麦尔先生不动地站在他的讲坛上，定睛注意着他四周的物件，好像他要把他的这整个小小的学校，全装

高龙芭

进他的目光中去似的……你想想！四十年以来，他总是在那同一个地方，面前是他的院子和他的完全不变的课堂。只是那些凳子、书桌，是因为用得长久而磨得很光滑了；院子里的胡桃树已经长大了，而那他自己亲手种的蛇麻子，现在也在窗上盘结着，一直盘结到屋顶了。对于这个可怜人，这是多么伤心的事：离开这一切东西，听见他的妹妹在楼上房间里来来往往地走着，正在关他们的大箱子！因为他们明天就要动身，永远地离开此地了。

　　然而他居然还有勇气给我们上课一直上完。习字以后，我们就上历史课；再以后，小学生们就一齐唱起BA，BE，BI，BO，BU来。在课堂的尽头，那年老的何赛已经戴上了他的眼镜，双手捧着他的初级课本，他正在和他们一起练拼音。你看得出他也在那儿用功；他的声音因为感情冲动而颤抖着，听起来是那么滑稽，使我们大家都又想笑又想哭了。啊，这最后的一课，我是不会忘记的……

　　忽然，教堂里的钟报午时了，接着，祷钟鸣了。同时，那些操兵回来的普鲁士人的喇叭，也在我们窗下响起来……阿麦尔先生站了起来，脸色完全发白了，立在他的讲坛上。我从来也没有觉得他像今天那样高大过。

"我的朋友们，"他说，"我的朋友们，我……我……"

可是有什么东西使他不能发声了。他不能够说完他的话。

于是他就转身向着黑板，取了一枝粉笔，用尽了他的全力，尽可能大地写着：

"法兰西万岁！"

接着，他耽在那儿，把头靠在墙上，一句话也不说，向我们做了一个手势，意思说：

"完啦！你们去吧。"

载《星岛日报》《星座》副刊，一九四〇年

六月二十八日——三十日

高龙芭

提莫尼

[西班牙] 伊巴涅思

一

在伐朗西亚的整个平原上，从古莱拉到刹公特，没有一个村庄上的人不认识他。

他的风笛声一起，孩子们便连蹦带跳地跑过来，妇女们高兴地你喊着我，我喊着你，男子们也离开了酒店。

于是他便鼓起双颊，眼睛漠然地瞪视着天空，在以偶像般的漠不关心的态度来接受的喝彩声中，毫不放松地吹将起来。他的那支完全裂开了的旧风笛，也和他一起分享大众的赞赏：这支风笛只要不滚落在草堆中或小酒店的桌子底下，人们便看见它老是在他的腋下，就像老天爷在过度的音乐癖中给他多创造了一个新的肢体。

妇女们起先嘲笑着这无赖汉，最后觉得他是美好的了。高大，强壮，圆圆的头颅，高高的额角，短短的头发，骄傲地弯曲着的鼻子，使人看了他的平静而又庄严的脸，不由得会想起古罗马的贵族来：当然不是在风俗纯朴时代的，像斯巴达人一样地生活着，还在马尔斯竞技场上锻炼体格的罗马贵族，而是那些衰颓时期的，由于狂饮大嚼而损坏了种族遗传的美点的罗马贵族。

提莫尼是一个酒徒：他的惊人的天才是很出名的（因此他得到了"提莫尼"这个绰号），可是他的可怕的酗酒却更加出名。

他在一切喜庆场合中都是有份儿的。人们老是看见他静悄悄地来到，昂着头，将风笛挟在腋下，后面跟着一个小鼓手——一个从路上拾来的顽童——他的后脑上的头发已经光秃秃了，因为只要他打鼓稍微打错一点，提莫尼就毫不留情地拔他的头发。等到这个顽童厌倦了这种生活而离开他的师傅，他已经跟他的师傅一样变成了一个酒徒。

提莫尼当然是省里最好的风笛手，可是他一踏进村庄，你就得看守着他，用木棒去威吓他，非等迎神赛会结束不准他进酒店去；或者，假如你拗不过他，你便跟着他，这样可以制止他每次伸出来抢那尖嘴小酒壶倾壶而饮的手臂。这一切的预防往往是无效的；因为事情不止一次了，当提莫尼在教会的旗帜之前挺身严肃地走着的时候，他会在小酒店的橄榄树枝前突然吹起《皇家进行曲》来，冲破了主保圣人的像回寺院时的悲哀的 De Profundis[①]，来引坏那些信徒。

这个改变不好的流浪人的自由散漫作风却很得人们的欢心。一大群儿童翻着筋斗拥在他周围。那些老孩子取笑他在总司铎的十字架前行走时的那副神气；他们远远地拿一杯酒给他看，他总用一种狡猾的睐眼来回答这种盛情，这种睐眼似乎在说：留着"等会儿"来喝。

这"等会儿"在提莫尼是一个好时光，因为那时赛会已经完毕，他已从一切监视中解放出来，最后可以享受他的自由了。他大模大样地坐在酒店里，在漆成暗红颜色的小桶边，在铅皮桌子间。他快乐地闻嗅着在柜台上很脏的木棚后面放着的油、大蒜、鳖鱼、油煎沙丁鱼的香味，贪馋地看着挂在梁上的一串串的香肠，一串串停着苍蝇的熏过的腊肠，还有灌肠和那些洒着粗红胡椒粉的火腿。

酒店女主人对于一个有那样多的赞赏者跟着他，使她斟酒都忙不过来的主顾是十分欢迎的。一股很浓的粗

---

① 为死者祈祷的哀歌。

羊毛和汗水的气味散布在空气中，而且在冒着黑烟的煤油灯的光线里，人们可以看见有很大的一大堆人：有的坐在矮凳上，有的蹲在地上，用有力的手掌托着他们的似乎要笑脱了骱的大下巴。

大众的目光都盯在提莫尼的身上："老婆子！吹个老婆子！"于是他便用风笛模仿起两个老妇人的带着鼻音的对话来；他吹得那么滑稽，使得笑声不绝地震动着墙壁，把邻院的马也惊得嘶鸣起来，凑合这一场喧闹。

人们随后要求他模仿"醉女"，那个从这村走到那村，出卖手帕，而将她的收入都花在烧酒上的"一无所有"的女子。最有趣的乃是她逢场必到，而且第一个爆发出笑来的也总是她。

滑稽节目完毕以后，提莫尼便在他的沉默而惊服的群众面前任意地吹弄，模仿着瓦雀的啁啾声，微风下麦子的低语声，遥远的钟鸣声，以及他前一夜酒醉之后不知怎样竟睡在旷野里，当下午醒来时，一切打动他的想象力的声音。

这个天才的流浪人是一个沉默的人，他从来不谈起他自己。人们只有从大众的传闻中知道他是倍尼各法尔人，他在那儿有一所破屋子，因为连四个铜子的价钱都没有人肯出，他还将那所破屋子保留着没卖掉；人们还

高龙芭

知道他在几年中喝完了他母亲的遗产：两条驴子，一辆货车和六块地。工作呢？完全用不着！在有风笛的日子里，他是永不会缺少面包的！当赛会完毕，吹过乐器又喝了一个通夜后，他便像一堆烂泥似的倒在酒店角落里，或是在田野中的一堆干草上；他睡得像一个王子一样；而且他的无赖的小鼓手，也喝得像他一样地醉，像一条好狗似的睡在他脚边。

二

从来没有人知道那遇合是怎样发生的；但是可以肯定的是的确有这么回事。一个晚上，这两个漂泊在酒精的烟雾中的星宿，提莫尼和那醉女遇到一块了……

他们的酒徒的友情最后变成了爱情，于是他们便将自己的幸福藏到倍尼各法尔那座破旧的屋子里去；那里他们在夜间贴地而卧，他们从长着野草的屋顶的破洞中窥望着星星在狡猾地眨眼。大风雨的夜间，他们不得不逃避了，像在旷野上似的，他们给雨从这个房间赶到那个房间，最后才在牲口棚里找到一个小小的角落，在尘埃和蛛网之间，产生了他们的爱情的春天。

从儿童时代起，提莫尼只爱酒和他的风笛；忽然到了二十八岁的时候，他失去了没有感觉的酒徒所特有的操守，在那醉女，在那个可怕而肮脏的，虽然被燃烧着她的酒精弄得又干又黑，却像一条紧张的琴弦般地热情而颤动的丑妇人的怀中，尝到了从前没有尝过的乐趣！他们从此不离开了；在大路上，他们也纯朴地像狗一样公然互相抚爱着；而且有好多次，他们到举行赛会的村庄去的时候，他们逃到田野里，恰巧在那紧要关头，被几个车夫所瞥见而围绕着他们狂呼大笑起来。酒和爱情养胖了提莫尼；他吃得饱饱的，穿得暖暖的，平静而满意地在那醉女的身边走着。可是她呢，却越来越干、越来越黑了，一心只想着服侍他，到处伴着他。人们甚至看见她在迎神赛会的行列前也在他的身边；她不怕冷言冷语，她向着所有的妇女射出敌对的眼光。

有一天，在一个迎神赛会中，人们看见醉女的肚子大了，他们不禁笑倒了。提莫尼凯旋似地走着，昂着头，风笛高高矗起，像一个极大的鼻子；在他的身边，顽童打着鼓，在另一边，醉女得意洋洋地腆着肚子蹒跚着，她那很大的肚子就像第二面小鼓；大肚子的重量使她行走缓慢，还使她步履踉跄，而且她的裙子也不敬地往前翘了起来，露出了她那双在旧鞋子里摆动着的肿胀的脚，和两条漆黑、干瘦而又肮脏的腿，正像一副打动着的鼓槌。

这是一件丑事，一件渎神的事！……村庄里的教士劝告这位音乐家道：

"可是，大魔鬼，既然这个女流氓甚至在迎神赛会中也固执着要跟你一起走，你们至少也得结个婚吧。我们可以负责供给你必要的证书。"

他嘴里老是说着"是"，可是心里却给它个置之不理。结婚！那才滑稽呢！大伙儿见了可要笑坏了！不行，还是维持老样子吧。

随他怎样顽固，人们总不把他从赛会中除名，因为他是本地最好的，又是取价最低廉的风笛手；可是人们却剥夺了他的一切与职业有关的光荣：人家不准他再在教堂执事的桌上进食了，也不准他再领圣体，还禁止他们这一对邪教的男女走进教堂。

三

醉女没有做成母亲。人们得从她的发烧的肚子里把婴儿一块块地取出来；随后那可怜的不幸者便在提莫尼的惊恐的眼前死去。他看着她既没有痛苦，也没有痉挛地死去，不知道自己的伴侣是永远地去了呢或者只是刚睡

提莫尼　　　　　　　　　247

着了，如同空酒瓶滚在她脚边的时候一样。

这件事情传了出去；倍尼各法尔的那些好管闲事的妇女都聚集在那所破屋门前，远远地观望那躺在穷人的棺材里的醉女和那在她旁边的，蹲在地上号哭着，像一头沉郁的牛似的低倒了头的提莫尼。

村庄上任何人都不屑进去。在死人的家里只看见六个提莫尼的朋友——衣服褴褛的乞丐，像他一样的酒鬼，还有那个倍尼各法尔的掘墓工人。

他们守着死人过夜，每隔两点钟轮流着去敲酒店的门，盛满一个很大的酒器。当阳光从屋顶的裂缝照进来的时候，他们一齐在死人的周围醒了过来，大家都直挺在地上，正像他们在礼拜日的夜间从酒店里出来倒卧在草堆上的时候一样。

大家一齐恸哭着。想想看，那个可怜的女子在穷人的棺材中平静得好像睡熟了一般，再不能起来要求她自己的一份儿了吧！哦，生命是多么不值钱啊！这也就是我们大家的下场啊。他们哭得那么长久，甚至在他们伴着死者到墓地去的时候，他们的悲哀和醉意都还没有消失。

全村的人都来远远地参加这个葬仪。有些人瞧着这么滑稽的场面而狂笑。提莫尼的朋友们肩上扛了棺材走着，耸呀耸的使那木盒子狂暴地摆动得像一只折了桅杆的破

高龙芭

船。提莫尼跟在后面走着，腋下挟着他那离不开的乐器，看他的神色老是像一条因为头上刚受到了狠狠的一击，而快要死去的牛。

那些顽童在棺材的周围叫呀跳的，仿佛这是一个节日似的；有些人在暗笑，断定那养孩子的故事是个笑话，而醉女之死也只是烧酒喝得太多的缘故。

提莫尼的大滴的眼泪也使人发笑。啊！这个该死的流氓！他隔夜的酒意还没有消失，而他的眼泪也无非是从他眼睛里流出来的酒……

人们看见他从墓地回来（为了可怜他，才准他在那里埋葬这“女流氓”），然后陪他的朋友们和掘墓工人一道走进酒店去……

从此以后，提莫尼不再是从前的那个人了：他变得消瘦、褴褛、污秽，又渐渐地给烧酒淘坏了身子……

永别了，那些光荣的行旅，酒店中的凯旋，广场上的良夜幽情曲，迎神赛会中的激昂的音乐！他不愿再走出倍尼各法尔，或是在赛会中吹笛了；最后连他的鼓手也给打发走啦，因为一看见他就有气。

也许在他的凄郁的梦中，看见那个怀孕的醉女的时候，他曾经想到以后会有一个生着无赖汉的头脑的顽童，一个小提莫尼，打着一面小鼓，合着他风笛的颤动的音阶吧？……可是现在，只剩下他一个人了！他认识过爱情而重又坠入了一个更坏的境遇；他认识过幸福而又认识了失望：这是他在未认识醉女前所不知道的两样东西。

在有日光照耀的时候，他像一只猫头鹰似的躲在家里。在暮色降临时，他像小偷似的溜出村庄，从一个墙缺口溜进墓地，当那些迟归的农夫荷着锄头回家的时候，他们听到一缕微细、温柔而又缠绵的音乐，这缕音乐似乎是从坟墓里出来的。

"提莫尼，是你吗？……"

这位音乐家听到那些以向他问讯来消除自己的恐怖的迷信者的喊声后，便默不作声了。

过后，等到脚步走远而夜的沉寂又重来统治的时候，音乐又响了，悲哀得好像一阵惨哭，好像一个孩子的呜咽，在呼唤他的永远不会回来的母亲的时候那样……

高龙芭

海上的得失

［西班牙］伊巴涅思

夜里两点钟的时光，有人在敲茅屋的门。

"盎多尼奥！盎多尼奥！……"

盎多尼奥从床上跳起来。喊他的是他的捕鱼的伙计：出发到海上去的时候到了。

那一夜盎多尼奥睡熟的时候很少。在十一点钟的时候，他还和他的可怜的妻子罗菲纳滔滔不绝地谈着。她是在床上辗转不安地和他谈着他们的买卖。这买卖是不能再坏的了。怎样的一个夏天啊！去年，鲔鱼在地中海成群不绝地游着，而且就是在最不好的日子里，人们也会打到二三百阿罗拔①的鲔鱼；银钱多得像上帝的赐福一样；那些像盎多尼奥一样的好佣工们，把钱节省下来可

---

① 阿罗拔，又译作"阿罗瓦"，西班牙重量单位。

以买一只船来自己打鱼了。

小小的港口挤得满满的，真像有一个舰队似的，每夜这港口都塞满了，简直没有活动的余地；可是船逐渐地增加，鱼却逐渐地减少了。

渔网里扳起来的只是些海草或是小鱼——到镬子里一煎就缩小的可恶的小鱼。这一年那些鲔鱼已经换了一条路走，没有一个渔人能把一条鲔鱼打到他船上来。

罗菲纳被这种境遇所压倒了。家里没有钱；他们在面包店，在磨坊都欠下了债。多马斯先生是一个歇业了的老板，一个真正的犹太人，因放债而成为村子里的国王，他不断地恐吓他们说，如果他们不将他从前借给他们造成那只如此灵便的船，那只花尽了他们的积蓄的好帆船的五十个度罗①分期拨还他，他就要去控告他们了。

益多尼奥一边穿衣服一边唤醒了他的儿子——一个九岁的小水手，他伴同他的父亲去打鱼，做着一个成年男子的工作。

"我们今天也许运气好，"那妇人在床上低声嘟囔着，"你们可以在厨房里找到那只饭篮子……昨天杂货店老板不肯赊账给我了……啊！主啊！这行业真不是人干的！"

_____

① 度罗，西班牙银币的名称。

"闭嘴，你这个娘儿们；海是一个穷人，可是上帝却布施它。他们昨天恰巧看见了一条孤单的鲔鱼：他们估量它有三十多阿罗拔重。你想想看！要是我们捉到了它……这至少也值得六十个度罗。"

他一边想着那个怪物——这是一条离群的，因为习惯了，又重复回到去年来过的水道中的孤单的鲔鱼——一边穿好了衣服。

盎多尼戈也已经起身，带着一种别的孩子还在玩耍的年龄而他已是个能够赚钱的孩子的快乐的庄严态度；他肩上负着饭篮子，一只手提着盛罗味勒的小筐子，这是一种鲔鱼所最爱吃的小鱼，是吸引鲔鱼的最好的饵。

他们父子二人出了小屋，沿海滨一直到了渔夫的码头。他们的同伴在船里等候着他们，并在预备着船帆。

这个小船队在黑暗中忙碌着，像座森林似的桅樯在摇晃。船员的黑影子在船上奔跑着；帆架落在甲板上的声音，辘轳和绳索的轧轧声打破了沉寂，船帆便在黑暗中展开，好像许多大幅的被单。

村子里许多小路都直通到海边，小路的两旁排列着许多小房子，这些小房子是洗海水澡的人到了夏天来住的。码头附近有一座大厦，它的窗户，正如烧着火的炉灶一样，将光线投射到波动着的水面上。

海上的得失　　　　　　　　　253

这大厦就是俱乐部。盎多尼奥向它投出了憎恨的目光。这些家伙多快乐地在消磨长夜啊！他们准是在那儿赌钱……啊！而他们却应该起身得那样早，来赚一口饭吃！

"喂！扯起帆来！好些朋友都已经出发了！"

盎多尼奥和他的伙计拉着船缆，于是那三角形的船帆便慢慢地升起来了，在风中颤动着又弯曲起来。

小船起初在海湾里平静的水面上懒洋洋地行驶；随后海水动荡起来，小船便开始颠簸了。他们已经驶出了海峡，到了大海上。

对面是无边无际的黑暗，在黑暗中闪烁着几点星星，幽暗的海面周围，东也是船，西也是船，它们都在波浪上翻动，像幽灵一样地驶远去。

伙计凝视着天际。

"盎多尼奥，风变了。"

"我知道！"

"海上快要起风浪了。"

"我知道。可还是前进吧！我们离开这些在海上搜寻的渔船吧。"

于是船便不跟着那些靠了岸走的别的船只，继续向大海上前进。

高龙芭

天亮了。那个红色的，切得像一个做浆糊用的大圆饼一样的太阳在大海上画出一个火红的三角形，海水似乎在狂沸，好像反照着一场大火灾。

盎多尼奥掌着舵；他的伙计站在桅杆旁边；孩子在船头上察看着海。从船尾到船舷挂了无数细绳，细绳上系着饵在水上曳着。随时一个动摇之后，马上一条鱼起来了，一条颤动着的鱼，像铅块一样的亮晶晶的鱼。可是这是很细小的鱼儿……一个钱也不值！

时间就这样过去了；船老是向前行驶，有时躺在海波上，有时突然跳起来，露出了红色的水标。天气很热，盎多尼奥便从舱洞里溜进舱底里去喝水桶里的水。

在十点钟的时候，他们已经看不见陆地了；向船尾那一方，他们只看见别的船只的远远的帆影，像一个个白鱼的鳍。

"盎多尼奥！"他的伙计冷嘲地向他喊着，"我们到奥朗去吗？既然没有鱼，为什么还要再远去呢？"

盎多尼奥把船转了一个向，于是船便开始掉转来，可是并不向着陆地前进。

"现在，"他快乐地说，"我们吃一点儿东西吧。伙计，把篮子拿过来。鱼爱什么时候咬食就让它什么时候咬食好了。"

海上的得失

每人都切了一大片面包，又拿起一个在船舷上用拳头打烂了的葱头。

海上起了一阵强烈的风，小船便在波涛上，在又高又长的海浪中很剧烈地动荡起来。

"爸爸！"盎多尼戈在船头叫喊，"一条大鱼，一条极大的！……一条鲔鱼！"

葱头跟面包都滚落在船尾上了，这两个人都跑过去，靠在船边上。

是的，这是一条鲔鱼，一条很大的大腹便便的鲔鱼，它那毛茸茸的乌黑的背脊几乎要齐水面了；这或许就是渔人们谈不绝口的那个孤单的家伙！它堂而皇之地游着，又用它的有力的尾巴轻轻地扭了一扭，就从船的这一边游到了那一边；随后忽然不见了，又突然重新露出身子来。

盎多尼奥激动得脸都红了，便立刻将一根缚着一个手指般粗的鱼钩的绳子抛到海里去。

海水翻腾着，船摆动着，好像有一股巨大的力量牵引着它，在制止它的行程，还企图把它掀翻。船面震动着，似乎要在船上人的脚下飞出去一样；桅杆受着帆幅吃满了风的力量，轧轧地发出声响来。可是那障碍忽然消失了，于是船就又平静地向前行驶。

那根绳子，以前是绷得直直的，这时却像一个柔软无力的身体一样地挂着。渔夫们把它拉起来，钩子便从水面上露了出来；它虽然很粗，可是已经折断了。

伙计悲哀地摇摇头。

"盎多尼奥，这畜生比我们凶。让它走了吧！它折断了这钩子还是侥幸的事。再迟点儿，连我们都要给弄到海里去了。"

"放过它吗？"老板喊着，"啊！蠢蛋！你可知道这条鱼要值多少钱吗？现在可不是谨慎或害怕的时候。捉住它！要捉住它！"

他又把船转了一个向，向着遇见那条鲔鱼的地方驶去。

他换上一只新的鱼钩，一只很大的铁钩，在钩上穿上了许多罗味勒，而且还紧握住舵柄，他手里抓了一根尖利的停船篙。他将在那条又笨又有力的畜生来到他近旁的时候，请它吃一篙！……

绳子挂在船后面，差不多是很直的。小船重新又震动起来，可是这一回格外可怕了。那条鲔鱼已被牢牢地钩住；它牵着那只粗钩子，又拉住了这只小船，使它不能朝前走，于是在波浪上发狂地跳动着。

水似乎在沸腾；水面上升起了无数的泡沫和在浊水

的激浪中的大水泡，好像水中有许多巨人在作战。忽然，似乎被一只不可见的手所攫住了，小船侧了过去，于是海水便侵入了半个船面。

这个突然的动摇翻倒了船上的渔夫们。盎多尼奥手里滑脱了舵柄，几乎要被投入波浪了。接着，在一个破碎的声响之后，小船才回复了正常的状态。绳子已经断了。那条鲔鱼立刻就在船边发现，用它强大的尾巴翻起极大的浪沫来。啊！这强徒！它终究靠近他了！于是盎多尼奥便狂怒地，好像是对付一个有血海深仇的仇人般地用停船篙对着它接连刺了几下，停船篙的铁尖一直刺进了胶粘的鱼皮中。水都被血染红了，那条鱼就钻到猩红的激浪里去了。

最后，盎多尼奥喘息着。他们又让它逃走了！

他看见船上很湿；他的伙计紧靠在桅杆边，脸色惨白，可是十分镇定。

"我以为我们要淹死了，盎多尼奥。我甚至还吃了一口海水。这该死的畜生！可是你已经刺中了它的要害了。你就要看见它浮起来了。"

"孩子呢？"

那父亲不安地，用一种忧虑的口气问起这个问题来，好像他怕听到这个问题的回答。

高龙芭

孩子不在船面上。盗多尼奥从舱洞中溜下去，希望在舱底里找到他。水一直没到他的膝头上，因为舱底满是海水了。可是谁还顾到这个呢？他摸索地寻找，在这狭窄而黑暗的地方只找到了淡水桶和替换的绳子。他像一个疯子似的回到船面上。

"孩子！孩子！……我的盗多尼戈！"

那伙计做了一个忧愁的怪脸。他们自己可不是差一点也掉下水去吗？那孩子被几次的翻动所弄昏，无疑地像一个球似的给抛到海里去了。可是伙计虽然这样想，却还是默默地不说一句话。

远远地，在那只船险遭沉没的地方，有一样黑色的东西漂浮在水面上。

"你看那个！"

父亲跳进海里，用力地游着，那时他的伙计正在卷帆。

盗多尼奥老是游着，可是当他分辨出那个东西只是从他船里掉下去的桨的时候，他几乎连气力都没有了。

波浪将他掀起来的当儿，他差不多好像完全站在海水外面一样，这样可以看得更远些。到处全是没有边际的海水！在海上的只有他自己，那只靠近过来的船，和一个刚才露出来的，在一大片血水中可怕地痉挛着的黑

海上的得失

色变曲形的东西。

那条鲔鱼已经死了……可是这跟那父亲有什么相干呢？想想看，这个畜生的代价是他的独子，他的盎多尼戈的生命！上帝啊！他须得用这种方式赚饭吃吗？

他在海上又游了一个多小时，每逢碰到什么东西，都以为是他儿子的身体在从他的腿下浮上来；看见了两个浪头中间的幽暗的凹陷处，也以为是他儿子的尸体在浮动。

他决心留在海里，决心跟他儿子一起死在海里。他的伙计不得不费力地把他拉起来，好像对付一个倔强的孩子似的，把他重新放在船上。

"我们怎么办呢，盎多尼奥？"

他没有回答。

"不应该这样，他妈的！这是常有的事啊。这孩子死在我们父亲死去的地方，也就是我们将来死的地方。这只是时间上的不同：事情是迟早要发生的！可是现在工作吧！不要忘记了我们的艰苦的生活！"

他立刻预备好两个活结，将它们套在鲔鱼的身上，开始把它拉起来。船过处，浪花都给血染成了红色……

一阵顺风吹着船回去，可是船里已经积满了水，不能好好地航行了；这两个卓越的水手，都忘记了那桩不幸，手里拿了勺子，弯身到舱底，一勺勺地将海水舀出去。

这样过了好几个钟头。这种辛苦的工作把盎多尼奥弄呆了，它不准他有思想；可是眼泪却从他的眼睛里流出来；这些眼泪都混合到舱底的水里，又落到海上——他儿子的坟墓上……

船减轻重量以后，便走得很快了。

港口和那些被夕阳染成金色的小小的白房子，已经看得见了。

看见了陆地，盎多尼奥心头睡着的悲哀和恐怖都醒来了。

"我的女人将怎样说呢？我的罗菲纳将怎么说呢？"这不幸的人悲苦地说着。

于是他颤抖起来，正如那些在家里做牛马的有毅力而大胆的男子一样。

轻轻地跳动的回旋舞曲的节奏溜到了海上，好像一种爱抚一样。从陆地上来的微风，向小船致敬，同时又给它带来了生动而欢乐的歌曲声音。这就是人们在俱乐部前面散步场上所奏的音乐。在棕榈树下，那些避暑客人的小遮阳伞、小小的草帽、鲜明炫目的衣衫，像一串念珠上的彩色珠子一样地往来穿动。

海上的得失
261

那些穿着白色和粉红色衣裳的儿童们，在他们的玩具后面跑着，或是围成一个快乐的圆圈，像五彩缤纷的轮子一样地转着。

那些有职业的人们团聚在码头上，他们的不停地看着大海的眼睛，已认出了小船所拖着的东西了。可是益多尼奥却只看见防波堤后面有一个瘦长的、深灰色的妇人，站在一块岩石上，风正在翻着她的裙子。

小船靠上码头了。多热烈的喝彩声啊！大家都想仔细地看看那个怪物。那伙渔人，从他们小船上，向他射出了羡慕的眼光来；那些裸着身体，砖头般颜色的孩子们，都跳到水里去摸摸那条很大的尾巴。

罗菲纳从人堆里分开了一条路，走到她丈夫的面前。他呢，低垂了头，用一种昏呆的态度在听他的朋友们的道贺。

"孩子呢？孩子到哪儿去了？"

这可怜人的头垂得格外低了。他将头缩在肩膀里，似乎要使它消失掉，那样就可以什么也不听见，什么也不看见了……

"到底益多尼戈在哪里啊？"

罗菲纳的眼睛燃烧着怒火，她似乎要把他一口气吞下肚去似的，抓住那壮健的渔夫的衣襟，粗暴地推他；

可是不久她就放了手，突然举起手臂，发出了一个可怕的叫声：

"啊！天主啊！……他死了！我的盎多尼戈已在海里淹死了。"

"是的，老婆。"那丈夫用一种好像给眼泪塞住而迟缓不定的声音结结巴巴地说，"我们真太不幸了。孩子已经死了；他到了他祖父去的地方，也是我总有那么一天要去的地方。我们是靠海过活的，海应该吞掉我们。这有什么办法呢？"

但是他的妻子已经不去听他的话。她疯狂地抽搐着，倒在地上，在尘土里打滚，扯着自己的头发，抓破自己的脸儿。

"我的儿子！我的盎多尼戈！"

渔人们的妻子都向她跑过来了。她们很了解这事：因为她们自己也都经历过这种事。她们把她扶起，靠在她们有力的胳膊上，一直把她扶到她的茅屋去。

那些渔人们请那不停地哭着的盎多尼奥喝了一杯酒。这当儿，他的那个为生活的强烈的自私自利的观念所驱使的伙计，却在争着要买这条极好的鱼的鱼贩子面前，把价钱抬得很高。

那披头散发的、昏厥过去的、由朋友们扶着到茅屋里去的可怜的妇人的失望的呼声，一阵一阵地响着，一点一点地远了：

"盎多尼戈！我的孩子！"

在棕榈树下不绝地来来去去的，是那些穿着灿烂衣服，幸福地微笑着的洗海水澡的人，他们并不觉得有什么不幸在他们身边发生，他们对这一幕穷困的悲剧连看都不看一眼；那优美的肉感的节奏的回旋舞曲，欢乐的痴情的颂歌，正在和谐地飘浮到水面上，爱抚着大海的永恒的美。

虾　蟆

〔西班牙〕伊巴涅思

　　我的朋友奥尔杜涅说："我在邻近伐朗西亚的一个叫拿查莱特的渔村中消夏。妇女们都到城里去卖鱼；男子们有的坐了小的三角帆船出去，有的在海滩上扳网。我们这些洗海水澡的人呢，白天睡觉；晚上在门前默看海波像磷火一样的光芒，或是在听见蚊虫嗡嗡地响着来打扰我们的休息的时候，我们便用手掌来拍脸上的蚊虫。

　　"那医生——一个粗鲁而爱说俏皮话的老人——常常来坐在我的葡萄棚下，于是，手边放着一个水壶或西瓜，我们便在一起消磨整个夜晚，一边谈着他的那些海上的或是陆上的容易蒙骗的病人来。有时我们谈到薇桑黛达的病，大家都忍不住笑了。她是一个绰号叫做拉·索倍拉纳的女鱼贩子的女儿。她母亲身体肥胖高大，而且惯用傲慢的态度来对待市上的妇女们，用拳头来强迫她们顺着自己的意志，因而得了这么一个绰号。这薇桑黛达是村庄上最美丽的少女！……一个棕色头发的狡猾的小姑娘，口齿伶俐，眼睛活泼；她虽然只有少女的娇艳，可是由于她的逗人的、灵活的眼光，跟她那种假装怕羞和柔弱的机智，她迷惑了全村的年轻人。她的未婚夫迦拉伏思迦是一个勇敢的渔人，他能站在一根大梁上出海去，但是他的相貌很丑，不喜欢多说话，又容易拔出刀来。礼拜日他跟她一起散步，当那少女带着她的纵坏了的，忧伤的孩子气的媚态，抬起头来对他说话的时候，迦拉伏思迦用他斜视的眼睛向四周射出了挑战般的目光，仿佛全个村庄、田野、海滩、大海都在和他争夺他那亲爱的薇桑黛达。

"有一天，一个使人吃惊的消息传遍了拿查莱特。拉·索倍拉纳的女儿肚子里有了一个动物；她的肚子胀大起来了；她的脸色不好看了；她的恶心和呕吐惊动了全个茅屋，使她的失望的母亲哀哭，又使那些吃惊的邻近的女人们都跑过来。有几个人见了这种病，露出了笑容。'把这故事去讲给迦拉伏思迦听罢！……'可是那些最容易疑心别人的人们，在看见那渔人——他在这件事发生以前还是一个外教人，一个骇人的渎神者——悲哀而失望地走进村里的小教堂去为他的爱人祈祷病愈时，他们便停止了对薇桑黛达的讪笑和怀疑了。

　　"折磨这不幸的女子的是一种可怕的怪病：村子里的好些相信有怪事发生的人以为有一只虾蟆在她肚子里。有一天，她在附近的河水留下的一个水荡中喝了些水，于是那坏畜生便钻到她的胃里，长得非常非常大。那些吓得颤抖的邻妇们，都跑到拉·索倍拉纳的茅屋里去看那少女。她们一本正经地摸着那膨胀的肚子，还想在绷紧的皮肤上摸到那躲着的畜生的轮廓。有几个年纪最老、最有经验的妇人，得意地微笑着说，她们已经觉到它在动，还争论着要吃些什么药才会好。她们拿几匙加了香料的蜜给那少女，好让香味把那畜生引上来，当它正在安静地尝这种好吃的食品的时候，她们便将醋跟葱头汁一齐灌进去淹它，这样它就会很快逃出来了。同时，她们在那少女的肚子上贴些有神效的药物，使那虾蟆不得安逸，也就会吓得跑出来。这些药物是蘸过烧酒和香末的棉花卷，在柏油浸过的麻束，城里神医用玉竹①画了许多十字和数目字的符纸。薇桑黛达弯着身子，厌恶得浑身打颤，可怕的恶心使她非常痛苦，好像连她的心肝五脏都要一起呕出来似的；但是那虾蟆却连一只脚都不屑

———————————

　　① 玉竹，又称葳蕤，是一种药材。

伸出来。于是拉·索倍拉纳便一再地向天高声呼求。这些药物决不可能赶走那坏畜生。还是让那少女少受些苦，听它留在那儿，甚至多喂喂它，免得它单靠喝那渐渐惨白和瘦下去的可怜的少女的血来做它的养料。

"拉·索倍拉纳很穷，她的女朋友们都来帮助她。那些渔妇带来了从城里最有名的茶食店里买的糕饼。在海滩上，在打鱼完毕之后，有人为她选择几尾可以煮成好汤的鱼放在一边。邻妇们把锅子里的肉汤的面上的一层，舀出来盛在杯子里，因为怕泼掉，所以慢慢地端到拉·索倍拉纳的茅屋里来。每天下午，还有一碗碗的巧克力茶继续不断地送来。

"薇桑黛达反对这种过分的好意。她受不住了！她已经吃得太饱了！可是她的母亲还将她毛茸茸的脸凑上前去，带着一种专横的神气对她说：'吃啊！我叫你吃啊！'薇桑黛达应该想到她自己肚子里的东西……拉·索倍拉纳对于那个躲在她女儿肚子里的神秘动物，有了一种秘密而无法形容的好感。她想象着它，好像清清楚楚地看见了它。这是她的骄傲！为了它，全村的人才来关怀她的茅屋，邻居的妇女们才不停地走过来，而且，她不论走到哪儿，都有女人来问她女儿的消息。

"她只请了一回医生，因为医生打从她门口经过，可是她却一点也不相信他。他听了她的解释，又听她女儿的解释，他又隔着衣裳摸过她女儿的肚子；但是当他说要来一次比较深入的检查时，那骄傲的妇人几乎要把他操出门去。不要脸的！他是打主意看看这少女的身体，自己寻快乐啊；她是那样地怕羞，那样地贞洁，这种办法只要一说起就够使她脸红了！

"礼拜日的下午，薇桑黛达走在一群圣母玛丽亚的女孩子^①的前面到教堂去。她的凸出的肚子，受到她的伴侣们的惊奇的注目。大家都不停地向她问起她的虾蟆，于是薇桑黛达有气无力地回答着。现在，那东西倒不来打搅她了。因为饲养得法，它已经大得多了；有几回它还活动着，但是没有以前那么叫她痛苦了。她们轮流地去摸那个看不见的畜生，去感觉它的跳动；她们用一种尊敬来对待她们的朋友。那教士，一个纯朴而慈悲的圣洁的人，惊愕地想着上帝创造出来为了试验人类的奇怪的东西。

"傍晚，当唱诗班用一种柔和的声音唱起海上圣母颂歌的时候，每个处女的心里都想起了那神秘的动物，又热心地为那可怜的薇桑黛达祈祷，愿她早点把它生出来。

---

① 圣母玛丽亚的女孩子，即唱诗班的女孩子。

"迦拉伏思迦也受到了大家的关怀。妇女们招呼他，年老的渔夫们拦住他，用嘶哑的声音问他。他用一种爱怜的声调喊着：'可怜的女孩子！'此外，他就不再说什么了；但是他的眼睛却显露出他急切盼望着尽可能快地担当起抚养薇桑黛达和她的虾蟆的责任来。那虾蟆，因为是属于她的，他也有些儿爱它。

"有一天夜里，那医生正好在我门前，一个妇人前来找他了，她惊慌地、紧张地指手画脚。拉·索倍拉纳女儿的病已经十分危急：他应该跑去救她。医生却耸耸肩膀，说：'啊，是了！那虾蟆！'然而他却一点没有预备动身的表示。可是立刻又来了另一个妇人，她指手画脚得比前一个还要厉害。可怜的薇桑黛达！她快要死了！她的呼喊声满街都听到了。那个怪物正在咬她的心肝呢……

"为那种使得全个村庄骚动的好奇心所驱使，我便跟着医生前去。到了拉·索倍拉纳的茅屋门口，我们得从那塞住了门口，挤满了屋子的密密层层的妇女堆里开出一条路来。痛苦的喊声，听了叫人心碎的呻吟声从屋子里，从那些好奇的或者惊慌的妇人们的头上传出来。拉·索倍拉纳的粗嗓用那恳求的喊声来应答她女儿的呼喊声：'我的女儿！啊啊，主啊，我的可怜的女儿！……'

"医生一到，那些多嘴的妇人就跟向他下命令似的，

高龙芭

乱糟糟地嚷成了一片。可怜的薇桑黛达在打滚，她已经受不了这种苦痛了；她眼睛昏眩，脸抽痉。应该给她动手术，赶快赶出这个绿色的、粘滑的、正在咬她的魔鬼！

"医生走上前去，毫不理睬她们的话，而且，在我还没有跟上他以前，在那突然降临的沉静中，他用一种不耐烦的粗暴态度讲话了。

"'好上帝！这个小姑娘，她是……'

"他还没有说完，大家从他的语调的粗鲁上，已经猜到他要说的话了。给拉·索倍拉纳推开的那群女人，正像在一头鲸鱼腹下的海浪般地骚动着，她伸开肿胖的手和威吓人的指甲，喃喃地骂着，而且还恶狠狠地看着医生。强盗！酒鬼！滚出去！……村里还留着这么个不信教的人，这完全是村庄上的错处！她要把医生生吞下去！别人也应该让她这么办！……她发狂地在她的朋友们中间挣扎，想从她们中间挣脱身子，去抓医生。薇桑黛达一边痛得微弱地乱叫：'啊唷！啊唷！'一边还愤怒得直骂：'胡说！胡说！叫这坏蛋滚开！臭嘴！啊！完全是胡说！'

"可是医生一点也不注意那母亲的威吓和女儿的越来越响、越来越刺耳的哀叫声，他含怒地、高傲地、来来往往地要水、要布。忽然间，她好像有人要杀她一样地大喊起来，于是在我所看不到的那个医生的周围，起了一片好奇的骚动。'胡说！胡说！这坏蛋！这说坏话的人！……'但是薇桑黛达的抗议声不是孤独的了：在她似乎向天伸诉的无邪的受难者的声音之外，加上了一种从第一次呼吸到空气的肺中所发出的呱呱啼声。

"这时候，拉·索倍拉纳的朋友们不得不拖住她，不让她摸到她女儿的身上去了。她要弄死她！母狗！这孩子是和谁养的？……在威胁之下，那个还不住喊着'胡说！胡说！'的病人，终于断断续续地承认了。'一个她以后从未再见过面的种园子的年轻人……'这是她在一个晚上一时疏忽造成的。她已经记不清楚了！……而且她再三地说她自己记不得了，就好像这是一个无可责难的辩解的理由似的。

"大家全都明白了。妇女们都急于要把这消息传播出去。在我们离开的当儿，拉·索倍拉纳，很惭愧，流着眼泪，要想在医生面前跪下来吻他的手。'啊啊！安东尼先生！……安东尼先生！……'她请他宽恕她的冒犯；她一想起村庄里居民的议论就很失望了。'这些说坏话的女人，她们难道不怕有一天会遭到天罚吗？……'第二天，那些边歌唱边扳网的青年人便会编出一支新的歌曲来！虾蟆之歌！她是不能活下去了……可是她尤其害怕迦拉伏思迦，她很了解这个撒野的人。可怜的薇桑黛达，假如一走到路上，准会给他打死的；而且她自己也会有同样的命运，因为她是做母亲的，她没有好好看管自己的女儿。'啊啊，安东尼先生！'她跪着请求他去看看迦拉伏思迦。他是这么地善良，这么地有见识，一定会说服迦拉伏思迦，教他发誓不来伤害她们，忘了她们。

"医生用他对付威吓时的那种满不在乎的态度来对付她的恳求，毫不客气地回答道：'再看吧，这件事情很难办！'可是一走到路上，他却耸耸肩膀答应了：'我们去看看那个畜生吧！'

"我们把迦拉伏思迦从酒店里拖了出来，三人一起在黑暗的海滩上散步。这渔夫在我们两个这样重要的人物中间似乎很窘。安东尼先生对他说到男子自从开天辟地起的无可议论的高尚；说到妇女因为她们的佻佻而应该受到的轻蔑。况且她们的数目又是那么多，如果有一个女子叫我们憎厌了，我们尽可以换一个！……最后他才将刚才发生的那件事情毫不保留地讲给他听。

"迦拉伏思迦迟疑着，好像他还没有听懂似的。他感觉迟钝，慢慢才领悟过来。'他妈的！真他妈的！'他暴怒地搔着自己的戴着帽子的头，把手放到腰带上，好像在找那可怕的刀子一样。

"医生便安慰他。迦拉伏思迦应该忘了那个少女，不要去逞凶。像他这样一个有前途的青年是不值得为了这个口是心非的女人去坐牢的。何况那真正的罪人是个不相识的农民……而且……她！她早已把这事情忘记得干干净净了，这不是一种可以原谅的理由吗？

"我们一声不响地走了许多时候，迦拉伏思迦还是搔头皮摸腰。突然，他粗声大气地说起话来，把我们吓了一跳；他的声音听起来像是鹿鸣，而不是说话的声音；他不用伐朗西亚话，而用迦斯帝尔话在对我们说，这样就使他说的话格外显得郑重：

"'你们……可肯……听……我说……一件事情？你们……可肯……听……我说……一件事情？'

"他以一种挑战似的神色看着我们，好像在他面前有一个不相识的种园子的青年，而他正要向他扑过去的样儿。

"'好罢！我……对……你们说，'他慢慢地说着，好像把我们认作了他的仇人似的，'我对你们说……现在我……格外……爱……她了……'

"我们惊诧到不知怎样回答才好的地步，仅仅只能和他握握手。"

高龙芭

疯 狂

[西班牙] 伊巴涅思

　　居民们从郊野的各个方向，跑到巴思古阿尔·加尔代拉的茅屋来了；他们怀着又激动又害怕的复杂心理走进了茅屋的门。

　　"孩子怎样了？好些了吗？……"那个被自己的妻子、妻妹们、远亲们（他们都是为了那件不幸的事而聚集拢来的）包围着的巴思古阿尔，又忧郁又满意地接受着那些邻人们对他儿子健康的同情话——是的，他好些了！两天来，这件把全家闹得昏天黑地的可怕"东西"已经不来折磨他了。而那些沉默寡言的农民——加尔代拉的朋友们，正如那些激动得喊出声来的多嘴妇人一样，把脸伸到卧房的门里，胆怯地问："你怎样了？"

　　加尔代拉的独子就在那儿，有时遵照他母亲的命令躺着，他母亲认为病人不可能不需要肉汤和静卧；有时坐着，手托着腮帮，眼睛呆望着房里最黑暗的角落。那父亲呢，当他独个的时候，便皱起粗大的白眉毛，在那荫蔽着他房门的葡萄棚下踱来踱去，或者由于习惯，会向附近的田亩看上一眼，可是他却绝对没有弯下身去拔那已在田里长出来的野草的心情了。这片靠了他的血汗的力气才变得肥沃的地，现在和他有什么关系呢？……他结婚很迟，只有这么一个儿子，这是一个刚强的孩子，像他一样地勤勉又不多说话。他是一个不用命令和威吓就能尽自己的责任的农民，而且当要灌溉，要在星光下就给田亩灌水的时候，他从来不会不在半夜里醒过来的；清早一听见鸡啼，他便会立刻从他的铺在厨房里的一张长凳上的、孩子睡的可爱的床上掀开被窝和羊皮，跳起来，套上他的草鞋。

巴思古阿尔老爹从来没有对他面露微笑。他那父亲是拉丁式的父亲①，家里的可怕的主人，他在工作之后回来独自进食，由他妻子带着服从的态度站立着侍候。

可是在这无上的家主的严肃的面具之下，却深藏着对于这个儿子——他的最好的作品的无限宠爱。他驾塌车驾得多么敏捷啊！他使唤起锄头来，一上一下的那么

① 指严厉的父亲。

用劲，好像把他的腰带都要崩断了，他的衬衫湿得多厉害啊！谁能像他一样地骑驴子不用鞍子，而且姿势优美地只用草鞋尖儿往那畜生的后腿上一碰就跳上了驴背呢？……而且这个种地的人既不喝酒又不喜欢和别人吵嘴。当征兵抽签时，他运气好，抽出一个好数目来；在圣约翰节，他又就要和邻近的一个庄子上的一个姑娘结婚了。那时她不会不带几块田地到她公婆的茅屋里来的。巴思古阿尔老爹所梦想着的是一个快乐的将来：幸福，家族的传统能够光荣而平稳地延续下去。当他年老的时候，另一个加尔代拉会在他祖先垦肥了的土地上耕作着；那时有了一大群逐年增加的孩子，那些小"加尔代拉"会在驾着犁的马的周围玩耍着，会带着几分害怕地看着他们的言语简单，老眼里流着泪水的，坐在茅屋门前晒太阳的祖父！

主啊！世人的幻想是怎样地消灭了啊！……礼拜六那一天，小巴思古阿尔半夜从他未婚妻的家里回来，在田野的小路上有一条狗咬了他；一头坏畜生，它一声不响地从芦苇丛里蹿出来，而且正当那年轻人俯下身去拾石子掷它的时候，它已经在他的肩头很深地咬了一口。他的母亲，她是每夜当他去探望未婚妻的时候，总要等着给他开门的。那夜一看见他肩头的半个乌青圈儿和红红的狗牙齿印，她不由得惊喊起来，急匆匆地跑进茅屋里，忙着准备汤药和敷药。

那孩子见了这可怜妇人的着慌样儿，哭起来了。"不要响，妈妈，不要响！"他被狗咬，这又不是第一次。他身体上还留着许多狗牙齿印，那是在他儿童时代，他到园子里去的时候向茅屋的狗抛石子的结果。加尔代拉老爹由于过去的经验，却在床上毫不紧要地说：明天他的儿子可以上兽医那儿去。兽医会用烙铁在他的伤处烙一烙，那便什么事情也没有了。这就是他的命令，没有商量的余地。

那年轻人是那些开辟伐朗西亚的摩尔人的好子孙，他镇定地让人给他施行手术。一共是四天的休息。就是在这四天的休息中，这个勤劳的人还要带着伤，想用他痛楚无力的手臂去帮助他的父亲。礼拜六，当他在日落后到了他未婚妻的田庄上的时候，人们总是问着有关他健康方面的消息：

"喂！那个伤处现在怎样了？"他在他未婚妻的询问的目光下快乐地耸耸肩膀，随后这一对儿便在厨房的尽头坐下来。他们在那儿互相脉脉含情地对看，或是谈论些买家具和新房里的床的事情，他们俩谁也不敢挨近对

高龙芭

方，坚持着严肃的态度；正如他未婚妻的父亲笑着所说的一样，他们在彼此之间让出了一个可以"操镰刀"的地位。

一个多月过去了。只有做母亲的还没有忘了那桩意外之事，她焦虑地看着她的儿子。啊啊！圣母啊！郊野似乎已被上帝和圣母遗弃了！在当伯拉特的茅屋里又有一个孩子给疯狗咬了一口，现在正活受着地狱般的痛苦。村庄里的人都怀着恐怖去看那可怜的孩子。这是受到同样不幸的母亲所不敢去看的景象，因为她想着自己的儿子。啊！假如这个小巴思古阿尔，这个像一座塔似的结实高大的小巴思古阿尔有了跟那个不幸者同样的命运呢⋯⋯

一天早晨，小巴思古阿尔不能从他睡着的那条厨房里的长凳上起来了。他的母亲扶他上了那张占据卧房一部分地位的婚床，那卧房是茅屋里最好的一个房间。他发着烧，在被狗咬过的地方感到痛得厉害；一阵阵的寒噤来个不停，他牙齿打着牙齿，而眼睛又给一层黄黄的翳遮黑了。那时，本地最老的医师霍赛先生骑着他颠跛的老驴子，带着他的百病万灵药和渗过脏水的缚伤口的绷带来到了。一看见病人，他就皱了皱脸。这病是厉害的，非常厉害！这病只有那些伐朗西亚的名医才能医治，他们比他懂得多。

　　加尔代拉驾起他的马车，把小巴思古阿尔送上马车。那个孩子的病的发作期已经过了，他微笑着，说只感到一点儿刺痛了。回到家里，做父亲的似乎比较安心了。一个伐朗西亚的医师给小巴思古阿尔扎了一针。医师是一个很严肃的人，对病人用好话劝慰了一番，但是又一边盯着他看，一边埋怨他这么晚才来找医生诊治。

　　在一礼拜内，这父子两人每天都到伐朗西亚去。可是有一天早晨，小巴思古阿尔不能动弹了。病又发作了，比前一次更凶，使那可怜的母亲吓得叫起来。他的牙齿轧轧地响，他叫喊，嘴角喷出泡沫；他的眼睛似乎肿了，发黄而凸出，像两粒很大的葡萄。他的肌肉抽动着，站起身来；他的母亲攀住他的颈项，而且惊喊着；加尔代拉，那沉默而镇定的力士呢，却沉着地用力紧紧抱住小巴思古阿尔的手臂，并且强迫他躺下来不要动。

　　"我的儿子！我的儿子！"那母亲哭着。

　　啊！她的儿子，她几乎认不出他就是她的儿子了。在她看来，他似乎已是另外一个人了。从前的他现在只剩了一个躯壳，就好像有一个恶魔附在他的身上，折磨着从这母亲肚里出来的一块肉，并且在这不幸者的眼睛里燃着了不吉祥的光芒。

　　　　　　　高龙芭

随后他又安静下来，显得疲惫不堪。所有邻近的妇女们都聚集在厨房里，谈论病人的命运。她们又骂那个城里的医师和他的见鬼的扎针。是他把病人弄到这种地步的；在未经他诊治以前，孩子已经好得多了。啊！这个强盗！而政府竟不惩罚这种败类！不，除了那些老的药方以外，没有别的药方，那些老的药方是经过好多代人的经验而得到的良药，他们出生在我们以前，当然要比我们知道得多得多。

有一个邻人去请教一个年老的巫婆，她专医被狗和蛇咬伤或是被蝎子螫伤。一个邻妇去拉来了一个眼睛瞎得几乎已经看不见了的老牧羊人，他能不用旁的东西，只用自己的唾沫在病人受伤的肉上画一个十字便会把病给治好。

草药和用唾沫画的十字又重新带来了希望。可是忽然人们看见那个几小时不动又不作声的病人老是向着地上呆看，好像他觉得自己身上有件莫名其妙的东西用一种渐渐增加的力慢慢地攫住了他。立刻病又发作起来了，便把怀疑投到那些争论新药的妇女们的心中去了。

他的未婚妻带着她处女的眼泪汪汪的棕色的大眼睛来了；而且，很怕羞地走到病人身边去，她还是第一次敢于握住他的手。这种大胆使她肉桂色的脸儿都羞红了。

"你怎样了啊！……"而他呢，从前那么多情，却挣脱了这种温柔的紧握，掉过眼睛去，不看他的情人；他在找躲避的地方，好像自己在这种状态中是很可羞的。

做母亲的哭了。天上的王后啊！他的病很沉重了，他快要死了……假如我们照那些有经验的人所说的那样，能够知道咬他的是哪条狗，割下它的舌头来制药，那有多么好啊！……

上帝的愤怒好像在郊野上降落下来。又有许多狗咬了人！人们也不知道在那些狗里哪几条狗是有毒的。人们以为它们全是疯狗！那些给关进在茅屋里的孩子从半开的门里用恐怖的眼光望着广大的平原；妇女们需要成群结队，才敢战战兢兢地走那些弯曲的小路，一听见芦苇丛后有狗的叫声，就都加紧了脚步。

男子们假如看见自己的狗流馋唾、喘气，而且露着悲哀的样儿，就马上怀疑它们是疯狗。那猎兔犬——打猎的伴侣，那守门的小狗，那系在马车边当主人不在的时候看守马车的可怕的大狗，都毫不例外地受人注意着；或是在院子的墙后面干脆地给人打死了。

"在那边！就在那边！"这一间茅屋里的人向那一间茅屋里的人叫喊着，目的在互相通知有一群叫着的、饥饿的、毛上沾满了污泥的狗，它们被人日夜不停地追赶着，在它们眼睛里发出受人捕捉时才有的那样发疯的光芒。郊野里似乎流过了一阵寒潮；茅屋全都闭上了门，还竖起了枪。

枪声从芦苇丛里、长着很高的草的田野里、茅屋的窗户里发出来。当到处给人追赶的流浪的狗飞奔着向海边逃去的时候，那些驻扎在狭窄的沙带上的税警便向它们一齐瞄准，射出一阵排枪来：那些狗掉转身去，正当它们企图打从手里拿着枪追赶它们的那些人旁边窜过去的时候，便在河道边遗留下许多的尸体了。晚上那远远的枪声便统治着整个幽黑的平原。凡是在黑暗中活动着的东西都要挨一枪，在茅屋的四周，步枪以震耳的吼声应答着。

人们怀着他们共同的恐怖，都躲避起来了。

天一黑，郊野里便没有了亮光，小路上没有了活的生物。好像"死亡"已经占领了这黑暗的平原一样。一个小小的红点，好像是一颗光滢的泪珠，在这片黑暗的中央颤动着：这是加尔代拉茅屋里的灯光。在那儿，那些围着灯光坐着的妇女都在叹息，她们带着恐怖，等待着那病人的刺耳的喊声，他的牙齿的相打声，他的肌肉在那双控制他的手臂下扭曲着的声音。

那母亲攀着这使人害怕的疯人的颈项。这一个人眼睛这样突出，脸色这样发黑，像受宰的牲口一样地痉挛着，舌头在唾沫间伸出来，像渴得非常厉害似地喘息着，他已经不是"她的儿子"了。他用那绝望的吼声呼唤着死神，把头往墙上撞，还想咬着什么；可是没有关系，他仍旧是她的儿子，她并不像别人一样怕他。那张威胁人的嘴在沿着泪水的憔悴的脸儿边停住了："妈妈！妈妈！"他在他短短的恢复理智的时候认出她了，她不应该怕他的。他也决不会咬她的！当他要找些东西来满足狂性的时候，他便把牙齿咬进自己胳膊的肉里，拼命地咬着，一直要咬到流出血来。

"我的儿子！我的儿子！"母亲呻吟着。

于是她给他的痉挛着的嘴上抹去了可以致人死命的唾沫，然后把手帕又放到自己眼睛边去，一些儿也不怕传染。那严厉的加尔代拉也绝不介意病人对他望着的那双威吓人而且狂暴的眼睛。小巴思古阿尔，已不尊敬自己的父亲了，可是那个力大无比的加尔代拉却一点也不在乎他儿子的狂性，当他儿子想逃走，仿佛要把自己的可怕的痛苦带到全世界上去似的时候，那父亲便把他紧紧地抱住。

在一次病发作跟另一次发作当中，已经没有很长的平静的时期了：差不多是继续不断地发作了。这个为自己咬伤的、体无完肤的、流着血的疯子老是吵闹着，脸儿是发黑的，眼睛是闪动而发黄的，完全像一头怪兽一样，一点也不像人了。那老医师也不问起他的消息。有什么用呢？已经完了……妇女们失望地哭泣着，死是一定的事了。她们所悲恸的，只是那等待着小巴思古阿尔残酷牺牲的时间很长，可能还要几天。

在亲戚朋友之中，加尔代拉找不出能帮助他来降服病人的大胆的人。大家都怀着恐怖望着那扇卧房的门，好像门后就藏着一个极大的危险一样。他们在小路上跟河道边冒着枪弹的险，那倒还算得上男子汉大丈夫；而且一刀可以还一刀，一枪可以还一枪。可是，啊！这张喷着唾沫的嘴，它会咬死别人的！哦！这种无药可救的病，得了这种病，人们便在非常大的痛苦里抽搐，正如一条被锄头砍成两段的蜥蜴一样！……

小巴思古阿尔已不再认识自己的母亲了。在他最后一次清醒的那几分钟里，他用一种温柔的粗暴行为把她推开。她应该走开！他深怕害了她，她的女朋友们便把她拉到房外去，在厨房的角落里用力按住她。

加尔代拉用他快要消失的意志的最后的力量把那病

人拴在床上。当他用力将绳索把这个年轻人缚在这张他出世的床上缚得不能动的时候，加尔代拉的粗大的白眉毛颤动着，而他的眨动着的眼睛被泪水打湿了。他好像是一个在埋葬他儿子、为儿子挖掘坟穴的父亲一样。那病人在坚硬的手臂里发疯似地扭着、挣扎着；加尔代拉非得用一番很大的力气才能把他镇住在勒到他肉里去的绳索之下。活到这么大的岁数，到后来还不得不干这种事情！他创造了这个生命，可是现在，被种种无补于事的痛苦所吓倒了，只希望这个生命灭亡得越快越好！

……上帝啊！为什么不立刻结果了这不能避免死亡的可怜的孩子呢？

他关上了卧室的门，想逃避这种刺耳的叫声带来的恐怖；可是在茅屋里，这种疯狂的喘息不绝地响着，那母亲的、那围着垂灭的灯火的邻妇们的哭声，跟病人的喘息正闹成了一片……

加尔代拉跺着脚。"女人们，不要响！"可是别人不服从他，这还是第一次。于是他走出了茅屋，避开了那搅成一片的悲哀声。

夜降临了。他的目光落在天边的表示白昼消逝了的那狭长的一条黄颜色上，在他的头上，星光闪耀着。那些已不大看得分明的茅屋里都发出了马嘶声、狗叫声、母

高龙芭

鸡呼雏声；这些都是动物的在睡眠以前，一天里最后一次的惊动。这粗野的人在这平凡的、对于生物的哀乐没有感觉的自然界里，只感到一种空虚。那么，他的悲哀与那在高空临视着他的点点星光又有什么关系呢？……

那远远的病人的喊声又透过了卧房开着的小窗重新来到他的耳边了。他当年做父亲的温柔的回忆都兜上心头来了。他回想起那时抱了年纪太小而常常害病的、啼哭着的孩子在房里踱着步的不眠之夜。而现在这孩子还呻吟着，可是没有希望了，在那提前的地狱的酷刑里呻吟着，等待着死亡来解决。

加尔代拉做了一个害怕的手势，把双手捧住自己的额头，好像要赶走一个残酷的念头一样。随后他似乎又踌躇起来了。

为什么不呢？

"为了他不再受苦……为了他不再受苦！"

他走进屋子去，立刻又走了出来，手里提着他那支双响的旧枪。他向小窗前跑去，好像怕后悔似的，然后把枪伸进小窗去。

他还听见那痛苦的喘息声，牙齿的相打声，凶恶的吼声，这些声音都是很近而且清晰的，好像他就在那不幸者的身旁一样。他的眼睛已经习惯黑暗了，看见那在黑黝黝的房间里的床，那个跳动着的身体，那张在绝望的痉挛中忽隐忽现的惨白的脸儿。

他从小在郊野里长大，除了打猎，没有别的娱乐，他用不着瞄准就可以把鸟打中，现在也害怕着自己手的颤抖和脉搏的跳动了。

那个可怜的母亲的哭声使他回想起许多久远的，很久远的——到现在已有二十二年了！——当同她在这一张床上生下这个独子来的时候的那些事情。

什么！便这样了结嘛！他用噙着泪水的眼睛望着天空，天是黑的，黑得可怕，一颗星也没有。

"主啊！为了他不再受苦！为了他不再受苦！"

于是，他一边念着这几句话，一边端起枪来，随后便用一只发抖的手指扣着扳机……两下可怕的枪声响了……

高龙芭

哀愁的春天

[西班牙] 伊巴涅思

年老的笃福尔和那少女是他们那个被不停地出产弄得贫瘠了的花园的奴隶。

他们又可说是两株生长在这块并不比一方手帕大些（这是他们的邻居说的）的地上的树木；从这地上，他们用劳力去换取他们的面包。人们看见他们不息地弯身在地上，而那少女，虽然看来弱不禁风，也像一个真正的佣工般地工作着。

人们称她为鲍尔达，因为笃福尔老爹的已死的妻子为了要使她没有孩子的家庭快乐些，才从育婴堂中领了她来。她在这个小小的花园里长大起来，一直到十七岁，可是她肩膀很狭，胸口凹进去，而且背脊弯曲，非常的弱，看起来只有十一岁。这小姑娘干咳着；这种干咳不断地消耗她的体力，叫邻近的女人们和同她一道到市上去的村女们为她不安！任何人都爱她：她是这般地勤劳！在黎明以前，人们已经看见她寒颤着，在采蛇莓或是剪花枝了。当轮到笃福尔老爹灌溉时，黑夜里她勇敢地拿起鹤嘴锄在灌溉用的河沟边上掘出一道水路，让那干渴又焦炙的泥土带着一种满足的咕噜咕噜的声音把水吸尽。当送货到马德里去的那些日子，她便像个疯子似的在花园里跑来跑去地加紧采摘，一捧捧地将那些石竹花和蔷薇花抱出来交给那些包捆货物的人装进大筐子里去。

要依靠这样一小块地来生活，就得想尽一切的办法，不要让那块地休息片刻，要像对付一头吃到鞭子之后才肯走的不驯良的牲口一般地对付它。这只是极大的地产中的一小块地，那大地产以前是属于一个修道院的，革命以后，捐助的财产取消时才将它分成一块块的。现在那渐渐扩大起来的城市，由于新建房屋的关系强迫要把这个花园消灭，而笃福尔老爹在不断地咒骂这块负心的土地时，一想到那地主被利饵所引诱，可能决定把它卖掉，他便颤栗起来了。

笃福尔老爹在那块地里工作已有六十年了。"他的血汗全部花在那里！"没有一块泥土是没有出息的！这花园虽然这样地小，可是立在花园中央，看不到墙，它们都给树木和花草的乱丛所遮住了：山楂子树、木兰花、

高龙芭

石竹花的方形花坛，月季花丛，素馨花和西番莲的稠密的花架——一切可以生利的东西，因为城里人的呆傻而值钱的东西。

那个对于自然的美没有感觉的老人，会把花枝像野草般地一把把地割下来，又把那绝好的果子满装在塌车上。这个不知满足的吝啬的老人牺牲了那可怜的鲍尔达。在咳得喘不过气来的时候，只要稍稍地休息一下，她就听到那些威吓的话，或是肩头上挨到一块作为凶恶的警告的泥土。

她的邻近的那些女花园匠都代她抱不平。他正在弄死这个小姑娘：病沉重起来了。可是他总用着那老一套的回答：工作是应当有劲儿的。到了圣约翰节和圣诞节需要付地租的时候，地主是不会听你讲道理的。这小姑娘的咳嗽也不过是习惯的事，因为她每天吃一磅面包和蒸饭罐中的她的一小份儿，有时甚至是极好的食物，譬如葱头烧的大肠啦。礼拜天，他让她去散散心，还把她像一位贵女似的送去做弥撒。不到一年之前，他曾给她三个贝色达①买了一条裙子。况且，他不是她的父亲吗？那年老的笃福尔正如一切拉丁族的农民一样，用古罗马人

---

① 贝色达，西班牙银币的名称。

的方式来做父亲的……对于他们的子女操有生死的大权；他在心底无疑地怀着慈爱，但只采用了皱眉有时是棒打的方式来将那慈爱表现出来……

可怜的鲍尔达从来不出怨言。她也很愿意努力工作，可以不失去这块小小的地；因为在这块地的小径中，她似乎还看见那个年老的女花园匠的打补丁的短裙飘拂，她管这个人叫母亲，当她被她的粗糙的手所抚爱的时候。

她在世上所爱的一切都在那里：那些从小就认识她的树木，那些在她无邪的灵魂中唤醒了的一种广泛的母性观念的花。它们全是她的儿女，是她儿时惟一的洋娃娃。每天早晨她看见开了新的花朵，总要同样地感到一番惊异。她看着它们生长，从它们畏怯地像躲藏似地收紧了它们的花瓣的时候，一直到它们用一种忽然的大胆吐放它们的色彩和芬芳的时候。

那花园为她奏出一支没完没了的交响曲，在这支交响曲中，色彩的和谐混合到那树木的噪响里，混入了繁生着蝌蚪又给叶子遮住的，像一条牧歌的溪流般发着声音的泥沟的单调歌声中去。

在烈日当空，那老人去休息的时候，鲍尔达来来往往地走动着，欣赏着她家里的人的种种美丽，它们都穿上节日的衣裳来庆祝新春。多么美丽的春天！无疑地，那仁善的上帝已离开天堂，降临到人间来了。

那些白锦似的略带憔悴的百合花直立着，正跟可怜的鲍尔达有好多次在画图中欣赏过的在装扮着去赴舞会的小姐一样。那些肉色的茶花使人不由自主地想起那些温柔的裸体、那些懒懒地伸展身体的贵妇人来……那些紫罗兰做着媚态躲藏在叶子里，从它们的芬芳中告诉人们它们是躲藏在什么地方。那些黄色的雏菊散布着，好像是失去了光彩的金钮子；还有那些石竹花正像一群戴红帽子的革命的人，遮满了花畦还向小径进攻。在上面呢，木兰花摆动着活像象牙香炉般的白色杯子，吐出一缕比寺院的香更馥郁的香气。而那些蝴蝶花——狡猾的魔鬼——在将它们紫色天鹅绒的帽子和生有胡子的脸儿从丛叶中间伸出来，好像在眨着眼睛对少女说道：

"鲍尔达，我的小鲍尔达，我们被太阳烤坏了，看上帝的面上！弄些水来吧……"

是的，它们是这样在说；鲍尔达是用眼睛而不是用耳朵听到它们说的。虽然她的背脊疲乏得像要折断了，她还是跑到水沟边去灌满了喷水壶，给这些无赖行个洗礼。它们呢，在淋浴下感激地向她鞠躬。

在割花枝时，她的手是时常颤抖的。她宁愿让它们在原处枯干，可是必须赚钱，而且为了这个缘故就得装满由那些人们运往马德里去的筐子。

她很羡慕那些能出门的女人。马德里……那是怎样的一个地方呢？……她看见一个跟仙境相似的城市，有华丽得像童话里所说到的那样的宫殿，灿烂的磁厅，磁厅里的明镜反映出万道光芒，她还看到许多贵妇们，美丽得跟她的花朵一样。这种幻景是这样的生动，她相信自己在从前，在她没有出生以前都完全看见过。

在那个马德里有位年轻的先生——地主的儿子，当他幼小的时候是常和她在一起玩耍的。可是去年夏天，当他已经变成了一个漂亮的青年来看看地产时，她一见他便羞得躲避开去了。哦！温柔的记忆啊！她只要一想起他们儿时两人一块儿坐在一个河堤上，听人讲那个被人轻蔑，后来忽然变成一个漂亮公主的灰姑娘的故事的时候，她的脸儿就红了。

那些被弃的女孩子总是做的那些梦，于是用它的金翅膀来抚摩她的前额了。她看见一辆华丽的马车停在花园门边，正如同传说中一样有个美丽的妇人喊她道："我的女儿！……我终于又找到你了！"随后她有了华丽的衣服和一所宫殿做她的住所；最后，因为不是在任何时候都有王子可以嫁的，所以她心满意足地嫁给了这位"年轻先生"。

谁知道呢？……可是当她梦想最热烈的时候，现实却利用一个野蛮的方式来唤醒她；这便是老笃福尔掷过来的泥块，同时他还用一种严厉的声音向她喊道：

"快啊！时候到了。"

于是她重新又工作起来，重新又折磨大地，大地的抱怨是开遍了鲜花。

白热的太阳燃烧着那花园，竟使树皮都要爆裂了！在凉爽的早晨，那些劳动者恰像在正午时一样地挥汗工作着；然而鲍尔达是渐渐地瘦下去，而且她的咳嗽也在厉害起来。

她怀着一种无法形容的悲哀吻着那些花朵，她憔悴的脸上的气色和生命力都仿佛给那些花朵偷走了。

谁都没有想到去请医生。有什么用呢？请医生要花费好多钱，而笃福尔老爹对他们又没有信心。鸟兽没有人那么聪明，它们既不知道医生，又不知道药品，然而它们身体并不比人坏。

一天早晨，在市上，鲍尔达的伙伴们一边怜惜地望着她，一边悄悄地耳语。她因为有病，听觉很敏锐，她什么都听到了……她在落叶的时候要死了。

这些话在她变成了一桩烦恼。"死！"好吧！她听天由命！她只担心那个将要孤独无助地留在世上的可怜的老人。可是她希望至少能像她的寄母一样死在仲春，正当那花园在狂欢中装点着最鲜艳的色彩时，而不在那大地上变得非常荒凉，树木像扫帚一般，冬天开的没有生气的花儿含愁地站在花畦上的那个季节里。

在落叶时！……她讨厌那些到了秋天叶子落光了，树枝像骷髅一般的树木。她逃避它们，仿佛它们的影子也是有害的一样。相反的，她爱那株僧侣们在上一个世纪里种下的棕榈树：像个瘦长的巨人，它的头上戴着永生的棕叶冠，像喷泉似的披下来。她疑心自己或许怀着痴狂的希望。可是对奇迹的爱培养着这些希望；可怜的鲍尔达就像那些在一座能够产生奇迹的神像下治病的人一样，总是爱在那株棕榈树下休息，她相信它尖尖的叶子会用荫影来保护她。

她这样地把春天过完了：她在那照不暖她的太阳下，看见地面上蒸出气来，好像要爆裂出一个火山口来似的。吹着那些枯叶的初起的秋风这时忽向她报到了。她越来越瘦，越来越忧愁；她的听觉是那么敏锐，连最遥远的声音都听到了。那些在她头边飞舞的蝴蝶把翅膀粘在她额头的冷汗上，好像它们要引她到另一个世界中去似的；在那个世界里，花枝自己生长出来，一点也不窃取那扶植它们的人的生命来造成它们的色彩和芬芳。

高龙芭

接着来的冬雨不再淋湿那鲍尔达了。它们却落在笃福尔老爹弯曲的背上，他还是在那儿，手里握着锄头，眼睛瞪着畦沟。

他用漠不关心的态度跟艰苦服从纪律的军人般的勇气来完成他的命数。他为了要经常有东西来塞满他的食盒和偿付他的地租，他就必须工作，尽力地工作！

只剩下他独自个儿了……那小姑娘已跟着她的母亲去了。那留下给这老人惟一的东西，就是这块负心的地——这个吸人生命的恶鬼；临了还会把他带走的——常常满披着花朵，芬芳，丰饶，好像绝对没有觉得死亡经过一般！甚至一枝月季都没有枯干去伴随那可怜的鲍尔达的最后的旅程。

七十岁的笃福尔得兼干两个人的活了。他连头也不抬地，格外坚忍地掘着地，对于他周围的负心的美毫无感觉——因为他知道这是做牛马的代价——他只想那自然的美丽的产品能够卖得起好价钱，他为这个希望而兴奋着，又用出那副刈草时漠不关心的态度割着花枝！

墙

[西班牙] 伊巴涅思

　　每当拉包沙老爹的孙儿们和寡妇迦斯保拉的儿子们在郊野的小径上，或是在刚巴纳尔的街上碰到的时候，所有的居民都要提起那桩事变。他们互相蔑视……他们互相用目光侮辱！……这是没有好结果的，而且当人们将那桩事变刚好有些儿淡忘的时候，村子里便又会发生一件新的不幸的事了。

　　法官以及那些别的重要人物都劝这两家世仇的青年人言归于好；而那位教士，好上帝的一个圣徒，却从这家跑到那家，劝他们忘记了从前的耻辱。

　　三十年来，拉包沙和迦斯保拉两家的仇恨把刚巴纳尔都闹翻了。差不多就在伐朗西亚的城门边，在这个河边的微笑的小村落里——它那尖顶钟楼上的那些圆窗好像在看着那个大城市——这些野蛮人带着一种完全是非洲人才有的恶感，不断地掀起新的，在中世纪意大利的大家族间酿成不和的有历史性的争斗和暴力行为。最早，这两家原是很好的朋友。他们的屋子，虽然门是开在两条街上的，却相连在一块儿，只隔着一座分开两家的后院的低墙。有天夜里，为着一个灌溉方面的问题，迦斯保拉家的一个人挨到了拉包沙老爹的一个儿子的一粒枪弹，挺在郊野里死了。他的弟弟不肯让别人说他家里已经没有男子，守候了一个月后，他终于在那个凶手的眉间也射进了一粒子弹。从此以后，这两家的人只是为了要弄死对方的人而生活了，他们都忘了种地，只想趁对方不注意的当儿干一下。有时候在大街上就开枪了，有时候当仇家的人夜晚从田野回家的时候，就在灌溉用的水道旁，密丛丛的芦苇背后或是在堤岸的阴影里可以听见枪声和看见那种凄惨的微光。有时是一个拉包沙家的人，有时是一个迦斯保拉家的人，在皮肉里带着一颗子弹，出发到墓地去了！复仇的渴望非但不能解掉，反而一代一代更厉害起来；简直可以说，那两家的孩子一从娘肚子里出来，就都会伸手要枪去杀他们的仇家的人。

经过了三十年的争斗以后，迦斯保拉家只剩下了一个寡妇跟三个儿子，三个肌肉发达的孩子，都像塔一样结实。在另外的一家里只有那个拉包沙老爹，一个八十岁的老头子，不动地坐在他的圈椅上，两条腿已经不能活动了。这是个心里怀有仇恨，面上起了皱纹的偶像，在这个偶像前，他的两个孙儿立誓要维持他们家庭的荣誉。

可是时代已经变了。现在他们要在过大弥撒以后在空场子上打架是不可能的了。宪兵们眼睛不离开他们，邻居们监视他们。而且，他们中间的任何一个人只要在小路上或是路角上停留几分钟，他便立刻会发现自己被一些人团团围住，劝告他不要动手了。这种防备渐渐地变成了恼人的，而且像一个不可克服的障碍似的隔在他们中间，叫他们感到很讨厌，迦斯保拉家和拉包沙家的人临了就不再你找我、我找你了，甚至有时他们偶然相遇，也要互相避开了。

为了要互相避开、互相隔离，他们便觉得那座分开他们后院的墙是太低了。他们两家的鸡，飞到了木柴堆上，在堆积在那座墙上一捆捆的葡萄藤或者荆棘的顶上亲热得就跟亲兄弟一般，两家的妇女们就都在窗边互相做着蔑视的手势。这简直是不能容忍的。这几乎也成了家庭生活的一部分了。在跟母亲商量过以后，迦斯保拉家的儿子们便把墙加高了一尺。他们的邻居立刻表现出他们的蔑视来，也用石块和石灰把墙增高了几尺。因此，在这种循环不息的默默的仇恨的表现中，墙便不停地升高起来……窗子已经看不见了，就是屋顶也给遮住了……那些可怜的家禽，在这座将它们的天遮掉了一部分的高墙的凄凉的阴影下战栗着，它们忧愁而窒息地啼着，喔喔的啼声越过这座好像是用牺牲者的血和骨头盖起来的墙……

有一天下午，村庄里的钟报告着火警。拉包沙老人的屋子失火了。他的孙儿们都在郊外的地里，有个孙媳妇去洗衣服了。从门缝和窗缝里透出一阵阵着火的干草的浓烟来。好个祖父，可怜的拉包沙在这火势猖狂的地狱里不能动弹地坐在他的圈椅上。他的孙女拔着自己的头发，为了这场灾祸都是她不小心的原故；人们在街上来往地奔走着，都被这场猛烈的火吓住了。有几个比较胆大些儿的人上去把门打开了，可是在那种向街上直冒火星的黑烟的旋涡跟前，仍旧都只好缩了回来。

"我的爷爷！我的可怜的爷爷！"拉包沙的孙女叫喊着，徒然地看来看去，想找一个能够搭救他的人。

那些旁观者都给吓得目瞪口呆了。倒好像他们是看见那座钟楼向着他们走来了似的。三个强健的孩子冲到着火的屋子里去了。原来就是迦斯保拉家的三个孩子。他们互相递了一个眼色，于是一句话也不说，像壁虎一样冲向那浩大的烟火里去。当群众看见他们，他们又现身出来，像迎神赛会似的把那坐在圈椅里的拉包沙老爹高高地抬了出来的时候，便都喝起他们的彩来。他们把老人放下，简直连看也不看他一眼，立刻又重新冲到猛火里去了。

"不要去了！不要去了！"人们喊着。

可是他们呢，他们微笑着，老是冲进去。他们要把他们能救出来的都救出来。假如拉包沙老爹的孙子们在那儿，那么，他们，迦斯保拉家的人是不会来的。可是这是为了一个可怜的老人的关系，他们有勇气的人是应当来援救他的。这时候是轮到抢救家具了。人们看见他们隐没在浓烟里，又在雨一般的火星下像魔鬼似的活动着。

不久，这群人看见两个哥哥把弟弟抱在臂间从屋里穿出来，便大叫起来。一块厚厚的木板掉了下来，把他的腿打断了。

"快，拿张椅子来！"

那一群人，在匆忙中将那拉包沙从圈椅里拉了下来，腾出那张椅子来给那个受伤的人坐。

那个烧焦了头发，被烟熏黑了脸的青年微笑着，忍住使他的嘴唇抽搐着的剧痛。忽然他觉得他的手被一双老人的战颤而粗糙的手所抓住了。

“我的孩子！我的孩子！”拉包沙老爹悲哀的声音呼唤着，他一直爬到了他的身旁。

而且还不等那个受伤的人摆脱了他，那个中风的人用他的没有牙齿的嘴，找着那只他所握住的手吻了许多时候，还流下了许多眼泪。

整个屋子都烧毁了。当泥水匠被雇来另造一所屋子的时候，拉包沙的孙儿却偏不先出清那片堆满了焦黑瓦砾的土地。在准备一切之前，他们须得要干一件最紧要的工作：应该打倒那座该死的墙！手里握着鹤嘴锄，他们亲自来动手开工……

三多老爹的续弦 ①

[西班牙] 伊巴涅思

一

　　培尼斯慕林是一个在伐朗西亚海岸上的睡梦中的西班牙村子。在一片橄榄树和葡萄园多得数不尽的大地上，有像鸟儿停着休息般的雪白的墙垣跟乌黑的屋顶，有一座教堂的盖着红瓦的钟楼。这是一个摩尔人的村子，还遗留下颓废的、古老的城墙。培尼斯慕林！一个像西班牙所有的村庄一样的村庄——一个退步的、沉闷的、不变的、图书般的村庄——是偏见和传说，如火的热情和不死的仇恨的出产地。什么世界大事，生活简单的乡民是一点也不管它的；他们只知道自己的爱情、怨恨和互

---

　　① 原名《良夜幽情曲》。

高龙芭

相发展着的你争我夺的野心。培尼斯慕林——是玛丽爱达、地痞多尼、三多老爹和几千个像他们一样的人物的家乡。

二

三多老爹已经将他要做的事情宣布了。他快要第二次结婚了。

你要是想明白这一种混乱的情形，这一件在培尼斯慕林发生的新闻，那么就应当知道，这一个死了老婆的人，三多老爹是那个地方纳税最多的公民领袖；并且还应知道，那未来的新娘就是村里的美人玛丽爱达，不过她是一个车夫的女儿。她的嫁妆呢？啊，这就是她的嫁妆：一张迷人的、褐色的脸儿，一双像宝石样的、在长长的睫毛下面闪着光的、乌黑的眼睛，一缕缕用小木梳梳到鬓边的煤一般黑的、明亮的鬈发。

整个培尼斯慕林的人都诧异得了不得，愤怒得了不得。人人都谈起了这一件事情。到了那么大的年龄，却还会去娶这么一个小娃儿！世界可不是变了吗？那位三多老爹，他是半个镇上的产业所有者；在地窖里有一百桶好酒，在谷仓里有五头骡子！这些东西都要给谁拿去了？不是一个大家的闺女，却是一片路旁的破瓦——玛丽爱达是一个车夫的女儿，那个小东西从前过的是偷盗的生活，如今长大了，却很情愿在别人家里帮帮忙，混口饭吃！说起多玛莎夫人，三多老人的第一个妻子，她是怎样的一个人呢？她拿来了马育尔街的住宅和她的田地，都给了她的丈夫。在她活着的时候，她还在那一个寝室里置办好了一切她引以为骄傲的家具。现在这些东西可都要送给一个街上的流浪人——从前她为了基督的慈悲，还常叫那个家伙到厨房里来吃饭呢——想到了这事情，她可不要在坟墓里跳起来？

年纪到了五十六，还要为爱情而结婚！这个老傻子可不是疯了？你看他，那女子无论说一句什么话他都同意，脸上还露着愚蠢的笑容，在两道浓眉下面给人勉强看得出来的灰色的小眼睛里还显着有病的闪光呢！

培尼斯慕林人讨论了一星期之后，便断定三多老爹是已经疯了。礼拜天看见了教堂里挂出来的结婚公告时，他们几乎要骚动起来。那儿还有几个多玛莎夫人家里的男子。望过了弥撒以后，他们咒骂得多厉害！是呀，这简直是明目张胆的抢人，先生。多玛莎把所有的产业都给了她丈夫，因为她以为他是永远不会把她忘却的，他会永远地对她的记忆很忠实的。现在那个老混蛋是干的什么事？拿一切产业完全去交给另外一个女人——一个那么年轻的女人！他是五十六岁了！这一种事情会在世界上发生，那简直是"王法"也没有了！告他的状，将嫁妆争回来吧？这样要好得多！但是照了维山德那位牧师所说，现在的法庭是靠不住的了。要是加洛斯先生当权，那么……或许！

那些人都自以为直接受到了这种已经提出的婚姻的伤害，因此都在街头的咖啡店里叽咕着；每一个人都叽咕着，连那些有钱人家的女孩儿也免不了——她们都很愿意拿她们美丽的嫩手献给那个衰老的夏洛克①，现在可不忍看见他将财产都给了一个流浪人。

而且全城的人都知道，玛丽爱达还有一个爱人。那个地痞多尼小时候也像她一样的是一个流氓；近来是做了一个酒店附近的游民，到现在他还一心一意地爱着她。其实，只要等到那个地痞能做一点工，能丢开他所结交的那般朋友的时候，这一对废料便可以结婚了。因为多尼最亲密的朋友就是从邻近村上来的，名字叫做提莫尼的那个风笛手。那人每星期至少要来看他一次，他们两个碰到一块儿便会同到什么小酒店去畅饮一番，随后便

———————
　①　夏洛克，莎士比亚《威尼斯商人》中的贪得无厌的放高利贷的老犹太人。

去睡到什么人家的谷仓里。

多玛莎夫人的亲属忽然看中了这个地痞。他们觉得这一个镇上的游民是可以替他们报仇的。另外那些有点儿身份的人，从前是永没有弯下身来和他说过一句话的，现在却也到他常在喝酒的地方去找他了。

"怎么说，痞子？"他们开着玩笑地问，"他们说玛丽爱达快嫁人了！"

那地痞在他站着的地方踏了踏脚，摸了摸他丢在膝上的那一件闪光的外衣，将他的烟卷儿移到了那一面的嘴角，又对放在面前的那一杯酒望了一会儿。

后来他耸了耸肩膀。

"他们这么说！……好，我们看着吧，混蛋！那个老头子不要吹牛，他还没有拿到这块熏肉呢！"

因此，人人都断定一件有趣的事情快要发生了。三多老爹是一个有钱有势的人。在选举的时候，他可以说一句话。他跟伐朗西亚当权的人们也是很有联系的。他自己也当过几次市长。他曾经多次地在大街上举起沉重的手杖来打身体比他壮的人，由于他们阻碍了他的路。

地痞多尼的胡说，他当然一句也不会放在心里。全市的人都拿得稳，培尼斯慕林一定会闹出事来。

三

　　三多老爹从没有将事情只做了一半就丢开的。在签婚约的日子快到的时候，这一种情形是很明显的。因为他的新娘没有嫁妆，他就自己给了她一份——价值三百两黄金，婚衣、指环、梳子和一切属于多玛莎夫人的家具还都没有算在内呢！村里的姑娘成群地赶到玛丽爱达住的那个地方去——一间破败的小屋，天井里有一辆车，马房里有三匹没有喂饱的小马。她的父亲，那个马夫就住在这个和伐朗西亚大路上最后一间屋子离得很远的地方。她们有的搀着手，有的把手臂环抱在别人的腰上，在堂前一张大桌子的四边走着；她所有的结婚礼物全都陈列在那儿。

　　好东西真多！手巾、台布、手帕、绢布、下衣、裙子、绸缎和亚麻布，上面缀绣着简写的字母和各种花样，依照大小排成一堆，几乎要碰到了天花板！三多老爹所有的朋友和他养着的闲汉都想起了这幸福的一对。在许多的器皿、镀银的刀叉、那地位低一点的人送给新房里的磁质水果盘这一类的东西中，还有一对美丽的烛台，这是一位侯爵送的礼物——那位侯爵是那地方上的政治首领——三多老爹称他为西班牙最大的人物——每次地方上发生了要选侯爵到议会去担任议员这一个问题的时候，三多老爹总要代他指挥一切，或者为他筹划攻击别人。在房间里最显著的地方，在一个架子上放着新娘的珍宝，一对珠耳环，许多别在头发上或者胸口上的别针，金边梳子，三支镶珠的长发针和金链条；这金链条是培尼斯慕林人常说起的东西，因为这是多玛莎夫人在京城的一家大铺子里花了十四个都孛龙才买到的！

"你真好福气！"大家都怀着妒忌的心情对玛丽爱达这么地祝贺着她的幸运，但是她听了，却含羞地红起脸来；她的母亲，一个工作过度的、病态的老农妇，却窘得一个人在那儿悄悄地淌着眼泪；那个车夫踱来踱去地紧跟着三多老爹，他对于他未来的女婿的宽大，竟想不出一句谦虚的、感恩的话来。

那个晚上，婚约便要在车夫的家里宣读而且签字了。证婚人呼良先生在太阳下山的时候，便带了他的书记，坐了一辆二轮车赶到了那儿，衣袋里插着一个便于携带的长墨水瓶，手臂下挟着一卷贴好印花的公文纸。

厨房里特地放好了一张桌子，一座四叉的烛台上点起了火；证婚人骄傲地走了进来。一个多么博学的，一个多么教人忘不了的、熟悉法律的代表人物！呼良先生用土话来读着那原文，在夸大的法律的辞句上，他还加

高龙芭

了好多他自己的解释。你看这位滑稽的人物，这么地穿着黑的长褂，生着一张骄傲的、剃得精光的脸儿，可不是像位教士！这一副眼镜还有什么用处呢，倘若他老是将它高高地搁在额头上？

证婚人念着又念着，他的书记便写着又写着；那支笔在粗糙的、贴好印花的纸上嗖嗖地响个不停。那个时候，助理牧师和两家的朋友都来到了。在堂前的桌上，拿开了那些结婚的礼物，却放上了许多糕饼、糖果，还有馒头、苦杏子和一瓶瓶的甘露酒——有玫瑰的，也有樱桃汁的。

"阿嘿！阿嘿！阿嘿！"呼良先生咳嗽了好多次，从座位上站了起来，摸了摸自己的闪光的长褂，压住了带子，把它朝前拉低了一点，又到前面去拿起了一张写好字的纸来。一粒粒的沙泥从那新鲜的纸张里掉到了桌上。

念到了新郎的名字，他故意地皱了皱眉毛，引得三多老爹忍不住首先狂笑起来。念到了玛丽爱达的名字，他又从桌边站开了一些，让出了地位，模仿着舞场里的旧式油头粉面的舞客的那种模样，深深地鞠了一躬；这样又引得大家都笑开了。但是他读到了婚约里的条文——说起了都字龙、葡萄园、房产、田地、马匹、骡子这一类东西的时候，贪心和妒忌使那些乡里人的脸都发黑了。

只有三多老爹独自个在那儿微笑——那些人一定会知道他是多么有钱有势，知道他对待那选中的女人是多么好，想起了这些事情，他便觉得非常地满意。玛丽爱达的父母忍不住要掉下眼泪来。他这种行为，岂但是大量而已！他们的邻人一致会心地点着头儿。真的，你可以将女儿托付给这么的一个男人，用不到半点迟疑！

签字的手续完毕之后，就摆起小酌来。呼良先生夸耀着他出名的老牌滑稽和一肚子的故事，恶意地用胳膊肘去撞着助理牧师维山德先生的胸骨，还跟那个严厉的禁欲主义者特地计划着举行婚礼那一天的可怕的狂饮。

到了十一点钟，什么事情都结束了。助理牧师走了出去，一边在埋怨自己，为什么弄得这么迟还不去睡。市长也和他同时走了。最后，三多老爹便和证婚人以及他的书记一同立起身来。他已经邀过他们今夜在他家里住宿。

玛丽爱达房子外面的道路是非常地黑暗，黑暗得像在没有月亮夜里的旷野上一样。那些镇里的屋顶上面有繁星在青天的深处闪耀，有几只狗在谷场附近狂叫。村庄是睡着了。

证婚人和他的两个同伴很留心地走着前去，在这些生疏的路上，留心着不要给石子绊倒了。"哦，纯洁的玛

高龙芭

丽亚！"一个粗糙的声音远远地在喊着。"十一点钟——一切多么地好！"守夜人这时候正在那儿巡逻。

在这种墨一般的黑暗里，呼良先生觉得心上起了一种不安的感觉。他觉得在往玛丽爱达家去的那条大路的角落里，看见了可疑的暗号。好像有人守在她门边。

"看哪，看哪！"

突然有件东西爆裂开，接着便是一阵粗糙的、像人们私语般的声音。从那角落里，好像有浓密的火焰穿过空气直射出来，扭着，绞着，迅速地飞舞着，那位证婚人给吓得头发都竖起来了。

放焰火，放焰火！这是什么玩意儿！证婚人倒下在一间屋子的门口，他的助手也害怕地跌倒了。火球打着了他头顶上的墙壁，又跳到了街道的那一边去；过了一会儿又来了，飞过来的时候还嘶嘶地响着，最后才爆裂起来，声音响到几乎要震聋了耳朵。

三多老爹却一点也不怕地站在街道的中间。

"啊，上帝呀上帝！我知道这是谁玩的把戏！你这个混账的囚犯！"

他找到角落里，举起沉重的手杖来想要打下去；在那儿，当然的，他可以找到那个痞子，和一群他的前妻的亲属！

四

从天亮起，培尼斯慕林的钟声就在那儿响了。

三多老爹快要结婚的消息传遍了整个地区；从各方面都有亲友们赶来，有的骑着将颜色花哨的被盖做鞍子的耕马，有的把他们的全家老小都用车子装来了。

三多老爹的家里，已经有一个星期谁也没有好好地休息过一会儿了，现在又要做一个喧哗、拥挤的中心点。在这个快乐的时节，几里路附近的最出色的厨娘都给召集了拢来，在厨房和天井里进进出出地走动着，卷起了她们的衣袖，束高了她们的裙子，露出了她们的白裤子。一捆捆的木柴在近火的地方堆叠了起来。村里的屠夫正在后天井里杀母鸡，将那个地方铺成了鸡毛的毯子。家里多年的女仆巴斯刮拉老妈妈正在那儿破小鸡，从它们的肚里挖出肝脏、心脏和鸡肫来做酒席上用的最鲜美的酱汁跟精美的小吃。有钱是多么幸福！那些客人大部分是穷苦的农民，他们年年只够得上吃些有限的地货，现在想起了一整天的大吃大喝，嘴里都禁不住流起口水来。

这许多好吃的东西在培尼斯慕林的历史上是从来没

有见过的。在一只角上，新鲜面包堆得像一高特①的木料那么多。一盘盘的山蜗牛不住地拿上大炉子去煮。在食橱里放着一个盛胡椒的大锡盒子。啤酒坛一打一打地从地窖里搬出来——大坛子盛着预备在席上用的红酒，小坛子盛着从三多老爹著名的酒桶里取出来的白色的烈性酒，这些东西就是在那地方最会喝酒的人看来，也嫌太多了。说到糖果呢，当然也一篮篮地装了不少——硬得像枪弹一般的糖粉球；三多老爹看着这一种热闹的场面，心里有了一个残酷的想法，停一会儿那些少年人争夺起来的时候，这么硬的糖球可不要在他们的头上打起包块来！

啊，事情很顺利！什么东西都准备好了！什么人都到了！连那个风笛手提莫尼也早已到了——因为三多老爹想在那一天大大地热闹一下，什么钱也不打算节省；他想起了音乐，便吩咐他们要让提莫尼喝一个畅快：这是人人都知道的，他喝醉了酒，奏起乐来便会特别的好。

教堂里的钟声停止了。行礼的时候快到了。婚礼的行列正向着新娘的家走去；女人都穿着最漂亮的衣裙，男子都穿着外面加上蓝背心的礼服，用着一直盖到耳边的高高的硬领。从玛丽爱达家里出来，他们又回到教堂里。

---

① 高特，体积的单位。

带头的是一群跳着舞、翻着筋斗的孩子。提莫尼在他们中间吹着风笛；他抬起了头，将他的乐器高高地举在空中，看去活像是一个长鼻子在仰天吸气。其次便是那结婚的一对，三多老爹戴着一顶新天鹅绒帽子，穿着一件长袖子的外套，腰身似乎太小了一些，还有绣花的袜子和全新的靴子；玛丽爱达——啊，玛丽爱达！她是多么美丽！伐朗西亚没有一位姑娘比得上她！她有一件很值钱的镶边小外套，一件垂着长须头的马尼拉坎肩，一条衬着四五条衬裙的丝裙，一串拿在手里的珠子，一块代替胸针的大金片，此外，耳朵上还戴着多玛莎夫人以前戴过的明珠。

全村的人都等候在教堂前面——有几个多玛莎夫人的亲属为好奇心所驱使，也来到了那儿，虽然他们族里已经议决绝对不参加这一次的婚礼。可是他们只站在背面，踮起了脚尖在看那行列走过去。

"贼！贼！真是个贼！"那被触怒了的一族中有个人在新娘的耳朵上看见了多玛莎夫人的耳环，便这么地喊了起来。但是三多老爹只微微地笑着，好像是很满意的样子。于是行列便走进了教堂。

那些在外边看热闹的人从街坊对面将眼睛移到了屋子里。那个风笛手提莫尼却已经走了开去，好像不愿意听那教堂的风琴来和他的音乐竞争似的。可是他碰见了谁？来的正是地痞多尼跟他的几个喜欢捣蛋的朋友！他们几个人占据了一张桌子，坐在那儿眨眼睛、扮鬼脸。全是些镇上的讨厌东西！一定要闹出乱子来了！妇女们都交头接耳地不知道在说些什么话。

　　但是瞧哪！他们又离开了教堂！提莫尼从那一张摆在路旁的桌子边站了起来，奏着皇家进行曲，从街坊对面回过来了！全村的无赖似乎都从什么垃圾堆里跑了出来，围绕在人口处，"杏子！杏子！给我们些糖果！"

　　"要杏子。要糖果。"三多老爹自己拿起了那些东西丢过去，许多客人也照他的样儿乱掷起来。很硬的糖球从那些顽童的比糖球还硬的头上弹了开去，于是争夺在灰堆里开始了。当护送新娘新郎回家去时，一路上糖果的炮弹还是打个不休。

　　到了酒店的前面，玛丽爱达忽然低倒了头，她的脸儿都变色了。地痞多尼正坐在那儿。三多老爹看见了他，脸上表现出胜利的笑容。那个痞子却只做了个下流的姿态来回答他。他是多么可恶，那个姑娘想，竟敢在她可以骄傲的日子，做出这些讨厌的事情来！

　　在多玛莎夫人的旧住宅里，如今可说是三多老爹的家里，火热的巧克力茶已经在等候着了。"要注意，不要吃得太多——到吃饭的时候还只有一个钟点了！"证婚人呼良先生高声地喊着；但是群众可早已冲到了糖果面前，不一会儿，那足够放得下一百把椅子的大厅里的桌上，已经给扫得一空。

这个时候，玛丽爱达已经走到了新房里，这就是那一间出名富丽堂皇的，从前是多玛莎夫人很引以为骄傲的卧室。她在那儿脱去了婚服，换上一件轻便些儿的衣裳。不久，她又回到了楼下，穿的是一件短袖的便衣，多玛莎夫人的珠宝闪耀在她的臂上，在她的胸前，在她的颈项间，在她的耳朵边。证婚人是在那儿和刚从圣房里赶到的助理牧师闲谈。客人都走到了天井里，他们都想挤到厨房里去看这一次大宴会的最后一刻钟的准备。提莫尼用尽了气力地在吹他的风笛。一大群的顽童还是在外面喊着，跳着，挑引他们再来抛杏子；偶然有几把扔出去的时候，便你争我夺地闹了起来。

"就是巴尔夏查尔也没有举行过这么一个宴会。"这是助理牧师就席的时候所发表的谈论；那位证婚人呢，他当然不愿听见别人的知识比他还要丰富，便说起了一个名字叫做加马曲[①]的人的婚筵，这是他在一本书里看到

①　加马曲，西班牙作家塞万提斯《唐吉诃德》中的人物。

的。那位证婚人决不下，到底塞万提斯是个议员呢，还是《圣经》上的一位先知！天井里还有别的桌子，这是给那些比较不著名的客人坐的。提莫尼是在这一堆人物里，他时时刻刻地在那儿招呼侍者给他斟红酒。

菜是整锅地端上来的，一块块的鸡肉多得几乎像是浮在上面的，酱汁里的米粒一般。那些乡下人也像绅士一般地吃着，他们这一辈子恐怕还是第一次吧！并不是用刀叉在一个公共的锅子里乱抢，却每人都有自己的碟子和盘子，此外每人还有一块餐巾。同时，那些乡里人还要做出客气的样儿来。"试试这第二道大肉片吧。"朋友们会隔得远远地这么互相招呼着，大肉片便挨人传递过去，一直到完了为止。于是有人便会满意地点着头，微微地笑着——似乎这第二道大肉片是特别比旁的几道菜好的那种样子。

玛丽爱达坐在她丈夫的身边，却吃得很少。她脸色灰白，痛苦的思想使她皱拢了眉头。她神经过敏地呆看着那扇门，好像地痞多尼随时都会在那儿出现似的。那个流氓什么事儿都干得出来！她向他告别的那一晚上，他骂得她多厉害！照理，她应该想念他——应该懊悔自己自私自利为了金钱而结婚。但是很奇怪，她对于痞子的妒忌却相反地觉得有几分满意。他爱她！想起这件事来是很有趣的——现在他是被遗忘了。

盘子渐渐地空起来。煮肉已经吃完了，炙肉也都装进了那些贪吃者的喉咙了。现在来装点这个宴会的便是粗俗的玩笑和戏谑。有几个客人喝醉了酒，竟僵了舌头，大胆地跟两位新人调笑起来。这样便引起了三多老爹满意的笑声，同时却使玛丽爱达窘得涨红了她本来是浅褐色的脸儿。

上最后一道菜的时候，玛丽爱达站起身来，手里托着一个盘子，沿席面地环绕过去。赠送新娘的零用钱！她用了小姑娘般的声音请求着。于是都孛龙、半都孛龙和各种名称的金币纷纷地落进盘子里去。那些新郎的亲属给得特别多，因为希望他在遗嘱上不要忘了他们！

助理牧师可只拿出了两个贝色达，推说在这个自由主义的时代，教会真是穷不过来。

玛丽爱达走完了之后，便将盘子里的钱币都叮叮当当地倒进了袋子里去：这是多么好听的声音哪！

现在这个宴会真可以算得是个宴会了。许多人同时都说起话来。外边的人们也都拥到窗边去看这快乐的一群。

"蓬啪！蓬啪啪！"

听见了这个敬酒的信号，大家都静了一会儿。那个喜欢开玩笑的人摇摇摆摆地站了起来：

敬一杯新娘，

敬一杯新郎，

下次再邀我，假使还有这辰光！

那一群人便大声地呼喊着，也不觉得这一种调笑在他们祖父的时代已经要算是太旧了：

"曷衣搭儿！……曷衣搭搭搭儿！"

于是每一个人便轮流地跳起身来，唱着诗，说着那"快乐的一对"的笑话；后来笑话是愈说愈下流了，害得助理牧师不得不逃上楼去！妇女们是聚集在隔壁一个房间里。

有一个人忽然高兴得不由自主了，竟将酒杯打碎在桌上。这正是一个开始炮击的信号。客人们把所有的碗盏都打破在地板上，于是向三多老爹抛着面包块、糕饼、杏子、糖果，最后便抛着瓷器的碎片。

"算了，我说算了吧。"玩笑真个开得太不成话了，新郎便喊了起来，"算了吧！"

但是那些人都喝醉了酒，正想大闹一场。他们攻击得反而厉害了。助理牧师跟妇女们吓得都赶下楼来，以为发生了什么大事。

三多老爹的续弦　　　　　　　321

"给我走开去，走开去！"三多老爹发起怒来。他挥动着粗重的手杖，将那些客人一个个地赶到了天井里！从那儿，石子和别的东西又纷纷地飞向窗边来。

"真闹得太不成话了！"

五

到了夜里，住在远处的客人提高了嗓子唱着歌，祝贺这对新人永远快乐，便陆续地先走了。后来村里人也都走上了黑暗的街道，在高高低低的铺道上，妇女们各自当心着她们七颠八倒的丈夫。证婚人已经在一个角落里睡着了，眼镜是架在鼻尖儿上；他的书记走去唤醒了他，将他一把拖出了大门。到了十点钟，只有两家的至亲还都留在那儿。

"宝贝女儿呀，宝贝女儿呀，"玛丽爱达的母亲在哭，"你去了！"照她那么可怜的样儿看来，或许你会当她的女儿快要死了呢。

那车夫可不是那么的样儿！他喝了太多的酒，只怀着戏谑的心情，不住地在反对他妻子的忧郁，"你从前不是这样的！我把你带去的时候，老太婆，你不是这样的！"后来他拉开了她们母女两个，也不管老太婆哭不

高龙芭

哭，把她拖到了门边。

那女仆巴斯刮拉妈妈也回到了她自己的阁楼里。这天特地雇用的侍者和厨子都已经回家去了。屋子里沉寂起来。只有三多老爹和玛丽爱达两个人还坐在依旧有许多烛光照耀着的、混乱的宴会室里。

他们静悄悄地坐了好一会儿——三多老爹在赞赏他已经得到的姑娘。她穿着棉衣，躺在长榻上是多美丽！又是多年轻啊！"和这个老傻瓜一块儿，真是倒楣！"玛丽爱达心里在那样想，同时地痞多尼的幻影还紧紧地在她眼前浮动。

远远地，一座钟响了。

"十一点！"三多老爹说。他从椅子上站了起来，将那些宴会室里的烛火吹熄了，只剩了一支拿在手里，他说：

"现在是上床去的时候了。"

他们刚走进一间大卧室，三多老爹就停止了脚步。

附近四周围突然大声骚乱起来，好像末日审判的时候已经到了培尼斯慕林。可怕的抛扔锡罐头的声音，猛烈地摇动几百个铃铛的声音，用棍子打板壁的声音，向屋子四面掷石块的声音，还有正打从卧室的窗口射进来的焰火的闪光。

三多老爹忽然想起了这些事情的用意。

"我不知道是谁指使的把戏嘛！即使这家人不怕坐牢，我也有办法可以立刻对付他！"

玛丽爱达听到了这些喧闹声，先是吓了一大跳，后来却大哭起来，她的朋友们已经警告她过了："你嫁给那个死了老婆的人，到了那个时候，你一定可以听见一支良夜幽情曲！"

啊，这真是一支良夜幽情曲！吵闹了一会儿之后，便听见了许多讽刺的诗句，接着又是喝彩声、狂笑声，还有伴和着一支风笛的歌声，这些都是在说明新郎的年龄、权力以及怪模样儿，暗示着玛丽爱达过去的生活，预言着将来和年老的丈夫在一起所能享受到的幸福！一个沙沙的声音在夸耀着和新娘过去的关系，玛丽爱达立刻就明白了这个情况。

"你这猪猡！你这恶狗！"三多老爹大骂着，在卧室里走来走去地跺着脚，举起了拳头在空中乱打，好像想把这些冷嘲热骂立刻都打死了的一样。

忽然他起了一种不可理解的好奇心。他定要看看，那些敢到他面前来放肆的人究竟是谁！他吹熄了烛火，从窗帘的一角窥望下面的街道。

好像全村的人都拥挤在近旁。沿铺道照耀着二十多个

高龙芭

火把，什么东西都笼罩在青色的火光里了。第一行站着的是地痞多尼和多玛莎夫人的所有的亲属。那一个在他家里快乐地做了一天客人的风笛手提莫尼也在里面！在他的口袋里，或许还剩着他在八点钟时拿到的钱呢！这坏蛋！这不要脸的东西！那些诗句或许大部分还是他编的呢！

三多老爹觉得自己干了一生的事业，现在轻易地从指缝中间就溜跑了。他可不是全镇的领袖吗？现在他们都很乐意地在那儿看着他丢脸，甚至还敢对他放肆起来，都只为了他自以为够得上娶这位美丽的姑娘的原故！他的血液——一个会得管理整个政治区域的，发出命令来总要别人服从的贵人的血液——在身上沸腾了起来。

又发生了一阵子摇牛铃、敲盆子的喧闹声。

那个痞子又喊起一些有关"美人和畜生"的诗句来，接着便是一首《三多老爹快要钻进坟墓去》的挽歌。

"介奇，介奇，介奇！"这是多尼从一首挽歌里摘下来做叠句的；大家听了，也跟着同样地唱了起来。

这个时候，那流氓已经看见了三多老爹在窗口的脸儿。他从地上拾起一件东西，顾自走进天井去。这是一对缚住在一根棒上的大号角。他把它们举到了窗边。别的人抬了一口棺材进来，里面放着一个眉毛长到几码的木头人。

三多老爹又愤怒,又丢脸,给作弄得眼睛都花了;他退了下去,挨着墙壁摸到一个黑房间里去,拿到他的枪,又回到窗边来。他掀起帘子,打开了窗子,几乎是无目的地接连开了好多枪。

那一群人激动起来了,只听见一阵可怕和愤怒的叫喊。火把熄了,接着便是向各方面逃避的声音,同时有人叫着:

"行凶! 杀人! 这是三多! 那个贼! 杀死他! 杀死他! "

三多老爹可没有听见。他坐在房间中央,手里拿着枪,昏乱得什么也想不起来。玛丽爱达已经吓倒在地上了。

"现在可住嘴了吧? 现在可住嘴了吧? "他只是喃喃地说。

忽然传过一阵脚步声来,又有人在门上重重地敲着,说:

"开门,有公事! "

三多老爹这时才头脑清楚了。开了门儿,一队警察走进房来,他们的鞋钉在光滑的地板上踏得非常响。

三多老爹在两个警官中间走到了天井里,他看见地上挺着一个死尸。这正是地痞多尼,现在已经给打得像筛子一样。每一粒子弹都打中了他。

多尼的朋友全拔出了刀，围绕在那儿；提莫尼也在里面，他举起了风笛，想冲到三多老爹身边去。

但是警官将群众赶散了。三多老爹在他们中间走着，脑子又重新胡涂起来。

"多有趣的新婚夜！"他模糊地说，"多有趣的新婚夜！"

简述戴望舒的早期创作和翻译

（代后记）

陈　武

1

戴望舒的文学创作，始于他的中学时期。

1919 年五四运动那一年，戴望舒 14 岁，考入了杭州宗文中学。读书期间，戴望舒开始文学创作。创作的第一篇文学作品，是短篇小说《债》，写于中学第三年的 1922 年 8 月，发表于《半月》杂志第 1 卷第 23 期。《半月》杂志为半月刊，1921 年 9 月 16 日创刊于上海，先后由上海半月社和大东书局发行，周瘦鹃任该刊编辑。周瘦鹃是鸳鸯蝴蝶派作家，由他出任编辑，自然还是偏向于这一方向，即以才子佳人、男女私情、社会传奇等面向大众的文艺作品为主，每期以小说主打，亦有少量散文发表，是鸳鸯蝴蝶派的重要阵地，当时有名的鸳鸯蝴蝶派作家如包天笑、顾明道、李涵秋等，都在《半月》上发表小说。17 岁的戴望舒第一篇小说即在《半月》上发表，给他的文学创作带来极大的信心。紧接着便在杭州出版的《妇女旬刊》上陆续发表《势之升长（理想派剧）》《波儿（续）》等文章。宗文中学是一所私立学校，受当时风气的影响，该校有不少年轻人热爱文学，比如张天翼、杜衡等，他俩只比戴望舒晚一届。就在戴望舒发表第一篇文学作品《债》的同一月里，戴望舒、张天翼、施蛰存、叶秋原、李伊凉、马天骙、杜衡七个热爱文学的青年，在杭州成立了兰社。年底，兰社成员在杭州飞来峰下的冷泉溪畔聚会并摄影留念。照片以《冷泉兰影》为题，分别写上了他们的笔名"梦鸥、涤源、寒壶、无诤、鹃魂、弋红、伊凉"发表于《星期》第 42 期上。《星期》也是鸳鸯蝴蝶派主将包天笑主编的一本综合性文学刊物。从此，这个规模不大的团体中的各位作者，以不同的姿态和面目出现在沪杭一带出版的各种报刊上，戴望舒的创作和翻译，也由此拉开了序幕。1922 年 10 月，他的短篇小说《五百五十年间》发表在《妇女旬刊》第 87 期上，不久后的 11 月，另一篇短篇小说《虚声》又发表于该刊第 90 期上，12 月又在《半月》第 2 卷第 7 期上发表短篇小说《卖艺童子》，此外《红杂志》第 1 卷第 8 期和第 1 卷第 16 期上还发表了他的短文《滑稽问答》、两篇笑话《拍卖所中》和《死所》。《红杂志》也属于鸳鸯蝴蝶派，在 1924 年 8 月出版第 100 期时，改为《红玫瑰》，由严独鹤任名誉主编，主要作者除严独鹤外，还有赵苕狂、包天笑、郑逸梅、徐枕亚等人。1923 年 1 月，戴望舒又在《星期》第 45 期上发表短篇小说《母爱》。

年轻的戴望舒，其早期创作，很大程度上，受到了鸳鸯蝴蝶派的影响，不仅他发表作品的杂志是由鸳鸯蝴蝶派主将担任主编，就是其作品也具有鸳鸯蝴蝶派的特质。如《滑稽问答》，共由 15 则问和答组成，就具有插科打诨和消遣闲趣的特点，如"（问）世界最小之梁为何？（答）鼻梁。""（问）何物为士人所不需，且永不得有，然为女子所必欲得者？（答）夫。""（问）何物一度见之而后永不得见者？（答）昨日。""（问）何种账目为算不清者。（答）混账。"再如笑话《死所》，是一个胆小的人和一个水手的交谈，胆小的人问水手的父亲死在哪里，水手回答死在海里，又问其祖父死在哪里，也是死在海里。胆小的人就很纳闷，既然这样，你为什么还要做水手呢？意思是不怕死在海里吗？水手又问胆小的人

高龙芭

父亲和祖父死在哪里。胆小的人都说是死在床上，水手最后说，如此你天天为啥还要到床上去睡觉？戴望舒早期的小说，同样也具有鸳鸯蝴蝶派小说的影子，如《债》《卖艺童子》《母爱》等。

2

1923年1月，对于戴望舒来说极其重要，还是一名中学生（四年级）的他，就和兰社同仁创办了杂志《兰友》旬刊，并担任主编，社址和编辑部就设在他的家中，即大塔儿巷28号。该旬刊为报纸型，横向八开，每期出4至8页不等，每旬逢1出刊，以刊登旧体诗词和小说为主，也有短论和杂文。这也是戴望舒走上编辑生涯的起点。在他中学的最后一学期中，他的主要精力都用在了办《兰友》旬刊和文学创作上。这年的2月，他在《兰友》第5期上发表了短论《说侦探小说》。在3月出版的《兰友》第7期上，又发表短篇小说《牺牲》，第8期上发表散文《回忆》。在5月里，他在《兰友》第12期上发表短篇小说《国破后》，13期又发表短篇小说《跳舞场中》。在6月和7月里，继续在《兰友》发表作品，短文《文坛消息》和《描写之练习（一）》就发表于这一时期。《兰友》旬刊到 1923 年 7 月 1 日第 17 期停刊，主要原因是，18 岁的戴望舒中学毕业后，和施蛰存一起进入上海大学读书，无暇编辑旬刊。随着《兰友》的停办，兰社社友雄心勃勃的另一个计划"兰社丛书"八种也随之未能出版，这八种图书，除了戴望舒的《心弦集》外，还有施蛰存的《红禅集》、张天翼的《红叶别墅》、李伊凉的剧本《苎萝村》等。

虽然文学的初心和出版事业因为学业等原因暂时处于停顿状态，但补充知识、蓄势待发也是成功道路上必然要经历的。即便如此，中学时期的文学创作，成立"兰社"的文学活动和编辑出版《兰友》的办刊实践，都为戴望舒后来的成功助了力，施蛰存曾写过一首诗，记录了他和戴望舒这一时期的友谊："湖上忽逢大小戴，襟怀磊落笔纵横。叶张墨阵堪换鹅，同缔芝兰文字盟。"即由文字结盟，成为终身好友。

3

戴望舒和施蛰存入学的上海大学，校长由大名鼎鼎的于右任担任，总务长由邓中夏担任。上海大学当时的教员还有陈望道、张太雷、恽代英、施成统、沈雁冰（茅

高龙芭

盾）、田汉、刘大白、俞平伯、邵力子等进步开明人士，戴望舒所入的中文系，主任正是陈望道。而上述这些文化人都曾是戴望舒的任课老师。他的同学中还有丁玲、孔另境等人，并经常一起到沈雁冰家求教文学问题。

　　戴望舒在上海大学读了两年书，文学创作基本处于停顿状态，但是文学修养和思想却相应成熟了很多，视野也得到了开阔。1925 年 5 月 31 日，上海爆发了"五卅"惨案，上海大学学生上街游行，声援工人群众，戴望舒也在学生游行队伍中。到了 6 月 4 日，上海大学被查封，戴望舒等人失学。这年秋，戴望舒入法国人办的上海震旦大学法文特别班读书，同学中有刘呐鸥（原名刘灿波），他是中国台湾台南县人，家境富裕，租住在霞飞路上的一幢楼房里，戴望舒和施蛰存常去看他，探讨文学创作，并结下了深厚的友谊。在震旦大学读书期间，戴望舒阅读了大量的法文文学作品，尤其喜欢波特莱尔、魏尔伦等象征派诗人的诗歌。施蛰存在《戴望舒译诗集》（湖南人民出版社 1983 年版）的序中写道："望舒在神父的课堂里读拉马丁、缪塞，在枕头底下却埋藏着魏尔伦和波特莱尔。"1926 年 3 月，戴望舒与施蛰存、杜衡创办的《璎珞》杂志正式出刊，第一期即有戴望舒的散文《夜莺》和新诗《凝泪出门》，另有翻译的魏尔伦的诗歌《瓦上长天》。在第二期上，发表新诗《流浪人的夜歌》。在第三期上，发表新诗《可知》和魏尔伦译诗《泪珠飘落萦心曲》。1926 年夏，戴望舒从震旦大学特别班毕业以后，因家庭经济无法承担学费而无力赴法。于是戴望舒就找到在大同大学读三年级的施蛰存和在五年制南洋中学毕业的杜衡商量一个计划，即施蛰存和杜衡到震旦大学法文特别班读一年书，戴望舒升入震旦大学法科一年级，一年后，三人同时赴法，这样，经济上和学业上就能互相照应了。但是，到了 1927 年 4 月，因戴望舒、施蛰存、杜衡在校期间参加进步活动，加上血腥的"四一二"事件，三人商量后，决定各自回家暂避，戴望舒和杜衡回到了杭州，施蛰存回到了松江。1927 年 9 月 6 日，上海《申报》刊登《清党委员会宣布共产党名单》，内称"震旦大学有 CY 嫌疑者施安华、戴克崇、戴朝寀。"施安华是施蛰存的笔名，戴克崇是杜衡的本名，戴朝寀是戴望舒的本名，由于当时入学时，施蛰存注册用的是笔名，而戴望舒和杜衡用的是本名，致使戴望舒和杜衡在杭州遭遇了告密，二人便逃到松江的施蛰存家躲避，住在施家一间小厢楼上。在接下来不长的时间内，三人反而有了更多的时间从事文学交流、创作和翻译，施家的小厢楼便被戏称为"文学工场"。

1927年12月，戴望舒创作的新诗《诗三首》，发表于《莽原》第2卷第21期上，三首诗分别是《十四行》《不要这样盈盈地相看》《回了心儿吧》。

4

戴望舒的翻译、创作及编辑工作几乎是同步进行的。他的第一篇翻译作品《贪人之梦》发表于1922年10月出版的《妇女旬刊》第85期上，原作者为Oliver Goldsmith，另一篇译作《误会》也发表于该刊。此后，戴望舒便和文学翻译结下了不解之缘。如果从编辑（出版）、创作、翻译三方面来比较，无疑，他的文学翻译成就最大。1923年3月，戴望舒翻译的小说《等腰三角形》，载《兰友》旬刊第6期。5月翻译的长篇冒险小说《珊瑚岛》也连载于《兰友》旬刊。

如果说戴望舒的前期翻译还只是牛刀小试的话，住在施蛰存家小厢楼上的"文学工场"时期，算是真正的大显身手。初到施家时，"读书闲谈之外，大部分时间用于翻译外国文学"（施蛰存《最后一个老朋友——冯雪峰》），在短时间内，戴望舒就翻译了法国作家夏多布里昂的《少女之誓》《阿达拉》《勒内》。戴望舒、施蛰存、杜衡三位青年还制定了种种创作、翻译、出版计划，沉浸在笔耕及畅想的快乐中。1927年9月底，戴望舒和刘呐鸥去了一趟北京，想在北京继续谋求学业，但情形并不理想，却认识了冯至、魏金枝、沈从文、冯雪峰等青年作家，还在上海大学同学丁玲那里见到了胡也频。戴望舒于这年12月底回到上海，继续在施蛰存家小厢楼的"文学工场"里和朋友们聊文学理想并从事写作和翻译，1928年初，冯雪峰也从北京来到上海，加入"文学工场"。"文学工场"有了新鲜力量，开始有计划地从事翻译工作，戴望舒和冯雪峰选译了一部《新俄诗选》，还分头翻译了《俄罗斯短篇杰作集》（第一集、第二集），戴望舒和杜衡合译了英国19世纪的颓废诗人陶孙的诗集。在1928年9月，为了更快更多地发表他们的翻译和创作作品，刘呐鸥和戴望舒、施蛰存等人创办了《无轨列车》杂志，在刊登的广告中，明确的办刊方向是刊登"欧美日本各国现代的名著"，第一期发表的翻译作品是描写俄国革命的《大都会》，此后还陆续发表戴望舒的翻译作品，如《懒惰病》《新朋友们》《我有些小小的青花》等。但是好景不长，刊物很快就被查封。他们又办起了水沫书店。在1929和1930年短短的两年中，水沫书店除出版创作图书外，还出版了多部翻译作品集，其中就

高龙芭

有戴望舒的《爱经》《唯物史观的文学论》等。戴望舒
还在开明书店出版了翻译童话《鹅妈妈的故事》《天女玉
丽》，在上海光华书局出版《屋卡珊和尼各莱特》。和徐
霞村合译的西班牙作家阿左林的散文集《西万提斯的未
婚妻》由上海神州国光行社出版。莎士比亚剧本《麦克
倍斯》，由上海金马书店出版。除这些翻译作品集外，戴
望舒还在许多杂志上发表翻译作品，如在《新文艺》上
发表了高莱特的小说《紫恋》和阿左林的散文《修车人》
等。一时间，戴望舒的翻译之名盖过了他的创作之名。

5

在从事大量的文学翻译时，戴望舒依然坚持文学创
作，特别是在新诗方面。

1928年夏天，戴望舒的新诗创作迎来爆发，写出了
一批代表作，在8月10日出版的《小说月报》第19卷
第8期上发表了著名的《雨巷》，同时发表的，还有《残
花的泪》《静夜》《自家伤感》《夕阳下》和 Fragments。
特别是《雨巷》，影响甚大，在青年人中传为美谈，连
著名作家叶圣陶都称赞他是"替新诗底音节开了一个新
纪元"。因为在当时，五四时期涌现出来的大批诗人，对

于新诗的发展抱有失望的情绪，有的甚至搁笔，包括朱自清、俞平伯等实力派诗人，有的忙于新诗格律化的试验，所以，戴望舒的《雨巷》有点"横空出世"之感，因此他也被冠以"雨巷诗人"的名号。这首诗还隐藏了诗人一段凄美而遗憾的爱情，起因要从1927年9月说起，戴望舒因逃避国民党当局的抓捕，暂时居住在松江的施蛰存家。据《施蛰存先生编年事录》（沈建中编撰）记载，施蛰存共有四个妹妹，大妹施绛年，二妹施咏沂，三妹施灿衢，四妹施企襄。戴望舒和施蛰存是最要好的朋友，吃住在施家，必定熟悉施家的所有成员，年仅22岁的戴望舒，萌生了对施家大小姐施绛年的暗恋之情。在戴望舒失学之后的1928年春夏，长达半年多的时间里，戴望舒因为写作和筹办杂志，从上海多次来到松江的施蛰存家，在曾暂住过的那间小厢楼上从事文学活动，施蛰存曾有诗记之："小阁忽成捕逃薮，蛰居浑与世相忘。笔耕墨染亦劳务，从今文学有工场。"戴望舒在数次往返中，不止一次地和施绛年邂逅于那条通往施家的古老小巷，也多次看过施绛年打着油纸伞的背影，于是，一首《雨巷》就从心中涌向笔端。《雨巷》之后，还有《我底记忆》《烦忧》《少女》等伤感的诗，无不袒露了戴望舒对施绛年的一片爱恋之情，特别是在1929年4月出版的诗集《我底记忆》（水沫书店出版），已经公开向施绛年示爱，在该诗集扉页上标有法语"A Jeann"字样，"A"是"致"的意思，"Jeann"是法国女孩的名字，读音和"绛年"相近，意为该诗集是"致绛年"的。据说，施绛年对于戴望舒的示爱一直无动于衷。苦闷中的戴望舒动了自杀的念头。但他的追求却得到施蛰存的支持。于是，在1931年的某天，戴望舒一手拿着安眠药，一手拿着求婚戒指向施绛年求婚，所幸（也许是不幸）这次求婚成功了。1931年10月1日出版的《新时代》上，有一篇《戴望舒与施蛰存之妹订婚》的文章，披露了这一信息。至此，戴望舒长达数年的追求总算有了结果。但是，追求现实主义的施绛年却给戴望舒出了一道难题，或是"缓兵之计"也未可知——她要求戴望舒赴法国留学，学成后完婚。就在戴望舒1932年10月远赴法国留学不久，施绛年已心有所属，爱上了邮政储金汇业局的同事周知礼。关于周知礼，据相关资料，他是江苏常熟人，1924年考入复旦大学商科，曾在邮政储金汇业局工作，和施绛年是同事，后又在上海北极冰箱公司工作。据1929年6月30日出版的《今代妇女》第9期发表的郑国懿和周知礼的结婚照片的说明文字显示，周知礼早就是已婚人士，照片说明曰："郑女士为复旦大学预科毕业。周君系复旦大学商业学士。此次结合，实为复旦大学男女同学第一次之成绩也。"另据1935年《复旦同学会会刊》消息，二人已经"儿女成群也"。也就是说，当时施绛年爱上了一个有妇之夫。所以，在戴望舒留法期间和施绛年的通信中，戴望舒已经感受到施绛年的日渐冷淡，并从施蛰存的信中知道一切。情感受到重创的戴望舒，学业也受到了影响，1935年春，他被里昂中法大学开除。戴望舒只能于3月乘船回国，4月到达上海。这次法国求学之旅，爱情没有结出果实，学业也无所成。回国不久，在苦求无果的情况下，戴望舒和施绛年解除婚约。近八年的爱情以这样让人唏嘘的方式结束了，空留《雨巷》在人间。

再说1928年夏，戴望舒与施蛰存、冯雪峰、杜衡等志同道合的朋友决定创办《文学工场》杂志，并且已经编好了第1期和第2期。但是在出版印行方面，却遇到了阻力，光华书局老板认为该杂志内容"太左"，不敢印行，《文学工场》就此夭折。这年的9月，刘呐鸥在上海的四川北路和西宝兴路口创办第一线书店，编辑印行刊物《无轨列车》，邀请戴望舒和施蛰存参加，戴望舒在该刊先后发表了《路上的小语》《夜是》《断指》《对于天的怀乡病》等新诗。1929年9月，与施蛰存、刘呐鸥编辑《新文艺》文学月刊，至1930年4月出到第8期

高龙芭

时被禁停刊。这一期间，戴望舒的一些新诗如《到我这里来》《祭日》《流水》《我们的小母亲》等和译诗及翻译小说都发表在《新文艺》上。1930年3月，经冯雪峰介绍，戴望舒和杜衡参加"左联"成立大会，成为"左联"第一批成员。1931年秋和施绛年订婚后，创作的新诗《村姑》《三顶礼》《二月》《我的恋人》《款步》《小病》等以《诗六首》的形式发表于《小说月报》第22卷第10号上。《北斗》杂志在同一月出版的第1卷第2期上也发表了戴望舒的新诗《昨晚》和《野宴》。1932年1月，淞沪战争爆发，施蛰存回松江中学任教，戴望舒回到杭州筹划出国事宜。到了这年的5月，施蛰存主编的文艺月刊《现代》在上海创刊，戴望舒回到上海，参与杂志的编辑，至这年10月赴法留学时止，戴望舒在《现代》杂志上发表的新诗有《过时》《印象》《前夜》《有赠》《游子谣》《夜行者》《微辞》等，多达十几首。

6

　　1932年10月8日，27岁的戴望舒因为要圆爱情梦而赴法求学，这是他人生的转折点，也是他创作的转折点。在法期间，除了上课，主要经历就是从事翻译工作。翻译的苏联作家伊万诺夫的长篇小说《铁甲车》由上海现代书局出版；翻译的《法兰西现代短篇集》由上海天马书店出版，该书收法国12位作家的12部短篇小说。此外，戴望舒还在1933年8月编辑出版了他的第二本新诗集《望舒草》，由杜衡作序，列入"现代创作丛书"，由上海现代书局出版，收新诗41首和《诗论零札》17条。1935年春，戴望舒从法国回国后，在上海继续从事出版、翻译和创作。抗日战争期间，上海沦陷，戴望舒举家前往香港，在香港多家报社从事编辑工作并翻译、创作文学作品。抗日战争胜利后，一度回到上海，在多所高校从事教学工作，后因遭人陷害，于1948年再次去香港。中华人民共和国成立前夕，戴望舒来到北京，先在华北军政大学第三部工作，后调入新闻总署，参加国际新闻局筹备工作，并担任法文科主任。1949年11月，因哮喘病恶化，入协和医院治疗。1950年2月28日，在两次手术后自己要求回家治疗，于当天因自注麻黄素时突发心脏病而去世，年仅45岁。

广陵书社出版的这套"走近戴望舒"文丛共分四册，《高龙芭》是翻译小说集，内收梅里美、都德、伊巴涅思等名家的中短篇小说；《要是你曾相待》是翻译诗歌，收果尔蒙、道生、洛尔迦、波特莱尔等诗人的诗歌;《夜莺》是散文集，收《夜莺》《巴黎的书摊》《都德的一个故居》《香港的旧书市》《航海日记》等散文;《雨巷》是诗集，收《雨巷》《夜坐》《生涯》《单恋者》等新诗。这些作品，基本上代表了戴望舒在翻译和创作上的主要成就。2025年是戴望舒诞辰120周年，也是他逝世75周年。我们出版这套丛书，一方面是纪念这位在翻译和新诗创作方面有突出成就的著名作家，另一方面也是让广大读者重新认识他的翻译和创作。

　　　　　　　　2024 年 10 月 20 日于北京像素